RUTH BENNETT
Wintertraum in Lappland

Weitere Titel der Autorin:
Wintertraum in Kanada

Über die Autorin:

Ruth Bennett liebt lange Spaziergänge durch den Schnee, heißen Kakao am Kamin und das Funkeln der Sterne in kalten Winternächten. Sie entstammt einer Familie, in der die Tradition des Geschichtenerzählens stets hochgeachtet wurde. Eine Berufung, die sie zum Beruf machte. Wenn sie nicht gerade irgendwo in der Welt unterwegs ist, um sich für neue Bücher inspirieren zu lassen, lebt sie mit ihrer Familie in einer beschaulichen Kleinstadt.

RUTH BENNETT

Wintertraum in Lappland

Roman

Lübbe

Originalausgabe

Copyright © 2024 by
Bastei Lübbe AG, Schanzenstraße 6–20, 51063 Köln

Vervielfältigungen dieses Werkes für das Text- und
Data-Mining bleiben vorbehalten.

Textredaktion: Beate De Salve
Umschlaggestaltung: Guter Punkt, München | www.guter-punkt.de
Umschlagmotiv: © SanderStock / iStock / Getty Images Plus; Sjo / iStock /
Getty Images Plus; Biletskiy_Evgeniy / iStock / Getty Images Plus;
mmac72 / iStock / Getty Images Plus
Satz: GGP Media GmbH, Pößneck
Gesetzt aus der Minion
Druck und Verarbeitung: GGP Media GmbH, Pößneck

Printed in Germany
ISBN 978-3-404-19438-4

1   3   5   4   2

Sie finden uns im Internet unter luebbe.de
Bitte beachten Sie auch: lesejury.de

»Glaub nicht alles, was man über Lappland erzählt.
Es ist vielleicht kälter als anderswo, aber die Wärme
der Menschen dort ist unvergleichlich.«

(Verfasser unbekannt)

Prolog

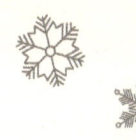

In der vergangenen Nacht hatte es zum ersten Mal geschneit.

»Tjakttjadálvvie«, flüsterte Thyra.

Sie gehörte zum indigenen Volk der Sámi. Auch wenn die meisten von ihnen inzwischen sesshaft geworden waren, pflegten sie weiterhin ihre Kultur und ihre Traditionen. Dazu gehörte vor allem ein Leben im Einklang mit der Natur, deren steten Wandel sie so genau beobachteten, dass sie das Jahr nicht in vier, sondern in acht Jahreszeiten unterteilten. Tjakttjadálvvie war der Frühwinter, die Zeit der Stille und des Wartens, während das Erdreich unter der Schneedecke schlief.

Thyra stand auf einer bewaldeten Anhöhe und beobachtete ihre Rentiere auf der Winterweide. Elegant und anmutig bewegten sich die Tiere durch den schimmernden Schnee. Ihre Geweihe trugen die Erinnerungen an unzählige Winter in dieser rauen Umgebung. Es waren überwiegend weibliche Tiere, die ihr Geweih noch bis ins Frühjahr trugen. Die meisten Bullen warfen es bereits im Herbst ab.

Mit jedem Schritt hinterließen die Tiere Spuren im frisch gefallenen Schnee, die wie kunstvolle Muster aussahen. Die Herde bewegte sich in einer synchronen, beinahe tänzerisch anmutenden Bewegung, als ob sie die Schönheit der Natur um sich herum feierte. Die Sonne brach durch die Wolkendecke und ließ den Schnee auf den Bäumen glitzern, sodass es aussah, als ob Tausende von Diamanten in der Luft schwebten.

Diese Magie des Nordens nahm Thyra gefangen, so wie jedes Jahr. Alles war so vertraut und doch immer wieder neu.

Hier, im beginnenden Winter, spürte sie die uralte Beziehung zwischen ihrem Volk und der Natur besonders stark.

Erschrocken schrie sie auf, als ein Stoß in den Rücken sie unsanft zu Boden beförderte.

»Gillis!« Lachend rappelte sie sich auf und klopfte sich den Schnee von der Jacke.

Das Rentier schnaubte ungeduldig.

»Du solltest zu ihnen gehen.« Thyra wies auf die Herde. »Da unten ist deine Familie.«

Gillis starrte sie an. Die Farbe seiner Augen, die im Sommer bernsteinfarben schimmerten, hatte sich in den letzten Tagen in ein winterliches Graublau verwandelt.

Diese Veränderung der Augenfarbe war eine Anpassung an die extremen Lichtverhältnisse in den arktischen Regionen, in denen Rentiere lebten. In der warmen Jahreszeit, wenn die Tage kein Ende nahmen, leuchteten Gillis' Augen wie warmer Bernstein und bildeten einen harmonischen Kontrast zu dem satten Grün der umgebenden Landschaft. Doch mit dem nahenden Winter, wenn die Sonne ihren Bogen am Himmel verkürzte und die langen Nächte einsetzten, veränderte sich die Magie in seinen Augen. Das goldgelbe Funkeln wurde zu einem sanften Graublau, das im Winterdunkel die zarte Spiegelung des Nordlichts zu reflektieren schien. Thyra war überzeugt, dass sich in den Augen eines Rentiers die Seele Lapplands widerspiegelte.

Gillis war nicht das erste Rentier, das Thyra von Hand aufgezogen hatte. Aber es war das erste, das sich als erwachsenes Tier standhaft weigerte, in die Herde zurückzukehren. Auch heute beobachtete er die Herde nur aus der Ferne und folgte Thyra, als sie sich auf den Heimweg machte.

Der frisch gefallene Schnee knirschte unter ihren Füßen und ließ die Landschaft ringsum endlos erscheinen. Die Bäume waren mit einer Puderschicht bedeckt und standen dichter beieinander, je näher sie ihrem Dorf kam.

Hinter der nächsten Biegung konnte sie die roten Holzhäuser erkennen, die sich unter hohen Kiefern duckten und aussahen, als wären sie dick mit Watte zugedeckt. Aus den Schornsteinen quoll Rauch.

»Wir sind wieder zu Hause, Gillis«, sagte Thyra lächelnd.

Das Dorf Tjarojakk lag vor ihr wie eine vertraute Oase im winterlichen Schneeglanz. Für Thyra war dieses kleine Dorf in Lappland nicht nur irgendein Ort, sondern die ganze Welt – ihre Welt.

Kapitel 1

Krister stand auf der Terrasse seines Hauses und ließ den Blick über die endlosen Weiten des Pazifiks gleiten. Die untergehende Sonne tauchte den Himmel in ein Kaleidoskop aus warmen Farben – Gold, Orange und sanftes Rosa verschmolzen miteinander und warfen ein magisches Leuchten auf das ruhige Wasser. Eine leichte Brise strich ihm durch die Haare und trug den salzigen Duft des Meeres zu ihm herüber.

Der Klang der Wellen, die ans Ufer rollten, war wie ein Willkommensgruß. Das spürte er immer besonders stark, wenn er nach den Dreharbeiten hierher zurückkehrte. Dies war der Ort, an dem er zur Ruhe kam, hier konnte er seine Gedanken ordnen. Malibu war in den vergangenen acht Jahren zu seinem Zuhause geworden, lediglich sein Großvater Ove erinnerte Krister regelmäßig daran, dass er eigentlich aus Schweden stammte.

Das Klingeln an der Tür riss ihn aus seinen Gedanken, und er eilte durch den großen Wohnraum zur Haustür. Dort hielt er inne und sammelte sich einen Moment, bevor er ihr öffnete.

Sie war so unglaublich sexy. Nicht sehr groß, aber wohlproportioniert. Das eng anliegende Kleid schmiegte sich in changierenden Grüntönen an ihren Körper, und das blonde Haar war zu einem glatten Bob geschnitten. Aus ihren blauen Augen blitzte sie ihn übermütig an, als sie die Hände in die Hüften stemmte und sich leicht nach rechts und links drehte.

»Mit diesem Outfit bin ich zweifellos der Star des Abends, findest du nicht?«

»Zweifellos«, konterte er trocken. »Zumal wir nur zu zweit sind und mein Outfit mit deinem in keiner Weise mithalten kann.«

Ihr Blick glitt an ihm hinab. Wie so oft trug er Jeans und ein T-Shirt.

»Stimmt. Aber das macht nichts, ich bin schön genug für uns beide.«

»Du bist vor allem ziemlich frech. Du solltest dir Josie nicht zu sehr zum Vorbild nehmen.«

Sie spielten beide eine der Hauptrollen in der Krimiserie *Glimmer of Guilt*. Nach dem großen Erfolg der beiden ersten Staffeln hatte die Produktionsfirma beschlossen, dass es eine Fortsetzung geben würde. Ein Großteil der Dreharbeiten war bereits abgeschlossen.

Anouk spielte die Gerichtsmedizinerin Josie, während Krister die Rolle des Polizisten Mike Sullivans übernommen hatte.

Die beiden kamen in der Serie scheinbar nicht besonders gut miteinander zurecht, und doch war das Knistern zwischen ihnen deutlich zu spüren. Es gab immer wieder kurze Szenen, in denen sie sich sehr nahe kamen, auch wenn es nie in einem Happy End gipfelte.

»Warum nicht? Ich finde es ganz spannend, was da zwischen Josie und Mike passiert.« Lächelnd ging sie an ihm vorbei ins Haus und schaute sich um. Natürlich fiel ihr Blick zuerst auf die gläserne Verandatür und den tiefblauen Pazifik dahinter. »Wow!«

»Das dachte ich auch, als ich das erste Mal hier reinkam.« Krister schloss die Tür.

Ohne zu fragen oder auf eine Aufforderung zu warten, begann Anouk ihre Besichtigungstour durch das Haus. Der große Wohnraum, in den man direkt durch die Eingangstür kam, wirkte durch sein luxuriöses, aber leicht abgenutztes Ambiente. Das Zimmer war ausgestattet mit bequemen Ledersofas und einem imposanten Kamin, der oft als Mittelpunkt gesellschaftlicher Zusammenkünfte diente.

Die Wände waren mit exzentrischen Kunstwerken und unkonventionellen Deko-Elementen geschmückt, die Kristers eigenwilligen Lebensstil widerspiegelten. Auf dem Boden lag ein edler, wenn auch etwas ramponierter Teppich, der Geschichten von vergangenen Eskapaden zu erzählen schien. Die großen Fenster ließen viel Tageslicht herein und boten über die Terrasse hinweg einen traumhaften Blick auf den Pazifik.

Gleich neben dem Wohnzimmer war die Küche.

»Hier brutzelt ja nichts«, stellte Anouk verwundert fest. »Wolltest du nicht für mich kochen?«

Krister verzog das Gesicht zu einer Grimasse. »Je nachdem, wie der Abend so läuft, will ich vielleicht, dass du wiederkommst. Deshalb unterlasse ich lieber eigene Kochversuche. Ich habe Essen bestellt.« Er schaute auf seine Armbanduhr. »Es wird in einer halben Stunde geliefert.«

Anouk ging zurück in den Wohnraum und schaute zur Treppe, die bis zu einem Podest führte. Auch hier bot ein riesiges Fenster eine spektakuläre Aussicht auf den Pazifik. Linksherum führten die Stufen dann weiter ins Obergeschoss.

»Da oben ist dein Schlafzimmer?«

»Unter anderem.« Krister grinste. »Soll ich es dir zeigen? Wir haben genug Zeit, bis das Essen kommt.«

Anouk schüttelte den Kopf. »Ich denke, ich genieße lieber noch ein bisschen die Aussicht aufs Meer. Das Schlafzimmer kann warten.«

»Wie du meinst«, entgegnete er achselzuckend. »Wir haben es ja nicht eilig.«

Anouk stieß leicht mit der Faust gegen seinen Arm. »Soll das heute Abend eigentlich so etwas wie ein Date sein?«

»Das frage ich mich selbst.« Krister musterte sie von Kopf bis Fuß. »Also, ich finde dich sexy ...« Er brach ab.

»Da schwingt so ein unausgesprochenes Aber mit«, stellte Anouk fest.

Krister nickte. »Es knistert nicht wirklich zwischen uns.« Fragend schaute er sie an. »Oder?«

Ein Lächeln umspielte ihre Lippen, als sie den Kopf schüttelte. »Nein, absolut nicht. Ich mag dich wirklich gern …«

Krister musste lachen. »Da klingt bei dir aber auch ein sehr lautes Aber mit.«

»Wir sind eben nicht Josie und Mike. Zwischen den beiden besteht eine intensive Spannung. Wir sind einfach nur Krister und Anouk. Schade eigentlich.« Sie betrachtete ihn auf dieselbe Art und Weise, wie er es eben bei ihr gemacht hatte. »Ich finde dich nämlich auch ziemlich scharf, also rein optisch. Und eigentlich würde alles passen. Wir sind Schauspieler, ziemlich erfolgreich und kommen beide aus Schweden. Wir mögen uns, finden einander attraktiv, aber … Warum ist da nicht mehr?«

»Vielleicht sollten wir uns einfach erst mal etwas besser kennenlernen«, schlug Krister nach kurzem Nachdenken vor. »Ich würde mich gerne darauf einlassen.«

»Ja, vielleicht …« Anouk brach ab, als Kristers Handy klingelte.

Er warf einen Blick auf das Display und erkannte die Nummer des Seniorenheims in Stockholm, in dem sein Großvater seit knapp einem Jahr lebte.

»Tut mir leid, aber das ist wichtig«, stieß er hastig hervor, bevor er das Gespräch annahm.

»*Hej, här är Krister*«, meldete er sich.

Seine Gesprächspartnerin antwortete ebenfalls auf Schwedisch.

»Hier ist Inga. Gut, dass ich dich sofort erreiche. Krister, wir haben ein Problem. Dein Großvater ist verschwunden.«

Die Anschnallzeichen leuchteten auf, und das Ruckeln des Fahrwerks, das in diesem Moment ausgefahren wurde, war deutlich zu spüren. Durch das Fenster konnte Krister den Flughafen Arlanda erkennen.

Seit nunmehr fast fünfzehn Stunden war er unterwegs, von Los Angeles nach Stockholm, mit einer Zwischenlandung in London. Nach Ingas Anruf hatte er die nächste Maschine nach Schweden gebucht, während Anouk sich über die Köstlichkeiten hergemacht hatte, die er für ihr Date bestellt hatte. Sie war noch im Haus gewesen, als sein Taxi gekommen war, um ihn zum Flughafen zu fahren.

Als die Maschine zur Landung ansetzte und allmählich ausrollte, schaltete Krister den Flugmodus auf seinem Handy aus. Prompt bekam er die Meldung, dass eine SMS eingegangen war. In der Hoffnung, dass es sich um eine Nachricht von Inga handelte, öffnete er sie. Die SMS war jedoch von Anouk.

Vielen Dank für die Einladung, schrieb sie. *Das Essen hat ausgezeichnet geschmeckt, und dein Haus ist toll, nur du hast gefehlt. Vielleicht versuchen wir es noch einmal zu zweit, wenn du wieder zu Hause bist.* Dahinter war ein lachendes Smiley mit Herzen.

Das machen wir, schrieb er zurück. *Ich freue mich jetzt schon darauf.* Dann steckte er das Handy wieder ein.

»Wir bitten alle Gäste, sitzen zu bleiben, bis die endgültige Position erreicht ist, und wünschen einen angenehmen Aufenthalt in Stockholm.«

Noch während die Stewardess sprach, erhoben sich die ersten Passagiere und öffneten die Gepäckfächer über ihren Sitzen. Kaum stand die Maschine still, kam es zu dem üblichen Gedränge.

Krister verspürte keine Lust, sich da einzureihen. Er blieb ruhig auf seinem Platz sitzen und schaute aus dem Fenster.

Etwas mehr als ein Jahr war seit seinem letzten Besuch in Stockholm vergangen …

Er verzog die Lippen zu einem bitteren Lächeln, als er daran dachte. Auch damals hatte er die Reise wegen seines Großvaters angetreten. Allerdings war es kein erfreuliches Wiedersehen gewesen, sondern für beide sehr schmerzlich.

»Großer Vater!« Seine Lippen bildeten diese Worte nur, ohne sie auszusprechen.

Ove war für ihn immer Großvater und Vater zugleich gewesen. Daraus hatte sich dann diese ganz besondere Anrede gebildet.

Als Kristers Eltern bei einem Verkehrsunfall ums Leben gekommen waren, hatte Ove sein geliebtes Tjarojakk verlassen, war nach Stockholm gezogen – und geblieben. Er hatte sich des anfangs verstockten kleinen Jungen angenommen, der einfach nicht einsehen wollte, dass die Eltern nie mehr zurückkommen würden. Dabei hatte Ove selbst um seinen einzigen Sohn und seine Schwiegertochter getrauert.

»Fliegst du mit uns zurück?«, riss ihn die Stimme der Stewardess aus seinen Gedanken.

Das offensichtliche Interesse in ihren Augen entlockte ihm ein Lächeln.

»Leider nicht.« Er seufzte tief. »Obwohl ich nichts lieber tun würde.«

»Du bist Krister Åkerman.« Es war nicht klar erkennbar, ob es sich um eine Frage oder eine Feststellung handelte.

»Ich wusste nicht, dass man mich in Schweden kennt«, entgegnete er erstaunt, und das stimmte. Sein Großvater schaute keine Krimis, und andere Verwandte hatte er nicht. Auch der Kontakt zu Freunden aus seiner Schul- und Studentenzeit war in den Jahren, die er in Kalifornien verbracht hatte, allmählich eingeschlafen.

»Natürlich!« Die Stewardess strich sich eine Haarsträhne aus der Stirn. »*Glimmer of Guilt* wird auch hier gezeigt. Aber bisher sind bei uns in Schweden erst zwei Folgen gelaufen. Ich kenne die Serie vor allem aus den Staaten. Ich habe gelesen, dass gerade eine neue Staffel gedreht wird.«

Krister nickte zustimmend.

Die Stewardess beugte sich ein wenig vor und flüsterte: »Kommen Josie und Mike dann endlich zusammen?«

»Wenn ich dir das verrate, ist doch die ganze Spannung weg.«

Sie schaute ihn enttäuscht an. »Nicht einmal eine kleine Andeutung?« Ihr Blick bekam etwas Lockendes. »Ich hätte heute Abend Zeit, dann könnten wir uns in Ruhe darüber unterhalten.«

Sie war hübsch, und zweifellos hätte er unter anderen Umständen sofort die Gelegenheit ergriffen, sich mit ihr zu verabreden. Aber er vergaß keine Sekunde, weshalb er in Schweden war.

Storfar!

»Ich kann nicht.« Er zuckte bedauernd mit den Schultern. »Leider.«

»Schade.« Sie richtete sich auf. Ihr Lächeln wirkte mit einem Mal unverbindlich, als sie sich verabschiedete.

»Ja, schade«, sagte er leise und nur für sich.

Inzwischen hatte sich das Flugzeug fast vollständig geleert. Zwei Männer gingen an seinem Platz vorbei. Einer der beiden kam offensichtlich aus Deutschland, wie am Akzent zu erkennen war. Der andere, ein Schwede, erklärte ihm gerade, dass sich in Schweden alle duzen. »Nur Mitglieder des Königshauses werden gesiezt!« Dann waren die beiden auch schon vorbei.

Krister erhob sich nun ebenfalls, nahm seine Reisetasche aus dem Fach über dem Sitz und verließ die Maschine. Mehr Gepäck hatte er nicht dabei, weil er hoffte, dass er schon in ein paar Tagen zurückfliegen konnte.

Die Straßen waren mit einer dünnen Schicht aus Matsch bedeckt, und am Straßenrand waren nur noch grauweiße Schneereste zu sehen. Stockholm begrüßte ihn genau so, wie es sich vor einem Jahr von ihm verabschiedet hatte: trist und schmuddelig.

Er war mit dem *Arlanda Express* vom sechsunddreißig Kilometer entfernten Flughafen bis zum Hauptbahnhof gefahren. Hier stieg er in ein Taxi.

»Söder Mälarstrand, Seniorenzentrum, bitte.«

Der Taxifahrer, ein älterer Mann mit freudloser Miene, nickte wortlos und fuhr los.

Es waren vertraute Viertel, die Krister durchs Fenster sah. Die Wohnung, in der er zuerst mit seinen Eltern und später mit seinem Großvater gelebt hatte, war hier auf Södermalm – in einer der kleinen Gassen, in der die Häuser so nahe beieinander standen, dass sie sich gegenseitig das Sonnenlicht nahmen. Oves luxuriöses Zimmer im Seniorenzentrum war größer, als es das gesamte Apartment gewesen war. Und doch hatte er sich da offensichtlich nie richtig wohlgefühlt …

Plötzlich bemerkte Krister, dass der Taxifahrer ihn immer wieder von der Seite anschaute. Als sich ihre Blicke trafen, lächelte der Mann plötzlich.

»Ich kenne dich«, sagte er.

»Ach ja?« Krister lächelte zurück.

»Ich habe dich in einem Film gesehen.«

Krister fühlte sich geschmeichelt, weil er neuerdings auch in seiner Heimat erkannt wurde.

»Du bist Chris Hemsworth«, stellte der Taxifahrer fest. »Meine Frau und meine Tochter schwärmen so sehr für dich, dass ich dich eigentlich auf der Stelle aus dem Auto werfen müsste.«

Krister war unschlüssig, ob die Bemerkung tatsächlich nur ein Scherz sein sollte. Vielleicht schimmerte doch ein kleiner Anflug von Ernst hindurch?

Er schüttelte den Kopf. »Nein, Chris Hemsworth ist Australier und spricht, soviel ich weiß, kein Wort Schwedisch. Mir wurde aber schon oft eine gewisse Ähnlichkeit nachgesagt.«

Eine amerikanische Boulevardzeitung hatte ihn unlängst als den *schwedischen Chris Hemsworth* bezeichnet. Ein Vergleich, der Krister nicht besonders behagte, weil er lieber als eigenständige Persönlichkeit wahrgenommen werden wollte.

Ebenso wie der australische Schauspieler imponierte er durch eine athletische Erscheinung. Sein Haar war allerdings etwas dunkler und kurz gestylt, ebenso wie der Bart. Doch seine Augen waren ebenso strahlend blau, und sein Gesicht zeichnete sich durch markante Züge aus. Seine beeindruckende physische Präsenz wurde durch seine Größe von fast einem Meter neunzig unterstrichen.

»Schade. Ich hätte meiner Frau und meiner Tochter gerne ein Autogramm von Chris Hemsworth präsentiert.« Das Lächeln auf dem Gesicht des Taxifahrers erlosch, und für den Rest der Fahrt versank er wieder in tiefem Schweigen.

Fünf Minuten später hatten sie das Seniorenzentrum erreicht. Krister bezahlte und gab ein großzügiges Trinkgeld, was den Fahrer aber nicht zu einem erneuten Lächeln animierte. Wahrscheinlich nahm er es ihm immer noch übel, dass er nicht Chris Hemsworth war.

Krister stieg aus. Er bekam kaum mit, dass das Taxi weiterfuhr, weil sich die Aufregung und die Sorge um seinen Großvater mit einem Schlag ins schier Unermessliche steigerten.

Vielleicht ist er inzwischen zurückgekehrt!

Krister schaute auf sein Handy. Keine Nachricht von Inga. Sie hätte ihn sicher informiert, wenn sein Großvater inzwischen gefunden worden wäre.

Nachdenklich betrachtete er das Seniorenzentrum, das er für seinen Großvater ausgesucht hatte. Es war ein elegantes Gebäude, das sich majestätisch entlang des Söder Mälarstrand erstreckte. Die sorgfältig restaurierte Fassade schien von der jahrhundertealten Geschichte Stockholms zu erzählen.

Das Seniorenstift strahlte eine Mischung aus Tradition und

Moderne aus. Große Fensterfronten ermöglichten den Bewohnern einen atemberaubenden Blick auf den Riddarfjärden und die auf den Wellen schaukelnden Boote.

Mit einem tiefen Seufzer löste sich Krister von dem Anblick und betrat das Haus durch die gläsernen Türen, die sich automatisch öffneten, als er herantrat. Ein freundlicher Empfangsbereich, verziert mit Gemälden und frischen Blumen, lud die Bewohner und Besucher ein. Warme Farben und gemütliches Mobiliar prägten bereits diesen Teil des Hauses, und dieses Konzept setzte sich in allen Gemeinschaftsräumen und Privatzimmern fort.

Der halbrunde Empfangstresen befand sich gleich neben dem Eingang. Geradeaus ging es zu einer geschwungenen Treppe, die ins Obergeschoss führte. Es gab aber auch einen Aufzug für die Bewohner, denen das Treppensteigen inzwischen zu beschwerlich war.

Ein prasselndes Kaminfeuer verbreitete wohlige Wärme. Zwei ältere Damen saßen in tiefen Sesseln davor und unterhielten sich leise. Kurz nur streiften ihre Blicke Krister, bevor sie ihre Unterhaltung fortsetzten.

Ein dezenter Ton kündigte den Halt des Aufzuges an. Krister erwartete Inga, doch es war ein älterer Mann, der sich an seinem Rollator festhielt und zum Ausgang strebte.

Inga erschien wenige Sekunden später. Während sie auf ihn zueilte, ordnete sie die dunklen Locken, die ihr bis über die Schultern fielen. Als sie vor ihm stand, nestelte sie noch schnell am Kragen ihres Kostüms. Sie war eine attraktive Erscheinung und wahrscheinlich viel älter, als sie auf den ersten Blick wirkte. Das verrieten ihm der Ausdruck ihrer Augen und die Fältchen über der Oberlippe, die sich nicht mehr völlig kaschieren ließen.

»Da bist du ja.« Sie lächelte und wirkte ganz so, wie er sich die Leiterin eines teuren Seniorenheims vorstellte. Scheinbar alterslos, freundlich und adrett.

Krister nickte. »Wie verabredet.«

»Entschuldige bitte, dass ich mich verspätet habe. Wir hatten da einen Notfall …« Der Satz blieb unvollendet.

Krister zog eine Augenbraue in die Höhe. »Noch einen Notfall?«

Ihr schien erst jetzt bewusst zu werden, dass ihre Worte angesichts der Situation um seinen Großvater nicht gerade vertrauenerweckend wirkten.

»Das ist … Ich meine …« Sie hielt inne, holte tief Luft und sammelte sich. »Es ging um das gesundheitliche Problem eines Bewohners«, erklärte sie dann. »Das kommt bei alten Menschen leider hin und wieder vor.« Sie lächelte maliziös. »Wir haben es allerdings noch nie erlebt, dass einer unserer Gäste einfach weggelaufen ist.«

»Hast du inzwischen etwas von ihm gehört?«

»Dann hätte ich mich längst bei dir gemeldet.« Inga schüttelte den Kopf. »Auch die Polizei hat keinerlei Anhaltspunkte, wo er sein könnte.«

»Was ist mit unserer alten Wohnung?«

Wieder schüttelte Inga den Kopf. »Ich habe sogar einen meiner Pfleger abgestellt, damit er das Haus beobachtet. Ove hat sich dort nicht blicken lassen.«

»Wo kann er nur sein?«, fragte Krister leise.

Verzweifelt überlegte er, welche Freunde seines Großvaters noch lebten und bei wem er Unterschlupf gefunden haben könnte. Sten fiel ihm ein, ebenso wie Bror. Mit den beiden hatte Ove sich früher oft zum Skatspielen getroffen, aber beide lebten längst nicht mehr.

»Er ist hier nicht sehr glücklich«, sagte Inga ohne jeden Vorwurf, es war lediglich eine Feststellung.

»Ich weiß.« Krister schaute sie verzweifelt an. »Aber es gab keine andere Möglichkeit, nachdem er nicht mehr allein in der Wohnung bleiben konnte.«

Gleich zweimal hatte Ove vergessen, den Herd auszuschalten. Beim ersten Mal war ihm nur das Essen angebrannt, doch beim zweiten Mal wäre fast die Küche in Brand geraten, weil er eine Pfanne mit Öl aufgestellt und dann nicht mehr daran gedacht hatte. Ein anderes Mal hatte er seine Wohnungsschlüssel vergessen und eine ganze Nacht auf der Treppe vor der Wohnung verbracht, bis ihm am nächsten Morgen ein Nachbar zu Hilfe kam.

Genau dieser Nachbar hatte Ove am nächsten Tag erneut auf der Treppe gefunden. Diesmal war er zusammengebrochen, weil er aus Versehen zu viel seines Herzmittels eingenommen hatte.

Ove war ins Krankenhaus eingeliefert worden, und der behandelnde Arzt hatte Krister informiert.

»Wir können aber nicht länger die Verantwortung für Ove übernehmen, wenn auch weiterhin die Gefahr besteht, dass er einfach verschwindet«, sagte Inga in seine Gedanken hinein.

»Ja, das verstehe ich«, murmelte Krister hilflos.

Er hatte keine Ahnung, wie er die Betreuung seines Großvaters zukünftig regeln sollte. Am liebsten hätte er ihn nach Malibu mitgenommen, aber das hatte sein Großvater bereits vor einem Jahr strikt abgelehnt.

»Ich bin zu alt, um meine Heimat zu verlassen«, hatte er damals gesagt. »Hier ist alles, was mein Leben ausgemacht hat. Und hier ist das Grab deiner Eltern …«

»Ich weiß, wo ich nach ihm suchen muss«, stieß Krister hervor.

Auf dem Weg nach draußen zückte er bereits sein Handy, um erneut ein Taxi zu rufen.

Erinnerungen prasselten auf ihn ein, als er eine halbe Stunde später den Skogskyrkogården betrat. Der Tod seiner Eltern, die Beerdigung …

Kälte begleitete ihn auf den Wegen. Krister steckte die Hände in die Manteltaschen, während er eilig weiterging. Doch er war lange nicht mehr hier gewesen und musste immer wieder innehalten, um sich zu orientieren.

Kein Mensch begegnete ihm, nur das Krächzen eines Raben war zu hören. Die Grabsteine zwischen den Kiefern ragten wie stille Wächter empor, ihre verwitterten Inschriften Zeugen vergangener Leben.

Endlich erreichte er das Grab seiner Eltern, doch sein Blick galt der Bank auf der gegenüberliegenden Seite. Sie war leer. Auch sonst war weit und breit niemand zu sehen.

Tiefe Enttäuschung erfasste ihn.

Was habe ich denn erwartet?, schoss es ihm durch den Kopf.

Sein Großvater war seit fast zwei Tagen verschwunden, und er hatte sicher nicht die ganze Zeit auf der Bank neben dem Grab verbracht. Schon gar nicht bei dieser Kälte.

War er überhaupt hier gewesen?

Erst jetzt kam ihm der Gedanke, dass er sich besser zunächst einmal gründlich im Zimmer seines Großvaters umgesehen hätte, um da einen Hinweis auf dessen Aufenthaltsort zu finden.

»Wo bist du nur, Großer Vater?«, flüsterte er verzweifelt.

Krister setzte sich auf die Bank, fest entschlossen, so lange wie möglich zu warten.

Die Zeit verging unendlich langsam. Immer wieder schaute er auf seine Uhr. Es waren erst zehn Minuten vergangen, aber ihm kam es so vor, als säße er bereits seit einer halben Stunde auf der Bank. Mindestens …

»Ich wusste, dass du kommst«, sagte plötzlich eine Stimme hinter ihm.

Krister sprang auf und fuhr herum. »Großer Vater!«

Ove sah blass aus und schien im vergangenen Jahr besonders stark gealtert zu sein.

»Wo warst du?«

Ove lächelte matt. »Ich wusste, dass du hierherkommen würdest«, wiederholte er und wich damit einer direkten Antwort aus.

Krister hob beide Hände und ließ sie schließlich wieder fallen.

»Warum?«, stieß er hilflos hervor.

Sein Großvater schaute ihn an. Lange. Schweigend.

»Ich will nach Hause«, kam es dann plötzlich leise über seine Lippen.

Krister nickte erleichtert. Was immer Ove dazu getrieben hatte, einfach zu verschwinden, jetzt schien er endlich wieder vernünftig zu sein.

»Gut«, stimmte er zu und zückte sein Handy. »Ich bringe dich nach Hause. Inga wird auch froh sein, dass dir nichts passiert ist.«

Oves Miene verfinsterte sich. »Das Altersheim ist nicht mein Zuhause. Ich will nach Tjarojakk!«

Kapitel 2

»Du verlässt uns also wirklich schon morgen?«, stellte Thyra bedrückt fest. Ihr Blick ruhte auf den halb gepackten Koffern.

»*Schon?*« Greta, die hektisch ihre Habseligkeiten sortierte, hielt inne und wandte sich ihrer Freundin zu. Ein Ausdruck von Wehmut lag in ihren Augen, als sie sich auf das Bett neben Thyra setzte. »Du weißt, meine Mutter braucht mich in Malmö. Sie kann nicht mehr allein leben. Eigentlich müsste ich längst bei ihr sein«, sagte sie leise. »Ich wollte ja bleiben, bis die Gemeinde einen Ersatz für mich gefunden hat, aber jetzt geht es einfach nicht mehr anders.«

Thyra nickte verständnisvoll. Gretas Mutter war gestürzt und hatte sich ein Bein gebrochen, deshalb konnte sie nicht länger warten.

Thyra hatte keine Ahnung, wie sie sich ein Leben ohne ihre beste Freundin vorstellen sollte. Ihre engste Vertraute, mit der sie über alles reden konnte, verließ Tjarojakk. Für immer.

Gleichzeitig schämte sie sich, weil sie in diesen Minuten nur an sich dachte, denn mit Greta verlor Tjarojakk die einzige Lehrerin der Dorfschule. Der Gemeinde war es bisher nicht gelungen, eine neue Lehrkraft für die fünf Kinder zwischen sechs und sieben Jahren zu finden, die die Grundskola in Tjarojakk besuchten. Weder die geringe Klassengröße noch das mietfreie Haus, in dem Greta zurzeit wohnte, lockten eine neue Lehrkraft an.

»Warum kann deine Mutter nicht zu dir ziehen?« Thyra machte eine ausholende Handbewegung. »Platz ist hier doch genug.«

»Ich habe lange darüber nachgedacht, aber mir ist das einfach zu gefährlich. Du weißt selbst, wie heftig die Winter hier sind. Die Vorstellung, dass meine Mutter dringend einen Arzt braucht und wir nicht schnell genug nach Jokkmokk kommen …« Greta brach ab und schüttelte den Kopf.

»Ja.« Mehr sagte Thyra nicht.

Die Freundinnen hatten schon so oft über diese Befürchtung gesprochen, aber Thyra hatte Greta die Angst nicht nehmen können. Auch nicht mit dem Hinweis darauf, dass es schließlich einige alte Menschen in Tjarojakk gab, nicht zuletzt ihren Großvater Gösta, mit dem sie zusammenlebte.

Allerdings erfreute sich Gösta trotz seiner fünfundachtzig Jahre bester Gesundheit. Wenn er so krank gewesen wäre wie Gretas Mutter, hätte sie wahrscheinlich auch anders darüber gedacht.

Traurig schaute sie Greta an. »Ich werde dich so sehr vermissen.«

Greta griff nach ihrer Hand. »Du wirst mir auch fehlen. Aber wir telefonieren oft miteinander.« Ihr Gesicht verzog sich allmählich zu einem breiten Grinsen. »Und ich komme auf jeden Fall im nächsten Sommer zu deiner Hochzeit.«

»Das erwarte ich auch«, murmelte Thyra und wich den prüfenden Blicken ihrer Freundin aus.

»Ihr heiratet doch im nächsten Jahr?«, hakte Greta nach.

Thyra ließ sich Zeit mit der Antwort. »Ja … Vielleicht …«

Sie kannte Ragnar bereits ihr ganzes Leben. Sie waren miteinander aufgewachsen, hatten zusammen die Schule besucht und waren immer schon beste Freunde gewesen. Sie schienen füreinander bestimmt zu sein, auch wenn Thyra sich nicht daran erinnern konnte, wann sie zu dieser Erkenntnis gekommen war. Nach dem ersten Kuss? Oder …

»Das ganze Dorf wartet darauf«, durchbrach Greta ihre Gedanken und ließ ihre Hand los.

»Ragnar und ich ... Die Sommer sind einfach zu kurz. Wir hatten noch keine Zeit für die Planung.«

»Vier lange Winter dürften eigentlich reichen, um eine Sommerhochzeit zu planen.« Greta schmunzelte. »Das denken übrigens alle hier. Ich glaube, die Leute fühlen sich um eine Hochzeit betrogen, auf die sie sich alle freuen.«

Thyra seufzte. »Manchmal ist es komplizierter, als es scheint.«

»Das behauptet Ragnar auch ständig. Ich bin nicht sicher, ob die Nachbarn euch das noch glauben, aber sie haben beschlossen, die ganze Sache ein wenig zu beschleunigen.«

»Wie bitte?« Thyra starrte sie entgeistert an.

Greta begann laut zu lachen. »Die Dorfbewohner haben entschieden, dass die Hochzeit im nächsten Sommer stattfinden wird.«

Für einen Moment verschlug es Thyra die Sprache.

»Aber ... aber sie können uns doch nicht vor den Altar zwingen«, stammelte sie dann.

Gretas Miene wurde ernst und prüfend. »Müssten sie das denn?«

»Nein, natürlich nicht!«, versicherte Thyra hastig. »Aber es ist immer noch Ragnars und meine Angelegenheit, unsere Hochzeit zu organisieren.«

»Das stimmt.« Greta griff erneut nach ihrer Hand, um sie kurz und fest zu drücken. »Ich verrate es dir ja auch, damit die geplante Überraschung für dich keine unangenehme wird.« Greta schaute sie an, schien ihre nächsten Worte sorgfältig zu überlegen. »Wenn ihr euch nicht sicher seid, dass ihr euer restliches Leben miteinander verbringen wollt, wäre eine klare Ansage an alle eure Nachbarn und Freunde vorteilhaft.«

»Natürlich sind wir uns sicher. Danke, dass du mich vorgewarnt hast. Auf keinen Fall werden andere darüber bestimmen, wann und wie wir heiraten.«

»Du sagst mir aber rechtzeitig Bescheid, wenn es so weit ist«, bat Greta. »Ich will auf jeden Fall dabei sein.«

»Natürlich.« Thyra erhob sich. »Ich möchte doch, dass du meine Trauzeugin wirst.«

Greta stand ebenfalls auf.

»Es wird mir eine Ehre sein«, verkündete sie feierlich, bevor sie wieder in lautes Lachen ausbrach. »Übrigens ganz egal, wen du heiratest …«

Hundegebell war zu hören, als Thyra sich den beiden Häusern am anderen Ende des Dorfes näherte. Ragnar hatte seine Schneemobile aus dem Schuppen geholt und bereitete sie für die kommende Wintersaison vor. Noch hatte er Thyra nicht bemerkt.

Sie blieb stehen, beobachtete ihn und versuchte dabei zu ergründen, was sein Anblick in ihr auslöste.

Ihr Herz klopfte nicht schneller, und sie bekam auch keine weichen Knie. Doch da war ein so inniges, wärmendes Gefühl, wie sie es bei keinem anderen Menschen je empfunden hatte. Das musste Liebe sein, auch wenn die in den Büchern, die sie abends las, oft anders beschrieben wurde.

Husky Sam, der sich die ganze Zeit über einen frechen Raben ärgerte, schaute plötzlich in ihre Richtung. Seine hektisch hin- und herschlagende Rute verriet, wie sehr er sich freute.

Unwillkürlich lächelte Thyra. Thor, Sams Bruder, lebte bei ihr und Gösta. Ragnar hatte ihr den Hund zu ihrem achtzehnten Geburtstag geschenkt. Damals war er noch ein Welpe gewesen.

In seinen jungen Jahren war Thor viel bei Ragnar gewesen, um mit seinem Bruder herumzutollen. Doch jetzt, im fortgeschrittenen Alter, zog er geruhsame Spaziergänge mit Thyras Großvater Gösta vor.

Ragnar schien nun doch zu spüren, dass er beobachtet wurde. Er wirkte irritiert, als er sich aufrichtete, aber als er sie entdeckte, zog ein strahlendes Lächeln über sein Gesicht.

Jetzt müsste Greta ihn sehen, schoss es Thyra durch den Kopf. *Dann würde sie nicht mehr an seinen Gefühlen zweifeln.*

Und was ist mit deinen Gefühlen?, wisperte eine lästige Stimme tief in ihrem Innern, aber Thyra ignorierte sie einfach.

Sie setzte sich in Bewegung und ging Ragnar entgegen. Als er sie in die Arme nahm, schloss sie die Augen und schmiegte den Kopf an seine Schulter.

Ich liebe dich! Die Worte verweilten in ihren Gedanken, doch Thyra brachte sie nicht über die Lippen. Ein Sturm von Emotionen tobte in ihr, während sie vergeblich versuchte, das auszusprechen, was sie so gerne sagen wollte.

Auch Ragnar sagte nichts, sondern hielt sie einfach nur fest.

»Hej, ihr beiden.«

Der Moment war vorbei, ohne dass die Worte gesagt wurden, die sie ohnehin noch nie zueinander gesagt hatten.

Sie lösten sich aus der Umarmung, als Ragnars Bruder Birger auf sie zu kam. Er wohnte mit seiner kleinen Familie in unmittelbarer Nachbarschaft. Die beiden Brüder züchteten gemeinsam schwedische Bergkühe und stellten Käse her.

Birger vermietete zusätzlich zwei Gästezimmer in seinem Haus. In den kurzen Sommern waren die Zimmer immer ausgebucht, zumeist von Stammgästen, doch nun verkündigte er stolz, dass er Wintergäste erwartete.

»Die beiden Männer bleiben zwei Wochen«, sagte er. »Es gibt allerdings ein Problem. Die beiden treffen morgen mit dem Zug in Jokkmokk ein und müssen abgeholt werden. Aber ausgerechnet jetzt haben sich Aapeli und Heikki angekündigt.«

Bei den Männern handelte es sich um Kunden aus Finnland, die den Käse für ihr Hotel orderten.

»Unsere besten Kunden«, betonte Birger.

»Ich kann deine Gäste in Jokkmokk abholen«, schlug Thyra vor. »Wann treffen sie ein?«

Birger schaute sie dankbar an. »Um zehn Uhr morgen früh an der Busstation in Jokkmokk.«

»Wie erkenne ich deine Gäste?«

»Es sind zwei Männer.«

Thyra verzog den Mund zu einem ironischen Lächeln. »Das schließt ungefähr die Hälfte der Menschheit aus. Sehr beruhigend.«

Birger lachte. »Du bekommst eine Tafel, auf der mein Name steht. So habe ich es mit den Gästen vereinbart. Wenn du willst, kannst du gleich mitkommen, dann gebe ich sie dir.« Er schaute seinen Bruder an. »Oder kommt am besten beide mit. Annbritt hat frische Zimtschnecken gebacken. Außerdem kocht sie wie verrückt für Gretas Abschiedsfeier.«

Ragnar liebte Zimtschnecken. Er griff nach Thyras Hand, als sie gemeinsam durch den Schnee zu Birgers Haus nebenan stapften.

Wie die meisten Holzhäuser in Tjarojakk waren auch die von Ragnar und Birger in Falunrot gestrichen, während Türen und Fensterrahmen in hellem Weiß erstrahlten. Drei Stufen führten zum Eingang hinauf. Als Birger die Tür öffnete, schlug ihnen ein verführerischer Duft nach Frischgebackenem entgegen.

Die Tür zu dem gegenüberliegenden Raum war nur angelehnt. Dahinter waren streitende Kinder zu hören.

»Du bist doof!« Das war die siebenjährige Ella, ein etwas pummeliges Mädchen, Annbritts Ebenbild im Miniformat. Ihre blonden Haare waren rechts und links hochgebunden und ringelten sich jeweils zu einer Locke, die bis zu den Schultern reichte.

»Du bist viel döfer!«, schrie der sechsjährige Ludvig. Er war dünn und ähnelte seinem Vater.

»Und du bist am allerallerallerdoofsten«, trumpfte Ella auf.

Sie zeigte ihrem Bruder gerne und sehr deutlich, dass sie sich überlegen fühlte, und schaffte es so auch immer wieder, ihn zu provozieren. So wie in diesem Moment. Ludvig stimmte ein wütendes Protestgeheul an, das alles andere übertönte.

Ragnar grinste, während er – ebenso wie sein Bruder und Thyra – die dicke Winterjacke auszog und an den Garderobenhaken hängte.

»Das Lachen wird dir vergehen, sobald ihr selbst Kinder habt«, prophezeite Birger.

Ragnar lachte gutmütig, während Thyra automatisch wieder an die Hochzeit dachte, auf die das Dorf seit vier Jahren wartete. Über Kinder hatten sie sich bisher noch keine Gedanken gemacht.

Nun, zumindest sie nicht. Ragnar vielleicht?

Prüfend schaute sie ihn an, doch ihr Verlobter war bereits auf dem Weg ins Wohnzimmer und stieß die angelehnte Tür ganz auf.

Der kleine Ludvig brüllte immer noch, während seine Schwester auf dem bequemen Sofa saß und ihn mit einem hämischen Lächeln beobachtete. Ihr Bruder stand mit erhobener Hand vor ihr, schlug aber nicht zu. Offensichtlich hatte er selbst in seiner Wut nicht vergessen, dass das streng verboten war.

Links, gleich neben der geöffneten Tür zur Küche, stand der große Esstisch, der für sechs Personen gedeckt war. Es sah ganz so aus, als hätte Annbritt bereits damit gerechnet, dass Birger seinen Bruder und Thyra mit ins Haus brachte.

In diesem Moment kam Annbritt aus der Küche. Sie war klein, ein wenig mollig und hatte die blonden Haare zu einem Pferdeschwanz hochgebunden. In den Händen hielt sie ein Blech voller Zimtschnecken. Sie war eine begnadete Köchin und Bäckerin.

Als sie Thyra erblickte, verdrehte sie die Augen.

»Sag mir bitte, dass Greta bleibt«, rief sie laut, um das Geschrei ihres Sohnes zu übertönen.

Thyra schüttelte den Kopf.

»Mist!«, fluchte Annbritt und stellte die Platte auf den Tisch. Danach stemmte sie die Hände in die Hüften. »Ludvig, jetzt ist Ruhe.«

»Bäbäbäbäbäbä«, sang Ella und rieb dabei triumphierend die Zeigefinger aneinander.

»Und du hörst sofort auf, deinen Bruder zu ärgern«, fuhr Annbritt ihre Tochter an, bevor Ludvig sich in einen neuen Wutanfall hineinsteigern konnte.

Ella schaute ihre Mutter finster an. »Der ärgert mich.«

»Die hat mich zuerst geärgert.« Auch Ludvig sah seine Mutter an, wies mit dem Zeigefinger jedoch auf Ella.

»Du hast mich zuallerallererst geärgert.« Ella gab nie auf und »alleralleraller« schien gerade ihr Lieblingswort zu sein.

Wütend stapfte Ludvig mit dem Fuß auf. »Stimmt nicht!«

»Was ist denn mit euch los?«, mischte Thyra sich ein. »Ich dachte, wir essen alle zusammen Kanelbullar. Aber wenn ihr keinen Appetit habt …« Fragend schaute sie Ragnar an. »Am besten gehen wir wieder, dann können die beiden sich in Ruhe streiten.«

Ragnar nickte zustimmend, und Annbritt nahm die Platte mit dem Gebäck wieder vom Tisch.

»Dann nehmt das mit und lasst es euch zu Hause schmecken. Ella und Ludvig wollen offensichtlich keine.«

»Doch!«, schrien die Kinder gleichzeitig. Ella sprang vom Sofa und stellte sich neben ihren Bruder. »Vertragen wir uns wieder?«

Ludvig musste ein paar Sekunden über seine Antwort nachdenken, doch dann nickte er.

»Ja.« Seine Stimme klang eher mürrisch als bereitwillig. »Aber nur, weil ich sonst keine Zimtschnecke kriege.«

Es war einer der wenigen Augenblicke, in denen Ella offensichtlich die Ansichten ihres Bruders teilte.

Während der Kaffeestunde blieben die Kinder friedlich und spielten anschließend sogar miteinander, während die Erwachsenen noch am Tisch saßen und sich unterhielten.

Erst als Ella und Ludvig außer Hörweite waren, sprach Annbritt das Thema an, das sie offensichtlich gerade besonders beschäftigte.

»Ich kann es immer noch nicht fassen, dass Greta uns verlässt.«

»Ich auch nicht.« Thyra seufzte. »Ich habe alles versucht, um sie umzustimmen. Erst gerade eben habe ich ihr noch einmal vorgeschlagen, ihre Mutter hierher zu holen, aber das ist ihr zu gefährlich …«

Thyra brach ab und seufzte erneut tief auf, als die Trauer wegen des bevorstehenden Abschieds sie wieder einholte.

Ragnar griff nach ihrer Hand. Mitfühlend schaute er sie an.

»Vielleicht hat sie auch selbst den Wunsch, nach Hause zurückzukehren«, überlegte er. »Weißt du noch, wie unglücklich sie war, als sie unmittelbar nach ihrem Studium zu uns geschickt wurde?«

Thyra nickte. »Aber inzwischen hat sie sich doch hier eingelebt. Sie ist eine von uns geworden.«

»Bist du da sicher?«, fragte Annbritt, die offensichtlich Ragnars Gedanken teilte. »Versteh mich bitte nicht falsch, Thyra. Du weißt, wie sehr ich Greta mag. Sie ist auch meine Freundin, und ich werde die gemeinsamen Abende mit euch beiden vermissen. Aber ich bin davon überzeugt, dass sie die Krankheit ihrer Mutter auch als Vorwand nutzt, um in ihre Heimat zurückzukehren. Sie ist in Malmö aufgewachsen. Unsere Heimat, Sápmi, ist nie wirklich ihr Zuhause geworden.«

Es waren viele kleine Begebenheiten, die Thyra jetzt einfielen.

Bemerkungen, die Greta gemacht hatte. Und ja, sie hasste den Schnee und vor allem die Kälte des hohen Nordens.

Thyra war so in Gedanken versunken, dass sie nicht sofort mitbekam, wie Annbritt sie ansprach. Erst als Ragnar sie leicht anstieß, sah sie auf.

»Weiß Greta, dass wir sie heute Abend überraschen?«, wiederholte Annbritt ihre Frage.

Thyra schüttelte den Kopf. »Sie hat keine Ahnung. Wir machen alles so, wie wir es besprochen haben.«

In der Schule sollte eine Abschiedsfeier für die beliebte Lehrerin stattfinden, an der das ganze Dorf teilnehmen wollte. Unter der Anleitung von Stina, die den kleinen Dorfladen betrieb, würden einige der Frauen die Schule schmücken, während andere, so wie Annbritt, für das leibliche Wohl sorgten.

Thyra war es streng untersagt worden, sich an den Vorbereitungen zu beteiligen. Ihre Aufgabe bestand darin, Greta zum Schulgebäude zu locken.

Als Thyra sich nach einer Stunde verabschiedete, brachte Ragnar sie zur Tür und küsste sie zärtlich. Sie schlang die Arme um ihn, doch es wollte ihr nicht gelingen, einfach abzuschalten und sich dieser Zärtlichkeit hinzugeben. Zu sehr beschäftigte sie die Frage, was sie bei diesem Kuss empfand.

Sicher, er erfüllte sie mit Wärme und gab ihr das Gefühl von Geborgenheit. Aber war das auch Liebe?

Plötzlich ließ Ragnar sie los und schaute sie irritiert an. »Ist alles in Ordnung?«

Thyra zwang sich zu einem Lächeln, als sie nickte. Doch gleich darauf schüttelte sie den Kopf.

»Mir liegt nach wie vor der Abschied von Greta auf der Seele«, gestand sie. Das war zumindest nicht gelogen, wenn auch nicht die ganze Wahrheit. »Ich muss unbedingt noch einmal mit ihr reden.«

Ragnar nickte verständnisvoll. »Wir sehen uns später in der Schule.«

Greta saß mit den gepackten Koffern in der Küche des Hauses, das ihr als Lehrerin von der Gemeinde zur Verfügung gestellt worden war.

»Bestimmt willst du noch einmal versuchen, mich umzustimmen.« Sie lächelte wehmütig. »Aber das wird nicht funktionieren.«

Thyra setzte sich zu ihr an den Tisch und schaute sie lange an.

»Ich weiß«, sagte sie schließlich. »Ich habe inzwischen verstanden, dass du Heimweh hast und nicht nur wegen deiner Mutter nach Malmö zurückkehrst.«

»Ja, ich habe Heimweh«, bestätigte Greta. »Die Sommer hier sind wunderschön, aber der Gedanke an den bevorstehenden Winter macht mir jedes Jahr mehr zu schaffen. Die ständige Dunkelheit, die Schneemassen und die Kälte … Ich hätte wirklich Angst, dass meiner Mutter genau in dieser Jahreszeit etwas passiert. So oft schon waren wir völlig abgeschnitten von der Außenwelt. Und abgesehen davon freue ich mich tatsächlich darauf, wieder in der Stadt zu leben.«

»Aber das verstehe ich doch«, sagte Thyra sanft. »Ich könnte mir nie vorstellen, Sápmi für immer zu verlassen, um in eine Großstadt zu ziehen. Wäre mir bewusst gewesen, dass du dich so sehr nach deiner Heimatstadt sehnst, hätte ich nicht ständig versucht, dich zum Bleiben zu überreden.«

Greta hatte ihr mit feucht glänzenden Augen zugehört. »So sehr ich einerseits nach Hause möchte, so viel Angst habe ich andererseits, dass unsere Freundschaft zerbricht, wenn wir uns nicht mehr sehen. Natürlich nehmen wir uns jetzt vor, den Kontakt zu halten, aber wir wissen doch beide, dass sich das im Laufe der Zeit ändern wird. Und irgendwann haben wir einander dann vergessen.«

Thyra spürte, wie sich ein Kloß in ihrem Hals bildete, als Greta genau das aussprach, wovor sie selbst Angst hatte.

»Ja, natürlich. Für dich beginnt ein völlig neuer Lebensabschnitt in Malmö. Du wirst Freunde von früher wiedersehen und neue Menschen kennenlernen. Du wirst an einer anderen Schule unterrichten.« Thyra lächelte. »Vielleicht verliebst du dich sogar. Dein Leben in Malmö wird aufregend sein, während hier in Tjarojakk alles seinen gewohnten Lauf nimmt. Ich könnte es verstehen, wenn du darüber uns und unser langweiliges Leben hier vergisst.«

Greta starrte sie entgeistert an. »Ich werde Tjarojakk und die Menschen hier nie vergessen. Ganz besonders dich nicht.«

»Was hältst du von einem letzten Abendspaziergang durch den Schnee?«, schlug Thyra vor.

Etwas Besseres fiel ihr nicht ein, um Greta zur Schule zu locken.

Greta zog eine Grimasse und schüttelte den Kopf. »Ich finde es hier drin viel gemütlicher. Es ist warm, und im Schrank steht noch eine halbe Flasche Elchschnaps, die …«

»Lass uns erst rausgehen«, fiel Thyra ihr ins Wort. »Mir ist ein bisschen komisch, ich brauche dringend frische Luft.«

Sie schämte sich ein bisschen wegen der Lüge, zumal Greta sie nun auch noch besorgt anschaute.

»Soll ich dich nach Hause bringen?«

Genau so hatte Thyra es geplant. Das Schulhaus war nebenan, nur ein paar Meter vom Lehrerhaus entfernt. »Das wäre sehr nett von dir.«

Thyra triumphierte innerlich, als Greta ihren Mantel anzog und in ihre Stiefel schlüpfte. Gemeinsam verließen die Freundinnen das Haus und traten hinaus in den kalten Abend.

Schweigend gingen sie durch den Schnee. Die Luft war klar und kalt, die Sterne leuchteten hell am Himmel. Ihr letzter gemeinsamer Spaziergang ...

Wieder verspürte Thyra den Schmerz der bevorstehenden Trennung. Sie war froh, dass der Spaziergang nicht allzu lange dauerte. Bereits nach wenigen Minuten erreichten sie das Schulgebäude, das in völliger Dunkelheit dalag.

Greta blieb stehen, als Thyra zum Eingang strebte. »Was willst du hier?«

»Ich dachte, wir machen noch einen Abschiedsgang durch die Schule.« Thyra hatte das Gefühl, dass ihr Lächeln ein wenig gezwungen wirkte. Hoffentlich bemerkte Greta das nicht.

Greta verharrte auf der Stelle. »Ich habe mich bereits von der Schule verabschiedet.«

»Aber nicht zusammen mit mir.«

»Thyra ...« Gretas Stimme klang leicht genervt. »Was soll das?«

»Jetzt komm schon.« Thyra wartete eine weitere Antwort ihrer Freundin nicht ab, sondern lief voraus und öffnete die Tür des Schulgebäudes.

»Wieso ist da nicht abgeschlossen?«, hörte sie Greta rufen, antwortete aber nicht darauf.

Vor ihr lag der einzige Klassenraum der Schule. Nur vier Pulte. Normalerweise waren drei davon mit etwas Abstand nebeneinander aufgestellt, und eines stand dahinter. Davor befand sich der Schreibtisch der Lehrerin. Doch jetzt waren alle Möbel an die Wand geschoben worden, bis auf zwei Pulte in der Mitte des Raumes.

Zwei Türen führten von diesem Raum ab. Durch die eine gelangte man zu den Waschräumen, durch die andere in eine kleine Küche.

Kälte zog ins Zimmer, weil die rückwärtige Doppeltür einen Spaltbreit offen stand. Dahinter vernahm Thyra leises Wispern und Gekicher.

»Greta, jetzt komm schon!«, rief sie laut – vor allem, um die

Menschen hinter der Doppeltür darauf aufmerksam zu machen, dass sie und Greta eingetroffen waren. Mit Erfolg, denn jetzt war es absolut still.

Greta ließ noch ein bisschen auf sich warten. Thyra befürchtete schon, dass sie überhaupt nicht kommen würde, doch dann betrat sie den Raum.

»Was machst …« Greta brach ab.

Im Dämmerlicht konnte Thyra lediglich die Umrisse der Freundin erkennen.

»Was duftet denn hier so … lecker?« Greta schnupperte hörbar.

Licht flammte auf. So plötzlich, dass Thyra im ersten Moment geblendet die Augen schloss.

Greta hatte den Lichtschalter betätigt. Ihr verwunderter Blick wanderte durch den Raum und fiel auf die beiden Pulte, die aneinandergestellt mitten im Raum standen. Darauf befand sich ein Bilderrahmen in Herzform. Das darin angebrachte Foto zeigte Greta inmitten ihrer Schulkinder.

Die beiden Flügeltüren an der Rückseite des Klassenzimmers wurden aufgestoßen. Auf der Veranda dahinter drängten sich die Bewohner Tjarojakks. Zuerst kamen die Schulkinder herein, eines nach dem anderen, während Thyra zur Seite trat und sich neben Annbritt stellte. Sie lächelte Gösta zu, der ein Stück abseits stand und winkte.

Ella trat neben das Pult.

»G steht für deine Güte, die du immer gezeigt hast«, sagte sie laut und warf ein kleines Holzherz in einen Schlitz an dem herzförmigen Bilderrahmen. Auf dem Holzherz stand Ellas Name.

Als Nächstes kam Ludvig.

»R steht für deine Ruhe, auch wenn wir nicht artig waren.« Er warf ein winziges Holzherz mit seinem Namen in den Schlitz.

Der kräftige Bosse, der alle anderen Kinder überragte, kam

grinsend in die Mitte.

»E steht für deinen Einfallsreichtum, damit uns der Unterricht nie langweilig wird.« Sein Herz flog in den Bilderrahmen.

Der sechsjährige Mats hingegen wirkte sehr nervös und schien unter schrecklichem Lampenfieber zu leiden. Er war schmal und für die Temperaturen draußen viel zu dünn angezogen. Offensichtlich hatte er seinen Text vergessen.

»A«, flüsterte Annbritt.

Mats nickte.

»A«, begann er, um gleich darauf wieder hilflos zu verstummen.

»A steht für alles …«, half Annbritt erneut nach.

Mats strahlte. »A steht für alles, was du hast.«

Annbritt schüttelte den Kopf.

Mats legte den Zeigefinger gegen seine Unterlippe und dachte kurz nach.

»Ich weiß es«, rief er schließlich. »A steht für alles, was du kannst.«

Annbritt schüttelte wieder den Kopf. Die beginnende Verzweiflung in ihrem Blick spiegelte sich in Mats Augen, doch dann erhellte sich sein Gesichtchen plötzlich.

»Ich weiß es«, rief er laut aus. »A steht für alles, was du uns gegeben hast.«

»Endlich!« Annbritt seufzte erleichtert.

Nun trat der Kleinste der Klasse nach vorn. Lovis, blonde Locken, blaue Augen und eine runde Nickelbrille. Er kannte seinen Text, stand aber mit gesenktem Kopf da und schaute niemanden an, während er lispelte: »Alles-s s-sus-sammen s-teht für Greta. Wir s-sind traurig, das-s du uns-s verlä-s-s-t, und wir wüns-chen dir alles-s Gute.«

»Du lieber Himmel«, sagte Thyra leise zu Annbritt. »Wieso habt ihr ausgerechnet ihm so einen s-lastigen Satz gegeben?«

»Weil er der Einzige war, der sich einen so langen Satz merken konnte«, gab Annbritt leise zurück.

Lovis warf sein Herz ebenfalls in den Rahmen und zog sich ganz schnell wieder zurück. Es war ihm deutlich anzusehen, wie sehr er es hasste, im Mittelpunkt zu stehen.

Ganz zum Schluss kamen die Lund-Zwillinge Anina und Anna, die niemand auseinanderhalten konnte. Weil Gretas Name nun einmal nicht mehr Buchstaben besaß, sprachen die beiden gleichzeitig einen Satz: »Wir werden dich nie vergessen.« Nacheinander ließen sie ihre Herzen in den Rahmen fallen, bevor sie Hand in Hand zur Seite traten.

In ihren weißen Kleidchen und mit den langen blonden Haaren, die ihnen in Wellen über die Schultern fielen, glichen sie äußerlich zwei kleinen Engeln, doch Thyra wusste von Greta, dass die beiden zwei richtige Teufelchen sein konnten.

Greta stand immer noch an der Eingangstür. Tränen liefen ihr über die Wangen.

Thyra und Annbritt eilten zu ihr, nahmen sie in die Arme und führten sie schließlich in den Raum. Getränke wurden auf die Tische in der Mitte gestellt und die ganzen Köstlichkeiten auf die Pulte ringsum verteilt.

Auch Stina, die den kleinen Dorfladen betrieb, wischte sich verstohlen die Tränen aus den Augen.

»Es ist so schrecklich, dass du gehst«, schniefte sie. »Gibt es wirklich nichts, womit wir dich zum Bleiben überreden können?«

»Hör bloß auf«, rief Greta schluchzend. »Dass ihr alle da seid.« Sie schaute in die Runde. »Ich werde euch schrecklich vermissen.«

»Du musst nicht gehen.« Dag, der einen kleinen Bauernhof besaß, sah sie mit entsagungsvollem Blick an. Alle im Dorf wussten, dass er für Greta schwärmte.

Thyra bemerkte, dass Maj, Lovis' Mutter, die beiden traurig beobachtete.

Auch Annbritt schaute in diesem Moment in Majs Richtung. Als sich danach ihr und Thyras Blick trafen, zuckte Annbritt kaum merklich mit den Schultern.

Birger öffnete die erste Schnapsflasche.

»Ein bisschen trocken hier«, meinte er grinsend.

»Hast du gewusst, dass da etwas zwischen Maj und Dag ist?«, fragte Thyra, als sie kurz mit Annbritt außer Hörweite der anderen war.

»Da ist ja nichts«, erwiderte Annbritt. »Leider! Dag nimmt sie einfach nicht wahr. Ihm bricht es wahrscheinlich das Herz, dass Greta morgen abreist.«

Ragnar und Birger versorgten alle mit Getränken, bis Stina irgendwann sagte: »Maj, kannst du bitte für uns singen?«

Maj wurde sichtlich nervös, als sich alle Blicke auf sie richteten, doch dann nickte sie. Sie schloss die Augen und atmete einmal tief ein und aus.

Als es völlig still war, öffnete sie die Augen wieder und begann zu singen. Ihre Stimme war klar, kraftvoll und sehr emotional. Sie sang einen Joik, der von den Rentieren handelte und außerdem von der Verbundenheit mit der Natur sowie den Ahnen sprach. Es war ein Joik, der ihr Herz zum Ausdruck brachte.

Thyra spürte, wie sie jeder Ton dieser wundervollen Stimme berührte. Maj entführte sie in eine andere Welt, stellte allein mit ihrem Gesang eine besondere und einzigartige Verbindung zu ihrer Kultur her.

Thyra ließ ihre Blicke schweifen und sah, dass es allen anderen auch so erging. Dann bemerkte sie, dass Greta sich leise aus dem Raum stahl, und irgendwie gelang es ihr, das Zimmer ebenfalls unbemerkt zu verlassen. Draußen holte sie Greta ein.

»Du kannst doch nicht einfach gehen.«

»Wenn ich jetzt nicht gehe, fahre ich morgen nicht nach

Malmö«, sagte ihre Freundin mit tränenerstickter Stimme.

Darüber würden wir uns alle freuen, hätte Thyra jetzt sagen können. *Und du weißt, wie glücklich du mich damit machen würdest.*

Doch sie schwieg, weil das nicht der Moment war, um solche Worte auszusprechen. Sie wollte es Greta nicht noch schwerer machen.

»Ich bringe dich nach Hause«, sagte sie stattdessen und hängte sich bei ihrer Freundin ein.

Als sie den Weg zum Lehrerhaus gingen, zeigten sich am Himmel die ersten Polarlichter. Sie blieben beide stehen.

»Sogar der Himmel verabschiedet sich von dir«, sagte Thyra leise.

»Das sind die Erinnerungen, die ich immer mit Tjarojakk verbinden werde.« Greta wandte sich Thyra zu und umarmte sie. »Dieser Abend heute, die Polarlichter. Die vielen Momente, die wir miteinander verbracht haben. Die Kinder, die Menschen hier …« Sie schwieg einen Augenblick. »… das alles werde ich nie vergessen. Aber Thyra, hier und jetzt trennen sich unsere Wege. Dein Leben findet hier statt, und ich kehre in mein altes und gleichzeitig neues Leben zurück. Grüß bitte die anderen von mir, und richte ihnen meinen Dank für diesen wundervollen Abschied aus.«

Thyra sah ihrer Freundin nach. Als Greta sich noch einmal umwandte, winkte sie ihr zu. Dann drehte sie sich um und ging zurück zu den anderen.

Am nächsten Mittag stand Thyra pünktlich um zehn Uhr an der Busstation in Jokkmokk. Sie hatte am vergangenen Abend nicht mehr viel getrunken und war nur eine halbe Stunde später als Greta nach Hause gegangen.

Wann Gösta heimgekommen war, wusste sie nicht. Als sie das Haus am Morgen verlassen hatte, um nach Jokkmokk zu fahren, hatte er jedenfalls noch im Bett gelegen.

Der Bus fuhr mit fünf Minuten Verspätung ein. Als sich die hydraulischen Türen zischend öffneten, hielt sie das Schild hoch.

Aufmerksam beobachtete sie die Menschen, die ausstiegen. Zwei Frauen trugen große Einkaufstaschen bei sich und sprachen angeregt miteinander. Ein etwa sechzehnjähriger Junge trottete unlustig hinter den beiden her. Die dunklen Haare verdeckten teilweise sein Gesicht, und er schien mit den Gedanken weit entfernt zu sein. Hinter ihm erschien ein älteres Ehepaar, beide in warme Wintermäntel gehüllt. Der Mann hatte einen dichten weißen Bart, der ihm ein weises Aussehen verlieh, während die Frau mit einer bunten Strickmütze auffiel. Sie lächelten Thyra freundlich zu, als sie an ihr vorbeigingen.

Daraufhin betrat ein Mann mittleren Alters den Bürgersteig. Er trug eine robuste Outdoor-Jacke und hatte einen Rucksack über der Schulter. Sein Blick schweifte neugierig umher, während er die frische Luft der verschneiten Landschaft zu genießen schien. Neben ihm tauchte eine Gruppe von Jugendlichen auf, lebhaft und voller Energie. Sie lachten und alberten miteinander, anscheinend voller Vorfreude auf das, was vor ihnen lag.

Aus der hinteren Tür des Busses stieg ein Mann, der völlig übermüdet wirkte. Er war sehr groß und schlank. Sein Haar war perfekt gestylt, sein Bart sorgfältig gestutzt. Zuerst nahm er eine Reisetasche in Empfang, die ihm jemand aus dem Inneren des Busses reichte, danach einen klobigen, altmodischen Koffer. Er reichte ein weiteres Mal die Hand in den Bus und half einem alten Mann beim Aussteigen.

Thyra ahnte bereits, dass es sich bei den beiden Männern um Birgers Gäste handelte. In diesem Moment drehte der jüngere der beiden sich um und schaute ihr direkt ins Gesicht …

Kapitel 3

Es war eine anstrengende Anreise gewesen. Über tausend Kilometer vom Süden bis hoch in den Norden. Vom Stockholmer Flughafen Arlanda waren sie am frühen Morgen nach Luleå geflogen. Von dort aus ging es mit dem Bus weiter nach Jokkmokk.

Anfangs hatte Krister sich große Sorgen um seinen Großvater gemacht. Doch während er selbst immer müder wurde, schien Ove regelrecht aufzublühen. Er hatte den Platz am Fenster und klebte förmlich mit der Nase an der Scheibe.

»Geht es dir gut, Großer Vater?«

Ove wandte nur kurz den Kopf und nickte. In seinem von Falten durchzogenen Gesicht lag ein Strahlen, das Krister noch nie gesehen hatte. In diesem Moment war er froh, dass er seinem Großvater dessen ganz besonderen Wunsch erfüllt hatte.

Krister schwieg nun auch wieder und schaute an seinem Großvater vorbei aus dem Fenster. Er kannte Luleå nicht, wusste lediglich, dass hier so viel die Sonne schien wie sonst nirgendwo in Schweden. Dabei lag Luleå gerade einmal hundert Kilometer vom Polarkreis entfernt.

Die Landschaft veränderte sich, als der Bus aus der Stadt fuhr. Die Straße schlängelte sich durch malerische Dörfer, deren rote Holzhäuser mit weißen Schneehauben bedeckt waren. Rauch stieg aus den Kaminen auf und mischte sich mit der kühlen Luft. Dann wieder breitete sich die Weite des Nordens vor ihnen aus. Schneebedeckte Felder, die so endlos schienen, dass der schmale Streifen des Horizonts nicht mehr zu erkennen war.

Nach einer Weile schlief Krister ein. Er erwachte erst wieder, als ihn jemand am Arm rüttelte.

»Aufwachen, du Schlafmütze.« Trotz des Fluges und der anschließenden Busfahrt wirkte Ove überraschend munter. »Wir sind da.«

»Schon?«, murmelte Krister. Er setzte sich aufrecht hin und schaute aus dem Fenster.

Der Bus stand neben einer Art Verkehrsinsel am Busbahnhof. Ein gläserner Unterstand bot Schutz vor Regen und Schnee. Die wenigen Sitzgelegenheiten waren jedoch leer, weil die Fahrgäste bereits in der Nähe der Bustüren standen und darauf warteten, dass sie einsteigen konnten.

Die Dächer der umliegenden Gebäude waren weiß, doch an der Bushaltestelle selbst war von dem Schnee nicht mehr zu sehen als schmutzig-grauer Matsch.

Krister erhob sich und brachte Oves Koffer und seine eigene Reisetasche zum hinteren Ausgang. Ove folgte ihm und reichte ihm die Gepäckstücke. Krister stellte Koffer und Reisetasche neben sich, bevor er seinem Großvater die Hand entgegenstreckte, um ihm beim Aussteigen zu helfen.

»Wie kommen wir jetzt nach Tjarojakk?«, fragte Ove.

»Birger lässt uns abholen.« Krister schaute sich um. Ihre Mitreisenden, die ebenfalls hier ausgestiegen waren, hatten sich inzwischen entfernt, die Wartenden stiegen in den Bus.

Beißende Kälte umhüllte Krister. Auch in Kalifornien konnte es in den Wintermonaten unangenehm kalt werden, aber nicht so wie hier. Mit leisem Bedauern dachte er an sein Zuhause in Malibu. An das Haus mit dem Ausblick auf den Pazifik, an Anouk …

Seine Gedanken stockten, als er eine Frau erblickte. In den Händen hielt sie das Schild mit Birgers Namen. Sie stand nur wenige Meter von ihm entfernt, trug eine dicke Winterjacke und hatte einen Schal um den Hals gebunden. Lange, schwarze

Haarsträhnen lugten unter ihrer Mütze hervor. Ihre tiefblauen Augen begegneten seinem Blick, und die Zeit schien stehen zu bleiben …

Als sie den Mund plötzlich zu einem spöttischen Lächeln verzog, wurde ihm bewusst, dass er sie regelrecht angestarrt hatte.

Langsam kam sie auf ihn und Ove zu. »Hej, ich bin Thyra.«

Immer noch verwirrt durch ihren ersten Blickkontakt und ihr spöttisches Lächeln, antwortete Krister nicht sofort. Das übernahm schließlich sein Großvater für ihn.

»Hej, ich bin Ove. Und der große Schweiger neben mir ist mein Enkel Krister.«

»Aber er kann reden?« Thyra grinste.

»Er ist nur schüchtern«, behauptete Ove schmunzelnd. »Obwohl er ein berühmter Schauspieler ist.«

»Wirklich?« Diesmal musterte sie Krister von Kopf bis Fuß. »Ich kenne ihn nicht.«

»Er dreht ja auch überwiegend in Amerika.«

Krister wusste nur zu gut, dass sein Großvater nichts von seiner Berufswahl hielt. Trotzdem schmerzte ihn der abfällige Unterton in Oves Stimme. Und offensichtlich war er noch nicht fertig …

»Dabei hat er ein abgeschlossenes Studium und könnte in einem vernünftigen Beruf arbeiten.«

»Wollt ihr noch länger hier herumstehen und über mich reden, oder können wir fahren?«, unterbrach ihn Krister. »Mir ist kalt.«

»Das nennst du kalt?« Ove schüttelte verständnislos den Kopf. »Dann warte erst einmal ab, bis wir hier richtig Winter haben.« Er und Thyra warfen sich einen amüsierten Blick zu.

»Ich habe nicht die Absicht, so lange zu bleiben«, erklärte Krister kategorisch. »Wir reisen spätestens in zwei Wochen wieder ab.«

Ove sagte nichts dazu, doch es entging Krister nicht, wie sein Großvater und Thyra einander verständnisinnig anlächelten. Es war ganz offensichtlich, dass die beiden vom ersten Moment an auf einer Wellenlänge lagen.

»Mein Wagen steht da hinten.« Thyra wies vage hinter sich, packte den Griff von Oves altmodischem Koffer und hob ihn mühelos hoch.

»Den kann ich tragen«, wehrte Krister ab. »Eine Frau sollte so schwere …« Er brach ab, als er das Funkeln in ihren Augen bemerkte, und packte seine eigene Reisetasche.

Thyra überquerte den weitläufigen Platz und hielt auf das Ende der Bushaltestelle zu. Krister und Ove folgten ihr.

»Sie ist sehr nett«, flüsterte Ove ihm zu.

Da der alte Mann ein klein wenig schwerhörig war, was er allerdings bestritt, war sein Flüstern weithin zu verstehen. Ganz sicher hatte auch Thyra ihn gehört, auch wenn sie unverwandt voranschritt.

Krister antwortete nicht darauf. Er wusste noch nicht, was er von Thyra halten sollte. Doch mehr noch beschäftigte ihn die Frage, was sie über ihn dachte.

»So etwas habt ihr in Kalifornien nicht«, fuhr Ove im überlauten Flüsterton fort. »So nette Menschen.«

Diesmal konnte Krister nicht an sich halten.

»Da hast du recht«, stimmte er seinem Großvater zu. Voller Befriedigung, weil er den Spott, den er in Thyras Augen gesehen hatte, nun in seine Stimme legen konnte. »So etwas haben wir tatsächlich nicht in Kalifornien.«

Sie drehte sich nicht um, sondern ging weiter, ohne auch nur eine Sekunde zu verharren. Und doch hatte Krister das Gefühl, dass sich ihre Schultern ein wenig anspannten. Aber vielleicht war das auch nur reines Wunschdenken.

Sekunden später standen sie vor Thyras Wagen.

»Du lieber Himmel!«, stieß Krister hervor. »Was ist das?«

Das Fahrzeug erinnerte ihn an den uralten amerikanischen Buick, war nur kleiner und schäbiger. Die undefinierbare Lackfarbe erinnerte ein bisschen an den Schneematsch auf der Straße.

»Das ist ein Volvo PV 444«, entgegnete Thyra. »Uralt, aber er fährt zuverlässig, und das reicht für uns völlig aus.«

»Ich kenne diesen Wagen«, sagte Ove. »Der gehört Gösta.«

»Ja«, bestätigte Thyra erstaunt. »Gösta ist mein Großvater. Kennst du ihn?«

Oves Gesicht wirkte plötzlich verschlossen. »Ja«, antwortete er kurz angebunden, mehr sagte er nicht dazu. Dann bestand er darauf, auf dem Rücksitz Platz zu nehmen.

Thyra war die Verwunderung deutlich anzusehen, aber sie fragte nicht weiter nach.

Weil auf dem Platz hinter dem Fahrersitz Kartons mit der Aufschrift eines Baumarktes standen, blieb Krister nichts anderes übrig, als sich vorne neben Thyra zu setzen, nachdem das Gepäck im Kofferraum verstaut worden war.

Sie steckte den Schlüssel ins Zündschloss, startete den Wagen und legte den ersten Gang ein. Ein lautes Krachen war zu hören.

Das konnte Krister unmöglich unkommentiert lassen.

»Das nennst du zuverlässig?«

Langsam wandte Thyra den Kopf. Ihre Miene blieb völlig ausdruckslos, als sie antwortete: »Das Getriebe ist nicht synchronisiert. Er hat ganz gern ein bisschen Gas vor dem Einlegen des Ganges, erst dann drehen sich die Zahnräder im gleichen Takt.«

»Aha …« Etwas Besseres fiel Krister nicht ein.

Thyra schüttelte den Kopf. »Du hast keine Ahnung, wovon ich rede.«

»Stimmt«, gab er unumwunden zu und musste unwillkürlich lächeln.

Thyra lächelte zurück. Dann schaute sie wieder nach vorn, gab Gas und fuhr los.

Thyra steuerte den Wagen so sicher aus der Stadt, dass Krister sich entspannt zurücklehnte. Auf einer Länge von etwa fünf Kilometern fuhren sie über die E45, bevor Thyra rechts abbog. Die Straße war schmal und wurde von Kiefern und Birken gesäumt. Der Schnee glitzerte im Sonnenlicht. Es war offensichtlich, dass die Strecke nur wenig befahren wurde, da kaum Reifenspuren zu sehen waren.

An dem kleinen Weiler Juggijaur bog Thyra links ab.

»Hoffentlich kommt uns hier niemand entgegen.« Krister hatte sich ein wenig aufgerichtet und starrte durch die Windschutzscheibe.

»Die Straße ist breit genug.« Thyra lachte.

»Straße? Das ist nicht mehr als ein geteerter Feldweg.«

Wieder lachte Thyra laut auf. »Dann bin ich gespannt, was du zu dem letzten Kilometer sagst, der nach Tjarojakk führt.«

»Ich ahne jetzt schon Schlimmes. Erstaunlich, dass diese alte Kiste das so viele Jahre überstanden hat.«

Thyra streichelte liebevoll über das dünne Lenkrad. »Wir pflegen ihn gut.«

Plötzlich wurde Krister bewusst, dass sein Großvater während der ganzen Fahrt noch kein Wort gesagt hatte. Er wandte sich um. Der alte Volvo hatte keine Kopfstützen, sodass er Ove direkt ins Gesicht schauen konnte.

»Wie geht es dir, Großer Vater?«

Ove lächelte, aber Krister spürte, dass es ihm nicht leichtfiel. Zumal er mit seiner Antwort zögerte.

»Gut«, antwortete er schließlich.

»Wirklich?«

Das Lächeln auf Oves Miene erlosch. »Das sagte ich doch«, erwiderte er brummig.

Krister setzte sich wieder gerade. Er bemerkte, dass Thyra einen prüfenden Blick in den Rückspiegel warf.

»Wir sind gleich da«, sagte sie, bevor sie erneut den Blinker setzte.

Krister umklammerte mit einer Hand den Türgriff und stützte sich mit der anderen am Innendach ab.

»Das ist doch kein Weg!«, rief er, als der Volvo rumpelnd durch den Wald fuhr.

»Den kannst du unter dem Schnee nicht sehen«, behauptete Thyra, ging aber vom Gas, während sie durch eine Senke fuhren. Nach der nächsten Wegbiegung lichtete sich der Wald, und vor ihnen erstreckte sich der Ort.

»Tjarojakk!«, stieß Ove mit belegter Stimme hervor.

Die Hauptstraße, die im Grunde auch nicht mehr war als ein breiter Schotterweg, führte mitten durch den Ort. Links zwischen den Bäumen und am Ende der abzweigenden Wege entdeckte er einen See.

Thyra hatte seine Blicke offensichtlich bemerkt. »Das ist der Fatjassjön. Bald friert er zu, dann kannst du darauf eislaufen.«

Krister schüttelte den Kopf. »Ich kann nicht schlittschuhlaufen. Das ist aber auch nicht wichtig, weil wir – wie gesagt – längst nicht mehr hier sind, wenn der See zugefroren ist.«

Er lauschte nach hinten, doch sein Großvater reagierte nicht auf seine Worte.

Krister hatte die Zimmer für sich und seinen Großvater für zwei Wochen reserviert. Ove hatte das so hingenommen, aber Krister war sicher, dass sein Großvater gerne länger geblieben wäre, während ihm die Zeit bereits jetzt endlos erschien.

»Der Winter kommt früh in diesem Jahr«, sagte Thyra.

Krister seufzte. »Ja, leider.«

Sie wandte ihm kurz den Kopf zu, bevor sie sich wieder auf den Weg konzentrierte. »Du magst diese Jahreszeit nicht?«

»Ich mag die Kälte nicht«, bestätigte Krister.

Danach schwiegen sie wieder, und Krister betrachtete weiter das Dorf, durch das sie fuhren. Ove hatte ihm so oft von diesem Ort erzählt, von den kalten Wintern, den herzlichen Dorfbewohnern und den Geschichten, die sich zwischen den roten Holzhäusern abspielten. Als Kind hatte er den Erzählungen fasziniert gelauscht, als Teenager allerdings nur noch gelangweilt, wie er sich jetzt beschämt eingestand. Da waren es für ihn bloß die sentimentalen Erinnerungen eines alten Mannes gewesen, die er sich nur seinem Großvater zuliebe angehört hatte.

Jetzt allerdings fragte er sich, was in diesem Moment in Ove vorging. Was empfand er beim Anblick seiner alten Heimat? Er hatte seit Jokkmokk von sich aus nichts mehr gesagt.

Thyra bog von der Hauptstraße in einen der abzweigenden Wege ein. Hier gab es nur zwei Häuser, ebenfalls rot, mit weiß gestrichenen Fensterläden und Türrahmen. Offensichtlich war das zweite, etwas größere Haus ihr Ziel. Thyra parkte den Wagen direkt vor der Tür.

Im Schnee waren große Fußspuren zu sehen, rechts und links daneben erkannte Krister aber auch kleine Abdrücke. Offensichtlich gab es hier Kinder.

Krister mochte Kinder und dachte jetzt zum ersten Mal seit Jahren daran, dass er aus genau diesem Grund eigentlich Lehrer werden wollte. Doch dann hatte sich sein Leben so völlig anders entwickelt …

»Wir sind da«, sagte Thyra. »Hier wohnt Birger mit seiner Familie.«

»Dann ist Birger der Sohn von Carl?«, meldete sich Ove zu Wort.

»Der Enkel«, berichtigte Thyra. »Ebenso wie Ragnar, der in dem Haus gleich nebenan wohnt. Carl ist schon vor zehn Jahren gestorben.«

»Ich hatte ja keine Ahnung.« Tiefe Betroffenheit lag in Oves Stimme.

Thyra drehte sich auf dem Fahrersitz um, sodass sie Ove anschauen konnte.

»Darf ich dich fragen, woher du Carl und meinen Großvater kennst?«

»Ich wurde hier geboren, bin hier aufgewachsen und …« Ove brach ab und schwieg einen Moment. »Ich hatte Angst, dass ich meine Heimat nicht mehr sehe, bevor ich …« Wieder brach er ab.

»Ich verstehe.« Thyra lächelte ihm herzlich zu. »Herzlich willkommen in der Heimat. Ich wünsche euch beiden eine gute Zeit in Tjarojakk.«

Ove lächelte zurück.

»Danke.« Krister bemühte sich ebenfalls um ein Lächeln, während ihn nur ein Gedanke bewegte: *Hoffentlich ist das hier alles schnell vorbei!*

Kapitel 4

Thyra spürte, dass Ove nicht über seine Vergangenheit in Tjarojakk reden wollte. Vielleicht bewegte ihn seine Heimkehr zu sehr und er konnte deshalb nichts sagen. Oder es gab andere, weniger erfreuliche Gründe.

Für einen Moment entstand eine unangenehme Stille. Zum Glück kam Birger jetzt aus dem Haus, um seine Gäste zu begrüßen.

»Komm doch mit rein«, bot er Thyra an. »Annbritt hat einen kleinen Imbiss vorbereitet, und Ragnar wird nachher auch noch vorbeischauen.«

Thyra schüttelte den Kopf. »Opa wartet bestimmt auf mich. Außerdem will ich nachher noch einmal raus zu den Rentieren.«

Vor allem wollte sie ihren Großvater wegen Ove ausfragen, aber das verschwieg sie natürlich. Sie wünschte Krister und Ove noch einmal einen schönen Aufenthalt in Tjarojakk, bevor sie sich endgültig verabschiedete.

Nachdem sie den Wagen gewendet hatte und losgefahren war, schaute sie in den Rückspiegel – und begegnete dort Kristers Blick. Während Birger und Ove bereits an der Haustür standen, hatte Krister sich noch nicht in Bewegung gesetzt und schaute ihr nach.

»Komischer Typ«, murmelte Thyra, als sie in die Hauptstraße einbog und Krister nicht mehr zu sehen war.

Wenige Minuten später bog sie in einen der Wege ein, die zum See führten, und parkte ihren Wagen vor ihrem eigenen Zuhause.

Thor erkannte das Motorgeräusch des alten Volvos. Thyra hörte den Hund hinter der Tür bellen, bis ihr Großvater ihn laut und beim Namen rief.

Thor verstummte kurz, dann hörte Thyra ihn abwechselnd an der Tür schnüffeln und leise winseln.

Mit dem wohligen Gefühl, das sich jedes Mal in ihr breitmachte, wenn sie nach Hause kam, ging sie auf das Haus zu. Es war rot, wie die meisten Häuser im Dorf, und an der Vorderseite befand sich eine Veranda, die durch den Balkon im Obergeschoss überdacht wurde. Das Holzgeländer trug kleine Schneehäubchen.

Gleich links neben dem Haus, ein wenig nach hinten versetzt, war der Stall, in dem Gillis lebte. Auch er hatte offensichtlich mitbekommen, dass sie nach Hause gekommen war, denn die breite Tür des Stalles wurde von innen aufgeschoben und das Rentier kam nach draußen. Irgendwann hatte er herausgefunden, wie sich die Tür öffnen ließ.

Er schnalzte mit der Zunge, um sie zu begrüßen, dann kam er näher und ließ sich von ihr streicheln. Dabei schnupperte er an ihrer Hand. Ganz offensichtlich hoffte er, dass sie ihm einen Leckerbissen mitgebracht hatte.

»Du kleines Schleckermaul.« Thyra lachte und zog den Apfel aus ihrer Jackentasche, den sie schon vor der Abfahrt eingesteckt hatte. Er war klein und schrumpelig, aber vor allem süß. Gillis liebte diese Äpfel. Nachdem er ihn verspeist hatte, trabte er aus eigenem Antrieb zurück in den Stall.

Thyra folgte ihm und zog die Tür zu, auch wenn sie genau wusste, dass das Gillis nicht aufhalten würde.

Als sie kurz darauf das Haus betrat, begann Thor wieder zu bellen. Schwanzwedelnd sprang er um sie herum.

Thyra nahm sich die Zeit, auch ihn ausgiebig zu begrüßen, bevor sie in die Küche ging.

Gösta saß an dem kleinen Tisch am Fenster und schälte Kartoffeln. Bevor er sie ins Wasser legte, schnitt er jede Kartoffel fächerförmig ein. Lächelnd sah er auf, als sie eintrat.

»Opa, ich wollte doch heute kochen.« Sie setzte sich zu ihm.

Gösta grinste sie an. »Und ich wollte heute etwas Leckeres essen.«

Thyra schnappte empört nach Luft, doch ihr Großvater ließ sie nicht zu Wort kommen.

»Du hast viele Talente, mein Kind, aber Kochen gehört nun einmal nicht dazu.«

»Du bist einfach nicht bereit, dich auf etwas Neues einzulassen. Nur weil ich hin und wieder Gerichte aus exotischen Ländern ausprobiere …«

Sie brach ab, als Gösta laut auflachte.

»Kein Mensch glaubt dir, dass versalzener Blumenkohl und verbrannte Bratkartoffeln eine mexikanische Spezialität sind.«

»Na gut.« Thyra musste jetzt selbst lachen. »Ich gebe zu, dass alles, was du kochst, besser schmeckt.«

»Soweit es dich betrifft, habe ich in der Hinsicht auch jede Hoffnung aufgegeben«, sagte Gösta schonungslos. »Aber damit du nicht verhungerst, sobald du mit Ragnar verheiratet bist, werde ich ihm demnächst das Kochen beibringen.«

»Weiß er das schon?«, fragte Thyra amüsiert. »Ich glaube nicht, dass er große Lust dazu hat.«

»Dann muss er sich eben zukünftig mit ›mexikanischer Küche‹ zufriedengeben.« Gösta malte Anführungszeichen in die Luft. Dann warf er die letzte Kartoffel, die er geschält hatte, in den Topf, der auf dem Tisch neben ihm stand, und schaute Thyra fragend an. »Ihr heiratet doch nächsten Sommer?«

Nach Greta fing nun auch ihr Großvater damit an! Thyra wusste nicht sofort, was sie darauf antworten sollte.

»Wieso habt ihr es plötzlich alle so eilig mit unserer Hochzeit?«, fragte sie schließlich zurück.

»Nach einer vierjährigen Verlobungszeit würde ich nicht

mehr von Eile reden.« Gösta schmunzelte. »Und alle im Dorf wissen seit eurer Kindheit, dass ihr zusammengehört. Warum macht ihr es dann nicht endlich amtlich?«

»Wir heiraten schon noch«, erwiderte Thyra ausweichend. »Es wäre sehr schön, wenn wir den Termin festlegen könnten, ohne dass sich das ganze Dorf einmischt.«

Gösta schmunzelte. »Wie lange wohnst du schon hier?«

»Mein ganzes Leben, wie du weißt.« Thyra zuckte mit den Schultern. »Na und? Das gibt den Leuten noch lange nicht das Recht, sich in unsere Angelegenheiten einzumischen.«

»Thyra, Thyra!« Gösta schüttelte den Kopf. »Wir in Tjarojakk mischen uns nicht ein, wir kümmern uns um unsere Mitbürger.«

»Um Ragnar und mich muss sich niemand kümmern«, sagte Thyra energisch und wechselte unvermittelt das Thema. »Kennst du einen Ove? Er hat früher in Tjarojakk gelebt.«

»Nein!«, stieß ihr Großvater hervor. Gleichzeitig stand er so abrupt auf, dass der Stuhl, auf dem er gesessen hatte, umfiel.

Gösta fluchte leise, während er den Stuhl wieder an den Tisch stellte. Dann nahm er den Topf mit den Kartoffeln und brachte ihn zum Herd.

Thyra beobachtete ihn überrascht. Erst jetzt fiel ihr auf, dass Oves Freundlichkeit in dem Moment verschwunden war, als er in dem alten Volvo den Wagen ihres Großvaters erkannt hatte. Bis jetzt hatte sie dem keinerlei Bedeutung beigemessen …

Sie erhob sich ebenfalls und trat neben ihren Großvater.

»Ove konnte sich aber noch an dich erinnern«, fuhr sie fort. »Er hat deinen Wagen sofort erkannt.«

Gösta fuhr herum. »Wo hast du Ove gesehen?« Jetzt war keine Rede mehr davon, dass er Ove nicht kannte.

»Er war es, den ich in Jokkmokk abgeholt habe. Zusammen mit seinem Enkel Krister.«

Gösta war offensichtlich so entsetzt, dass es ihm die Sprache verschlug. Sein Mund öffnete sich, ohne dass ein Wort über seine Lippen kam.

»Du kennst ihn also doch«, stellte Thyra fest.

»Sagen wir es mal so: Es ist mir in den vergangenen Jahrzehnten gelungen, ihn aus meinem Gedächtnis zu streichen.« Gösta klang verbittert. »Ich dachte, er wäre für immer aus meinem Leben verschwunden.«

»Was ist denn …« Thyra brach ab, als ihr Großvater gebieterisch die Hand hob.

»Ich will nicht über ihn reden. Nicht jetzt! Niemals!« Damit drehte er sich um und verließ die Küche.

Thyra hatte ihren Großvater noch nie so erlebt. Sollte sie ihm nachgehen? Oder war es besser, ihn erst einmal in Ruhe zu lassen und darauf zu warten, dass er zu ihr kam?

Sie schaute in den Topf mit den Kartoffeln und beschloss, heute einen weiteren ihrer Kochversuche zu unternehmen. Offensichtlich hatte Gösta Fächerkartoffeln vorgesehen, und dazu sollte es bestimmt frischen Salat geben. Den hatte sie selbst gestern bei Stina gekauft, und jetzt lag er eingeschlagen in der Tageszeitung von vorgestern auf der Spüle.

»Okay, Opa«, murmelte sie. »Du hast es nicht anders gewollt.« Mit diesen Worten schaltete sie den Herd ein.

Während sie den Salat auseinanderpflückte und wusch, lauschte sie mit einem Ohr zum Flur. Doch von Gösta war nichts mehr zu hören. Wahrscheinlich hatte er sich in sein Zimmer zurückgezogen.

Früher hatte er sein Zimmer im oberen Stockwerk gehabt, genauso wie Thyra. Doch seit ihn die Arthrose in beiden Knien quälte, bewohnte er den kleinen Raum neben dem Wohnzimmer, der einst das Büro ihres Vaters gewesen war.

Der Gedanke an ihren Vater schmerzte Thyra immer noch, obwohl er bereits seit zehn Jahren nicht mehr lebte. Von ihm hatte Thyra alles über die Rentierzucht gelernt, und ihm verdankte sie auch die Liebe zum hohen Norden. Wenn sie im Winter durch die verschneite Landschaft streifte, fühlte sie sich ihm besonders nah.

Ihre Mutter hingegen war bereits kurz nach Thyras Geburt gestorben. Thyra kannte sie nur von Fotos und aus Erzählungen. Wobei ihr Vater nicht viel über sie gesprochen hatte, denn jedes Wort und jede Erinnerung hatten selbst nach Jahren noch den alten Schmerz über den Verlust seiner Frau heraufbeschworen. Vielmehr war es Stina gewesen, eine enge Freundin ihrer Mutter, die all die Fotos aus der Vergangenheit mit Leben gefüllt hatte.

Als Thyra die Fächerkartoffeln in den Backofen schob, kam ihr Großvater zurück.

Unwillig runzelte er die Stirn. »Was hast du mit den Kartoffeln gemacht?«

Thyra schob das Backblech komplett in den Backofen und schloss die Tür.

»Ich habe mich streng ans Rezept gehalten«, behauptete sie.

»An welches Rezept?«, fragte Gösta prompt.

»Also, ich habe das so gemacht, wie du es immer machst.« Thyra schaute durch die Glasscheibe des Backofens. »Glaube ich jedenfalls«, ergänzte sie ein bisschen kleinlaut.

Gösta stellte sich neben sie und schaute ebenfalls durch die Scheibe. »Sieht ganz gut aus.«

»Wirklich?« Begeistert strahlte Thyra ihn an. Für ihre Kochkünste wurde sie nur höchst selten gelobt.

»Wenn es schmeckt, bin ich wirklich zufrieden.« Ihr Großvater schaute sie entschuldigend an. »Tut mir leid, dass ich eben so reagiert habe. Ich hatte keine Ahnung, dass Ove nach Tjarojakk kommt.«

»Ich weiß von ihm, dass er früher hier gelebt hat.«

Gösta wirkte angespannt. »Hat er sonst noch etwas gesagt?«

Thyra schüttelte den Kopf. »Ich hatte den Eindruck, dass er nicht über früher sprechen wollte, genauso wenig wie du. Nachdem er deinen Wagen erkannt hatte, ist er auffällig still geblieben. Aber vielleicht ist er auch immer so, keine Ahnung. Ich kenne ihn ja nicht.«

Gösta antwortete nicht darauf, sondern schaute an ihr vorbei aus dem Fenster. Er schien mit seinen Gedanken weit weg zu sein.

»War er früher schon so?«, hakte Thyra vorsichtig nach.

Jetzt schaute Gösta sie an. Diesmal reagierte er nicht so heftig wie eben, sondern lächelte sogar ein wenig.

»Es bleibt dabei«, sagte er sanft. »Ich will nicht über ihn reden, und ich hoffe, dass ich ihn ganz schnell wieder aus meinem Gedächtnis streichen kann. Solange er in Tjarojakk ist, werde ich das Haus nicht mehr verlassen.« Unsicher schaute er sie an. »Weißt du, wie lange er bleibt?«

»Sein Enkel hat von zwei Wochen gesprochen.«

Gösta atmete mit erleichterter Miene auf.

»Zwei Wochen halte ich aus«, sagte er mehr zu sich als zu Thyra. »Dann kann ich endlich mal all das im Haus erledigen, was ich mir schon lange vorgenommen habe.«

»Was denn?« Thyra musste lachen, weil Gösta zum ersten Mal davon sprach, dass er etwas im Haus erledigen wollte.

Gösta schaute sich um und schließlich nach oben. »Ich könnte die Decke streichen.«

»Oder den Keller aufräumen.«

Gösta schaute sie befremdet an. »Wir haben keinen Keller.«

»Ich weiß.« Thyra nickte zustimmend. »Ich finde es ziemlich albern, dass du das Haus nicht mehr verlassen willst. Wie lange ist es her, dass du Ove zum letzten Mal gesehen hast?«

»Fast dreißig Jahre«, murmelte Gösta.

»Was hat er dir denn Schlimmes angetan, dass du ihm selbst nach so langer Zeit nicht verzeihen kannst?«

»Das, was er mir angetan hat, ist noch länger her.« Wieder schien Gösta in der Vergangenheit zu versinken, und ganz offensichtlich waren es keine erfreulichen Erinnerungen, die ihn beschäftigten. Dann schaute er sie wieder an, und in seinen Augen entdeckte Thyra einen Schmerz, wie sie ihn bei ihrem Großvater noch nie gesehen hatte. »Wie ich schon sagte, ich will nicht darüber reden. Hör auf, mich auszufragen, und sag mir einfach Bescheid, wenn er das Dorf wieder verlassen hat. In unserem Alter kann ich wohl darauf hoffen, dass er danach nie wieder kommt.«

Kapitel 5

Birger hatte es sich nicht nehmen lassen, Oves schweren Koffer ins Haus zu tragen, während Krister seine Reisetasche selbst trug.

Ein verführerischer Duft schlug ihnen entgegen, als sie den Flur betraten. Direkt neben dem Eingang führte eine Treppe nach oben, während der Flur geradeaus zu einer verschlossenen Tür führte. Rechts und links befanden sich weitere Türen.

»Ich zeige euch erst einmal eure Zimmer.« Birger trug Oves Koffer mühelos die Treppe nach oben.

Krister ließ seinem Großvater den Vortritt und ging hinter ihm ebenfalls nach oben. Besorgt beobachtete er, dass Ove das Treppengeländer mit beiden Händen umfasste und sich mühsam nach oben zog.

»Soll ich dir helfen, Storfar?«

»Das geht schon«, brummte Ove. »Ich bin nur ein bisschen unbeweglich, weil ich so lange gesessen habe.«

Birger blieb stehen und drehte sich halb um. »Wir haben leider nur oben Gästezimmer. Ich könnte meinen Bruder aber fragen, ob er dich in den nächsten beiden Wochen aufnimmt. Der hat eine kleine Kammer im Erdgeschoss …«

»Nein, schon gut«, unterbrach ihn Ove. »Ich bleibe hier.«

»Na, gut. Aber sag Bescheid, wenn es dir in den nächsten Tagen doch zu anstrengend wird.« Birger stieg weiter die Treppen hinauf.

Oben empfing sie eine Empore. Durch ein großes Fenster konnten sie in den Wald schauen. Davor standen ein bequemer Sessel und ein Tisch.

»Euch gehört die ganze Etage«, erklärte Birger. »Ihr habt hier eure Ruhe.«

Die beiden Gästezimmer, die er ihnen jetzt zeigte, waren identisch, gemütliche Räume mit hellen Holzböden. Die Wände waren weiß gestrichen, und in jedem Zimmer standen ein Kleiderschrank, ein bequemes Bett sowie ein Tisch mit zwei Sesseln. Zwischen den beiden Zimmern befand sich das Bad für beide Gästezimmer.

Ove wählte das Zimmer rechts neben dem Bad, weil das gleich neben der Treppe lag.

»Dann muss ich nicht mehr so weit gehen, wenn ich es erst einmal bis oben geschafft habe«, meinte er launig und setzte sich aufs Bett. »Sehr bequem«, lobte er.

Er blieb sitzen, als Birger mit Krister in das andere Gästezimmer ging.

»Glaubst du wirklich, dass dein Großvater die Treppe schafft?«, fragte Birger sichtlich besorgt.

»Ich hoffe es.« Krister ärgerte sich ein wenig über sich selbst, weil er bei der Buchung nicht danach gefragt hatte.

»Sag mir Bescheid, wenn es nicht geht«, bot Birger noch einmal an. »Mein Bruder wohnt gleich nebenan. Er nimmt deinen Großvater bestimmt gerne auf.« Er überlegte kurz. »Oder meine Frau und ich ziehen nach oben und Ove bekommt unten unser Schlafzimmer. Aber dann habt ihr nicht mehr diese abgeschlossene Etage komplett für euch.«

Die Gastfreundschaft und Hilfsbereitschaft rührten Krister. So etwas hatte er bisher noch nie erlebt. Weder in Stockholm noch in Malibu.

»Vielen Dank«, sagte er herzlich. »Ich bin sicher, wir werden uns hier sehr wohl fühlen.«

Er hatte die Worte kaum ausgesprochen, da wurde ihm zu seiner eigenen Überraschung bewusst, dass das nicht nur eine höfliche Floskel war. Er fühlte sich wohl .

»Richtet euch erst einmal ein«, schlug Birger vor und schaute auf seine Armbanduhr. »In einer halben Stunde gibt es Mittagessen. Die Küche ist genau gegenüber der Eingangstür.«

Als Krister allein war, stellte er seine Reisetasche auf das Bett. Doch bevor er damit begann, sie auszupacken, trat er ans Fenster und schaute hinaus. Sein Blick glitt über das Dorf hinweg bis zum See. Der Schnee glitzerte in der Mittagssonne.

Einem Impuls folgend öffnete er das Fenster, so weit es ging. Kälte schlug ihm entgegen, doch das nahm er angesichts der wundervollen Landschaft vor seinen Augen kaum wahr.

Vielleicht war es doch eine gute Entscheidung gewesen, sich auf den Wunsch seines Großvaters einzulassen …

Als sie eine halbe Stunde später nach unten gingen, stand die Küchentür halb offen. Krister öffnete sie weit und blieb mit seinem Vater im Türrahmen stehen.

Rechts war die Küchenzeile. Eine junge, ein wenig mollige Frau mit hübschem Gesicht und blonden Locken war gerade dabei, die Schüsseln auf der Anrichte mit den Speisen zu füllen, die sie gekocht hatte. Krister erkannte Kartoffeln, Rotkohl und Rosenkohl, während in einem der Töpfe auf dem Herd noch etwas vor sich hinzuschmoren schien.

Links entdeckte er den großen, gedeckten Esstisch, auf dem bereits das Dessert stand: eine wundervolle Preiselbeerentorte, bei deren Anblick Krister das Wasser im Mund zusammenlief.

Genau an der Ecke war ein Kamin, in dem ein Feuer brannte. Was hinter der Ecke war, konnte Krister von seiner Position aus nicht sehen, aber offensichtlich ging der Raum dort noch weiter, denn nun kam ein kleiner Junge um die Kurve geschossen. Er stoppte mitten im Lauf, als er Krister und Ove bemerkte.

»Da stehen zwei fremde Männer«, kreischte er. Fragend musterte er zuerst Krister, dann Ove. »Seid ihr Einbrecher?«

Wahrscheinlich war es genau die Frage, die das kleine Mädchen auf den Plan rief. Sie kam ebenfalls aus dem Raum um die Ecke. Misstrauisch betrachtete sie Krister und seinen Großvater.

»Das sind keine Einbrecher«, stellte sie schließlich fest.

»Woher willst du das denn wissen?«, fragte der kleine Junge, der mit der Antwort des Mädchens offenbar nicht zufrieden war. »Papa hat doch gesagt, dass Feriengäste kommen.«

»Ja, ein Opa und ein Enkel. Der sieht aus wie ein Opa.« Der Junge zeigte auf Ove, dann wanderte sein Finger zu Krister. »Aber der ist kein Enkel, der ist ja schon groß.«

»Auch Große können Enkel sein«, belehrte das Mädchen seinen Bruder. »Der Enkel bleibt nicht immer ein Kind, aber immer ein Enkel.«

»Genauso ist es.« Durch ihre Kinder war nun auch die Frau auf sie aufmerksam geworden. Lächelnd kam sie näher und wischte sich die Hände an ihrer Schürze ab, bevor sie sie ausstreckte, um Ove und Krister zu begrüßen. »Herzlich willkommen bei uns.«

Sie drehte sich kurz zu ihren Kindern um.

»Das sind unsere Gäste, Ove und Krister«, erklärte sie. »Und die beiden sind Ludvig und Ella. Leider sind sie nicht so ganz ausgelastet, weil die Schule geschlossen hat.« Die junge Frau seufzte vernehmlich. »Und dabei ist das heute erst Tag eins ohne Lehrerin. Ich mag mir gar nicht ausmalen, wie das weitergeht, wenn wir nicht bald eine neue Lehrkraft bekommen.«

In diesem Moment kam Birger aus dem Raum hinter der Ecke. Er lachte, stellte sich hinter die Frau und legte ihr die Hände auf die Schultern.

»Das ist übrigens Annbritt, meine Frau.«

Annbritt schlug sich eine Hand vor den Mund. »Oh, entschuldigt bitte, ich habe mich noch gar nicht vorgestellt. Ja, ich bin Annbritt, und ich freue mich sehr, dass ihr da seid.« Ihre offene und herzliche Art zeigte, dass sie es genau so meinte. »Ich hoffe, ihr habt Hunger?«

»Und wie«, bestätigte Krister.

»Das riecht lecker«, ergänzte Ove.

»Vielleicht sind das ja doch Einbrecher.« Der kleine Ludvig wirkte ein wenig enttäuscht.

Seine Schwester stieß ihn an. »Hör auf mit dem Quatsch.«

»Das ist kein Quatsch. Dem Björe sein Bruder sein Freund hat gesagt, dass er Einbrecher gesehen hat. Vor dem Haus von dem Björe seiner Tante.«

»Tjarojakk scheint ein ziemlich kriminelles Pflaster zu sein«, stellte Krister fest, der gar nicht erst versuchte, Björes verwandtschaftliche und freundschaftliche Beziehungen aufzudröseln.

»Es gibt hin und wieder Probleme mit Viehdieben auf den Weiden.« Birger lachte. »Aber den letzten Diebstahl im Dorf gab es vor etwa fünfundzwanzig Jahren. Damals wurde ein Huhn gestohlen.«

Annbritt begann zu kichern. »Der Täter war ausgerechnet der Hund unseres Dorfpolizisten. Er hat das Huhn aber nicht getötet, sondern lediglich apportiert.«

»Ein bisschen zerzaust war es schon«, wandte Birger ein. »Aber es wurde seinem Besitzer zurückgebracht und lebte danach noch ein paar glückliche Jahre. Hunde konnte es seit diesem Vorfall allerdings nicht mehr leiden.«

Annbritt bat nun alle an den gedeckten Esstisch. Von seinem Platz aus konnte Krister in den Raum schauen, der sich von der Essecke aus nach links erstreckte. Dahinter war das Wohnzimmer, eingerichtet mit einem großen Sofa und zwei Sesseln, die um einen hölzernen Tisch gruppiert waren. An der Wand stand eine Anrichte gleich neben einer Tür, die zum Flur führte.

Ein bunter Teppich schmückte den Holzboden. Darauf verstreut lag Kinderspielzeug, zwei kleine Puppen und ein Miniauto. Auf dem Tisch befanden sich ein Malbuch und Buntstifte.

Annbritt war Kristers Blicken gefolgt. »Heute ist es ordentlich«, sagte sie fröhlich. »Wir wollten euch nicht gleich mit unserem Familienchaos überfallen. Aber gewöhnt euch nicht daran, normalerweise sieht das ganz anders aus. Vor allem jetzt, wo die Kinder nicht zur Schule können.«

»Gibt es in Jokkmokk keine Schule?«, fragte Krister eher aus Höflichkeit, weil es das zweite Mal war, dass Annbritt die Schule erwähnte.

»Doch, die Östra Skolan«, bestätigte Annbritt. »Ab der vierten Klasse besuchen die Kinder aus Tjarojakk diese Schule. Die anderen sollen hier zur Schule gehen. Es ist nur eine Klasse, weil die sieben Kinder ungefähr in einem Alter sind.«

»Nur der Ludvig nicht«, sagte Ella eifrig. »Der ist erst sechs Jahre alt. So wie der Lovis.«

Ludvig winkte ab. »Ich bin schon ganz lange sechs Jahre, der Lovis aber jetzt erst. Der kann noch gar nicht richtig reden.«

»Lovis lispelt«, sagte Annbritt streng. »Und ich finde es nicht schön, dass ihr euch deshalb über ihn lustig macht.«

»Der lis-spelt«, ahmte Ella das Lispeln nach. Daraufhin brachen sie und ihr Bruder in lautes Lachen aus.

»Ella!« Annbritt schaute ihre Tochter streng an. »Sollte ich je erfahren, dass du Lovis ärgerst, bekommst du Hausarrest.«

»Sie hat Lovis gestern geärgert«, verkündete Ludvig daraufhin prompt. »Da hat sie auch so geredet wie er.« Fragend schaute er seine Mutter an. »Wie lange hat Ella jetzt Hausarrest?«

»Heute den ganzen Tag«, erwiderte Annbritt. »Und du auch.«

»Ich?« Ludvig war sichtlich empört. »Ich hab den Lovis nicht geärgert.«

»Petzen ist auch nicht schön«, sagte Annbritt streng.

»Das ist gemein«, maulte Ludvig. »Ella will ja gar nicht raus, wenn es kalt ist. Aber ich.«

»Da hat er auch wieder recht.« Birger grinste. »Eigentlich

muss Ludvig im Haus bleiben, und Ella schicken wir in den Schnee.«

Amüsiert lauschte Krister diesem Geplänkel. Dann wurde er nachdenklich. Wie wäre sein Leben verlaufen, wenn er Lehrer geworden wäre?

Automatisch wanderten seine Gedanken zurück zu seinen Jobs, mit denen er sein Studium finanziert hatte. Zuerst hatte er für einen Messebauer gearbeitet, doch dann war er während der Arbeiten von einem Modedesigner entdeckt worden, der ihn gefragt hatte, ob er bereit sei, für ihn als Model zu arbeiten.

Zuerst war es für ihn unvorstellbar gewesen, vor einer Kamera zu posieren – bis er erfahren hatte, welches Honorar er dafür erhalten sollte. Von da an war seine Karriere nicht mehr aufzuhalten gewesen.

Und jetzt …

Erst als Ove ihn anstieß, wurde ihm bewusst, dass ihn alle anschauten. Er war so tief in seine Gedanken versunken gewesen, dass er in den letzten Minuten nichts mehr mitbekommen hatte.

»Habe ich etwas verpasst?«

Annbritts Gesicht verzog sich zu einem strahlenden Lächeln. »Du bist wirklich Lehrer?«

Krister warf seinem Großvater einen strafenden Blick zu, bevor er antwortete.

»Ich habe auf Lehramt studiert, aber nie wirklich unterrichtet.«

Annbritt machte eine wegwerfende Handbewegung. »Für uns reicht das bestimmt. Es wäre ja nur aushilfsweise, bis wir wieder jemanden fest einstellen können. Unsere Kinder sind ziemlich pflegeleicht.«

Krister schaute die beiden Kinder nacheinander an, während seine Gedanken in seinem Kopf kreisten. Unterrichten? Heute konnte er sich das nicht mehr vorstellen.

Ove stieß ihn an. »Lass dich nicht so lange bitten!«

Krister schüttelte den Kopf. »Sorry, aber das kann ich nicht. Ich habe zwar mein Studium abgeschlossen, aber danach nie als Lehrer gearbeitet. Und jetzt bin ich vor allem hier, weil ich Urlaub machen möchte.«

»Ja, natürlich«, sagte Annbritt, doch ihr war deutlich anzusehen, wie enttäuscht sie war. »Entschuldige bitte, ich wollte dich nicht so bedrängen.«

»Du hast ihn nicht bedrängt«, versicherte Ove, bevor Krister auch nur den Mund öffnen konnte. »Außerdem ist Krister nicht hier, weil er Urlaub machen will, sondern weil ich ihn gebeten habe, mich nach Tjarojakk zu bringen.«

»Gebeten ist gut«, murmelte Krister.

Ove warf ihm einen halb ärgerlich, halb amüsierten Blick zu.

»Ich habe ihn überzeugt«, berichtigte er sich dann. »Ich meine damit, dass du eigentlich nur meinetwegen hier bist. Warum kannst du den Menschen hier nicht helfen?« Er machte eine kurze Pause, bevor er hinzufügte: »Und dabei selbst herausfinden, ob du vor Jahren die richtige Entscheidung getroffen hast.«

»Das weiß ich auch so!«

Vielleicht war es doch keine gute Idee gewesen, dass er sich auf den Wunsch seines Großvaters eingelassen hatte. Warum hatte er nicht einfach einen Pfleger engagiert, der mit Ove nach Tjarojakk reiste? Dann hätte er selbst zurück nach Malibu fliegen und mit Anouk da weitermachen können, wo sie angefangen hatten …

Es war Krister nicht bewusst, dass er leicht den Kopf schüttelte. Nein, er hätte es nie übers Herz gebracht, Ove mit einem fremden Menschen auf Reisen zu schicken.

»Du musst dir wegen unserer Schule keine Gedanken machen«, sagte Birger und legte ihm eine Hand auf die Schulter. »Wenn wir in den nächsten Tagen keine Lehrkraft finden, werden die Kinder eben die Schule in Jokkmokk besuchen müssen.«

»Aber wir sind uns doch alle einig …« Annbritt verstummte, als der Blick ihres Mannes sie traf. Ergeben nickte sie, aber es war ihr anzusehen, dass sie keineswegs zufrieden war.

»Ich weiß nicht, wie es mit euch ist«, wechselte Birger das Thema. »Aber ich habe richtig Hunger.«

Die Kinder stimmten begeistert zu. Beim Essen wurde erzählt und durcheinandergeredet, vor allem aber wollten Annbritt und Birger wissen, was Ove und Krister für die Zeit in Tjarojakk geplant hatten.

Es war hauptsächlich Ove, der berichtete, was er gerne sehen wollte. Und nur Krister bekam mit, wie Ella ihrem Bruder leise zuflüsterte: »Jetzt müssen wir bestimmt gaaaaaanz lange nicht mehr in die Schule.«

Ludvig war sich da nicht so sicher. »Aber wenn die uns nach Jokkmokk schicken?«

»Die Greta hat uns doch erzählt, dass da auch zu wenig Lehrer sind. Und wenn der da nicht unser Lehrer wird …« Bei diesen Worten richtete sich ihr Blick auf Krister, »… haben wir keine Schule mehr.«

»*Der da* hat euch gehört.« Krister grinste.

Ella beeindruckte das nicht besonders. Frech lachte sie ihn an. »Du willst doch selbst nicht in die Schule.«

»Das stimmt auch wieder«, gab Krister lachend zu.

Er hätte noch hinzufügen können, dass er eigentlich nicht einmal in diesem Ort sein wollte, aber das brachte er nicht über die Lippen. Vor allem wegen seines Großvaters, ein bisschen aber auch wegen Annbritt und Birger. Wegen der Herzlichkeit, mit der sie ihn und seinen Großvater aufgenommen hatten.

Annbritt war offensichtlich auf ihn und die Kinder aufmerksam geworden. »Was flüstert ihr denn da?«

Ella und Ludvig schüttelten den Kopf.

»Nichts …«, behaupteten sie gleichzeitig.

Annbritts Blick wanderte weiter zu Krister, der daraufhin ebenfalls den Kopf schüttelte.

»Ich weiß auch nicht, was du meinst«, behauptete er.

Misstrauisch sah Annbritt von ihm zu den Kindern und wieder zurück, doch dann konzentrierte sie sich wieder auf die Unterhaltung zwischen Ove und Birger.

Krister wandte den Blick den Kindern zu. Einig darüber, dass sie alle keine Lust auf die Schule hatten, lächelten sie einander verstohlen an.

Kapitel 6

Es war ein komisches Gefühl, das leere Haus zu betreten. Kaum zu glauben, dass sie noch gestern Abend mit Greta hier gesessen und deren bevorstehende Abreise betrauert hatte.

Obwohl Greta erst seit heute Morgen weg war, wirkte das Haus auf eine ungemütliche Art unbewohnt. Die Wärme schien aus den Wänden gewichen zu sein, und die Stille drückte schwer auf Thyras Schultern.

Thor, der sie begleitete, winselte leise. Er war es gewohnt, dass Greta ihm ein Leckerli zusteckte.

»Sie ist nicht mehr da.« Selbst ihre Stimme klang überlaut in der Stille des Hauses.

Als hätte er sie verstanden, rannte Thor zur Tür. Offenbar wollte er nicht im Haus bleiben.

Thyra ließ ihn raus. Sie wusste, dass er sich nicht weit entfernen und draußen auf sie warten würde. Danach schlenderte sie allein durch die Zimmer, die nun wie leere Hüllen wirkten. Der Wohnbereich, den Greta mit Leben gefüllt hatte, erschien kalt, und diese Kälte verstärkte das Gefühl der Verlassenheit. Jeder Schritt auf dem kahlen Fußboden schien das Echo der Vergangenheit zu sein, ein schmerzhaftes Erinnern an die Zeiten, in denen das Haus von Wärme erfüllt gewesen war.

Thyra zog ihre Jacke fester um sich, als sie langsam weiterging. Sobald die Gemeinde eine neue Lehrkraft gefunden hätte, würde sie hier einziehen können. Thyra bezweifelte allerdings, dass das so bald der Fall sein würde.

Als sie plötzlich Schritte hinter sich vernahm, fuhr sie herum.

»Tut mir leid, ich wollte dich nicht erschrecken.« Annbritt schaute sie entschuldigend an.

»Schon gut, so schlimm war es nicht«, versicherte Thyra. »Was machst du hier?«

»In Erinnerungen schwelgen, genau wie du. Wir hatten hier zu dritt so tolle Abende.«

Thyra nickte zustimmend. »Ich wollte mal sehen, ob alles in Ordnung ist.«

Annbritt bedachte sie mit einem spöttischen Lächeln. »Greta ist erst ein paar Stunden weg. So schnell fällt nicht alles in sich zusammen.« Langsam drehte sie sich um sich selbst. »Das Haus sollte nicht unbewohnt bleiben.«

Thyra nickte. »Was machen wir, wenn wir keine neue Lehrerin finden?«

Annbritt wirkte plötzlich unangemessen vergnügt. »Dann nehmen wir eben einen Lehrer.«

Thyra musterte sie prüfend. »Offensichtlich weißt du etwas Neues. Haben wir einen Lehrer in Aussicht?«

»Ich bin noch nicht sicher«, erwiderte Annbritt mit verschwörerischer Stimme. »Aber ich hoffe, dass wir ihn noch überzeugen können.«

»Wen?«, fragte Thyra. »Kenne ich ihn?«

»Sozusagen.« Jetzt brach Annbritt in lautes Lachen aus. »Du hast ihn selbst nach Tjarojakk gebracht.«

Thyra schaute sie verblüfft an. »Ich habe nur eure Gäste …« Sie brach ab, weil sie endlich verstand. »Einer der beiden ist Lehrer?«

Annbritt nickte heftig. »Krister.«

»Ach …« Was sollte sie auch sonst dazu sagen? Thyra konnte sich den Mann überhaupt nicht als Lehrer vorstellen.

»Er hat es strikt abgelehnt, unsere Kinder zu unterrichten.« Annbritt lächelte still vor sich hin. »Aber er kennt uns noch nicht. Wir bleiben dran.«

Das stimmte. Vor allem Annbritt gab so schnell nicht auf, wenn sie sich etwas in den Kopf gesetzt hatte.

»Du weißt schon, dass er Schauspieler ist?«, wandte Thyra vorsichtig ein. »Und dass er in Kalifornien lebt?«

»Na und?« Annbritt zuckte mit den Schultern. »Tief in ihm steckt ein Sámi, den müssen wir hervorlocken.«

»Wir?«

Annbritt schüttelte den Kopf. »Du natürlich nicht, und auch nicht Ragnar. Ihr habt genug mit den Hochzeitsvorbereitungen zu tun.« Annbritt neigte den Kopf ein wenig zur Seite. »Ihr heiratet doch im nächsten Sommer?«

Thyra stöhnte leise auf. »Jetzt fängst du auch noch an.«

Annbritt lachte. »Du weißt, dass alle im Dorf darauf warten. Was passiert schon groß in Tjarojakk, außer Hochzeiten und Beerdigungen? Und wir alle wollen endlich mal wieder ein großes, fröhliches Fest feiern – eure Hochzeit.«

»Ragnar und ich haben noch nichts ausgemacht«, gestand Thyra. »Und ich verstehe absolut nicht, wieso ihr uns alle auf einmal so bedrängt.«

»Wer ist *alle*?«, hakte Annbritt sofort nach.

»Du, Greta und Opa«, zählte Thyra auf. »Es kommt mir fast so vor, als hättet ihr euch verschworen.«

»Quatsch«, erwiderte Annbritt so schnell, dass Thyra erst recht misstrauisch wurde.

»Ihr habt euch doch abgesprochen. Wollt ihr uns so lange nerven, bis wir endlich vor den Altar treten?«

»Wirkt es denn schon?« Annbritt grinste.

»Egal ob ich das mit einem Ja oder einem Nein beantworte, es wäre immer die falsche Antwort, weil es dich und die anderen darin bestärken würde, noch mehr Druck auszuüben.«

»Wir wollen euch nicht unter Druck setzen!« Annbritt stemmte die Hände in die molligen Hüften und spielte die Empörte. »Wir wollen nur euer Glück.«

»Ja, genau.« Thyra nickte schmunzelnd. »Ich wette, du hast sogar schon den Blumenschmuck bis ins Detail geplant.«

»Das habe ich natürlich nicht«, erwiderte Annbritt hoheitsvoll, mit erhobenem Kinn, doch dann gab sie ein wenig kleinlaut zu: »Allerdings habe ich bereits das komplette Menü im Kopf.«

»Aber du wartest mit dem Einkauf der Zutaten schon noch, bis Ragnar und ich den Termin bekannt geben?«, fragte Thyra spöttisch.

»Natürlich.« Annbritt lächelte verschmitzt. »Aber ich habe bereits überlegt, wo ich die besten Zutaten bekomme. Auch wenn wir den Termin noch nicht kennen, möchte ich vorbereitet sein, wenn es so weit ist.«

Thyra schüttelte lachend den Kopf. »Du bist wirklich nicht zu stoppen, oder?«

Ein besorgter Ausdruck trat in Annbritts Augen. »Nur wenn du mir sagst, dass du Ragnar nicht mehr heiraten willst.«

Sie schwieg sekundenlang, und ihr Blick schien in Thyras Gesicht nach entsprechenden Anzeichen zu suchen.

»Das sage ich natürlich nicht. Wie kommst du nur auf so einen Unsinn?«

Thyra merkte selbst, dass sie sich mit ihrer Antwort Zeit gelassen hatte. Doch bevor Annbritt etwas dazu sagen konnte – und vor allem, bevor sie sich selbst darüber Gedanken machen musste –, wechselte sie hastig das Thema. Schließlich gab es ja noch etwas, was sie seit dem Mittag beschäftigte.

»Weißt du, dass Gösta und Ove sich von früher kennen?«

Annbritt schüttelte den Kopf. »Nein, darüber hat er nicht gesprochen. Aber das ist ja logisch, da Ove aus Tjarojakk stammt.«

»Mein Großvater war geradezu entsetzt, als er gehört hat, dass Ove in Tjarojakk ist. Er weigert sich aber, darüber zu reden.«

In Annbritts Augen leuchtete die Neugier. »Ich bin gespannt, ob Ove uns etwas erzählt, wenn er uns erst besser kennt.«

»Ich wüsste auch gerne, was zwischen den beiden passiert ist«, sagte Thyra nachdenklich. »Mein Großvater hat angekündigt, dass er das Haus nicht mehr verlassen wird, bis Ove wieder abgereist ist.«

»Zwei lange Wochen?« Annbritt schüttelte lachend den Kopf. »Das hält Gösta niemals aus.«

Thyra war sich da keineswegs sicher, doch eins wusste sie ganz genau: Vor ihr lagen zwei harte Wochen.

Es war bereits dunkel, als Thyra sich auf den Heimweg machte. Nebelschwaden waberten zwischen den Bäumen, und das fahle Licht des Mondes erzeugte eine geheimnisvolle Atmosphäre. Während Thyra durch den Schnee stapfte, bildete die kalte Luft kleine Wolken aus ihrem Atem.

Thor lief neben ihr her. Hin und wieder blieb er stehen, wenn eine Geruchsspur besonders lange beschnüffelt werden musste. Kurz darauf holte er sie dann wieder ein.

Es war still, nur ab und zu vernahm sie das Knacken eines Astes. Sie genoss die Schönheit der Natur, spürte einmal mehr, wie tief sie in ihrer Heimat verwurzelt war.

Nach der nächsten Wegbiegung konnte sie den See als dunkle Fläche erkennen, die sich zwischen den Schatten der umgebenden Wälder ausbreitete, und dann war auch schon das Haus zu sehen. Hinter den Fenstern brannte Licht, warm und einladend.

Thor rannte voraus, blieb schwanzwedelnd vor der Tür stehen und wartete darauf, dass Thyra sie öffnete. Ein köstlicher Duft kam ihr entgegen. Offensichtlich kochte ihr Großvater bereits das Abendessen.

»Da bist du ja«, sagte er, als sie sich neben ihn stellte und neugierig in die Pfanne schaute, in der er eifrig rührte.

»Hm, Pytt i panna«, sagte sie begeistert.

Sie liebte dieses Essen, das aus Resten von Wurst oder Fleisch,

Kartoffeln und Zwiebeln bestand. Alles zusammen wurde in kleine Stücke geschnitten und in einer Pfanne gebraten.

Gösta lächelte. »Du warst lange weg«, sagte er ohne jeden Vorwurf in der Stimme. Es war lediglich eine Feststellung.

»Ich habe Annbritt im Lehrerhaus getroffen.«

»Aha.« Gösta schaute nicht auf und rührte noch eifriger in der Pfanne.

Thyra schaute ihm lächelnd dabei zu. Sie kannte ihn so gut und wusste genau, dass er nur darauf wartete, ob sie etwas über Annbritts und Birgers Besuch sagen würde. Und gleichzeitig wusste sie, dass er sie nicht danach fragen würde. Um nichts in der Welt.

»Wie geht es Annbritt? Ich habe sie lange nicht mehr gesehen.«

Thyra runzelte nachdenklich die Stirn. »Stimmt, seit dem letzten Mal sind schon zwei endlos lange Tage vergangen. Hast du mir nicht erzählt, dass du sie bei Stina getroffen hast?«

»Ja, und bei Gretas Abschiedsfeier.« Gösta schob die Pfanne auf eine der kalten Herdplatten und hatte offensichtlich beschlossen, das Thema nicht zu vertiefen. »Kannst du bitte den Tisch decken?«

»Natürlich.« Thyra nahm ein Tuch aus dem Schrank und legte es über den Küchentisch. Danach holte sie Teller, Besteck und Gläser. Auf ein schweres Holzbrett kam die noch heiße Pfanne.

»Ich habe Gillis übrigens schon versorgt«, sagte Gösta, als er sich an den Tisch setzte.

Thyra grinste ihn an. »Ich dachte, du wolltest die nächsten beiden Wochen das Haus nicht verlassen.«

Göstas Miene verfinsterte sich. »Er wird es nicht wagen, hierher zu kommen.«

»Opa …«

Gösta winkte ab. »Nein!«

Hastig stand er wieder auf. Er ging zurück zur Anrichte, stützte sich mit beiden Händen darauf ab und blieb einige Sekunden so stehen.

Besorgt beobachtete Thyra ihren Großvater. Sie wollte zu ihm gehen, doch in dem Moment richtete er sich wieder auf, öffnete den Schrank über der Anrichte und nahm ein Glas saure Gurken heraus. Als er sich umwandte, lächelte er wieder.

»Ich habe die Gurken vergessen. Die gehören einfach dazu.«

Thyra erwiderte sein Lächeln, aber die Sorge um ihren Großvater blieb. Doch solange er ihr nicht sagte, warum ihn Oves Anwesenheit in Tjarojakk so sehr quälte, konnte sie ihm nicht helfen.

Ob Oves Enkel ihr mehr erzählen konnte?

Thyra dachte kurz darüber nach und beschloss dann, Krister am nächsten Tag aufzusuchen.

Kapitel 7

Obwohl Krister die Augen noch geschlossen hatte, spürte er, dass er nicht allein war. Da war dieses unbehagliche Gefühl, dass er beobachtet wurde. Er schlug die Augen auf und schaute direkt in die Gesichter von Ludvig und Ella.

»Der ist jetzt wach«, sagte Ludvig überflüssigerweise.

»Ja.« Ella wandte sich kurz ihrem Bruder zu. »Wir haben den aber nicht geweckt.«

Ludvig schüttelte den Kopf. »Haben wir nicht«, bestätigte er.

»Was wollt ihr denn hier?«, fragte Krister.

»Wir wollen dir noch mal sagen, dass du nicht Lehrer in Tjarojakk werden sollst.« Ella schaute ihn durchdringend an. »Die Schule hier ist nicht schön. Und Tjarojakk ist auch total doof. Und die anderen Kinder sind ganz schlimm.«

Krister versuchte, nicht zu lachen.

»Ganz, ganz schlimm«, bestätigte Ludvig. Er verengte die Augen zu schmalen Schlitzen. »Und wir sind auch nicht nett zu dir, wenn du Lehrer wirst.«

»Ich bin schon Lehrer.« Krister erhob sich und schwang die Beine über den Bettrand. »Aber ihr müsst euch keine Sorgen machen. Ove und ich fahren in zwei Wochen wieder nach Hause. Ich kann hier also nicht als Lehrer arbeiten.«

Ludvig schien ihm zu glauben, doch Ella wirkte skeptisch und hob schließlich drohend den Zeigefinger. »Wehe, du belügst uns.«

»Uuuuuh«, machte Krister grinsend. »Jetzt habe ich aber Angst.«

»Ich hab auch Angst vor Ella, wenn die wütend ist«, gestand Ludvig. Vertrauensvoll schaute er Krister an. »Deshalb ärgere ich Ella auch nur, wenn Mama oder Papa dabei sind und auf mich aufpassen.«

Ella stemmte ihre Hände in die Taille und drehte sich mit empörtem Gesicht zu ihrem Bruder herum. Doch bevor sie etwas sagen konnte, erschien Birger an der Tür.

»Was macht ihr hier? Ihr wisst doch, dass ihr die Gäste nicht belästigen sollt.«

Ella ließ die Arme sinken. »Wir belästigen nicht die Gäste«, sagte sie eingeschnappt.

»Nein, nicht die Gäste«, stimmte Ludvig ihr zu. »Wir belästigen nur den Krister.«

Birger trat ein wenig zur Seite und zeigte befehlend in den Flur.

»Raus!«, sagte er streng. »Sofort! Und ich will euch hier oben nicht mehr sehen, solange Krister und Ove bei uns wohnen.«

Die Kinder folgten dem Befehl ihres Vaters augenblicklich. Zuerst rannte Ludvig raus, dann Ella.

»Was wollten die beiden von dir?«, fragte Birger.

Das Mädchen, das die Worte offenbar noch gehört hatte, blieb stehen, fuhr herum und starrte Krister beschwörend an.

Krister lächelte. »Nichts«, behauptete er. »Sie haben mich nur gefragt, ob ich gut geschlafen habe.«

Ella lächelte zurück und verließ endgültig das Zimmer.

Birger wirkte zutiefst erstaunt. »Das haben dich meine Kinder gefragt?« Er schüttelte den Kopf. »Das sieht den beiden so gar nicht ähnlich.«

»Schimpf bitte nicht mit ihnen«, bat Krister. »Es sind nette Kinder.«

Birgers Gesicht glühte vor Stolz. »Danke, dass du das sagst.« Gleich darauf wurde er wieder ernst. »Trotzdem haben sie die obere Etage nicht zu betreten, wenn wir Besuch haben.«

»Darüber musst du dir bestimmt keine Gedanken mehr machen«, versicherte Krister. »Das haben sie verstanden.«

»Hoffentlich.« Birger kratzte sich nachdenklich am Kopf. Vermutlich wunderte er sich noch immer über das Verhalten seiner Kinder. »Das Frühstück ist übrigens fertig«, sagte er, bevor er ging.

Annbritt hatte sich auch diesmal selbst übertroffen. Auf dem Tisch stand alles, was zu einem typisch schwedischen Frühstück gehörte: das rund gebackene Knäckebrot, weiches Brot und alles Mögliche an Aufschnitt, von süßer Marmelade bis zum herzhaften Belag, dazu Cornflakes und Weizenkleie, die mit Sauermilch begossen werden konnten. Und natürlich durfte das frische Obst nicht fehlen.

Die ganze Küche duftete nach Pfannkuchen, die Annbritt frisch gebacken und auf einem Teller gestapelt hatte, die Schale daneben war voller Käsewürfel.

Für die Kinder gab es Kakao, für die Erwachsenen Kaffee.

Ove, der inzwischen ebenfalls aufgestanden war, setzte sich mit leuchtenden Augen an den Tisch.

»Frühstück wie zu Hause«, sagte er leise.

»Wo bist du denn zu Hause?«, fragte Ella neugierig.

»Na, hier, in Tjarojakk.«

Krister sah, dass die Kinder sich überrascht anschauten.

»Deshalb sind wir hier«, erklärte er. »Mein Großvater wollte seine Heimat noch einmal sehen.«

Birger setzte sich Ove gegenüber an den Tisch und schaute ihn fragend an. »Ich kann mich überhaupt nicht an dich erinnern, obwohl ich hier geboren wurde.«

»Ich habe das Dorf vor fast dreißig Jahren verlassen.« Ove lächelte. »Da warst du noch sehr klein. Aber ich kannte deinen Vater, und mit deinem Großvater Carl war ich befreundet. Er war ein guter Mann.«

Birger wirkte gerührt. »Ja, das war er.«

Für eine Weile herrschte Stille, selbst die beiden Kinder sagten kein Wort.

»Jetzt setzt euch doch alle.« Annbritt kam mit der Kaffeekanne an den Tisch. Nacheinander füllte sie Oves, Kristers, Birgers und ihre eigene Tasse. Danach holte sie den Kakao für die Kinder und setzte sich ebenfalls.

Krister schaute über den Tisch, weil er seinen Kaffee gerne mit Milch trank. Er glaubte schon, dass Annbritt sie einfach vergessen hatte, doch dann griff Birger nach der Schale mit den Käsewürfeln. Er nahm mit dem Löffel einige Stücke heraus und ließ sie in seinen Kaffee fallen. Danach reichte er die Schale an Ove weiter. Auch Ove gab den Käse in seinen Kaffee, ebenso Annbritt. Als sie daraufhin Krister die Schale geben wollte, schüttelte der entsetzt den Kopf.

»Was macht ihr da?«

Verständnislos sahen Birger und Annbritt ihn an. Ove hingegen lachte. »Er kennt das nicht.«

Krister verzog angewidert das Gesicht. »Ich will das auch nicht kennenlernen.«

Ella kicherte, während Ludvig schnell ein Stück Käse aus der Schale stibitze und es sich in den Mund steckte.

»Wir stellen den Käse selbst her«, berichtete Birger.

»Papa und Onkel Ragnar haben ganz viele Kühe«, ergänzte Ludvig stolz. »Und mit der Milch machen die den Käse.«

»Welche Kühe habt ihr denn?«, fragte Ove interessiert.

»Schwedische Bergkühe. Wir haben sie vergangene Woche in die Ställe geholt.«

»Eine gute Rasse«, stellte Ove anerkennend fest. »Robust und sehr genügsam. Wir hatten diese Kühe früher auch.«

Krister hörte zum ersten Mal, dass sein Großvater einmal Kühe besessen hatte. Das überraschte ihn ebenso wie die Fragen, die Ove jetzt stellte und die deutlich sein Fachwissen verrieten.

Birger war begeistert. »Wenn du willst, nehme ich dich nachher mit zu den Ställen, dann kannst du dir unsere Kühe ansehen. Gleich daneben ist auch unsere Käserei, in der wir unseren Käse herstellen und lagern.«

»Ja, sehr gern.« Ove strahlte über das ganze Gesicht, als er sich Krister zuwandte. »Du kommst doch auch mit?«

Kühe und Käse … Es gab nichts, was ihn weniger interessierte. Doch er musste nichts sagen, Ove deutete seinen Gesichtsausdruck auch so ganz richtig.

»Schon gut«, sagte er lachend und winkte ab. Fragend schaute er daraufhin ihren Gastgeber an. »Nimmst du mich mit?«

»Natürlich, ich freue mich«, versicherte Birger. »Und dann lernst du auch gleich meinen Bruder Ragnar kennen.«

»Ragnar ist übrigens mit Thyra verlobt«, ergänzte Annbritt. »Ihr habt sie ja gestern kennengelernt. Die beiden heiraten im nächsten Sommer.«

»Ach ja?« Birger grinste. »Wissen die beiden das auch?«

»Aber irgendwann müssen Onkel Ragnar und Thyra heiraten«, gab Ella altklug zum Besten. »Das hat die Stina gesagt.«

»Das ganze Dorf wartet auf diesen Tag«, wandte Birger sich erklärend an Ove und Krister. »Ragnar und Thyra kennen sich schon ihr ganzes Leben lang. Sie waren bereits als Kinder unzertrennlich.« Bei den nächsten Worten schaute er seine Frau an. »Ich wette, die wären längst verheiratet, wenn sie nicht das ganze Dorf so unter Druck setzen würde.«

»Meinst du etwa mich?«, fuhr Annbritt empört auf, wobei sie gleichzeitig mit dem Finger auf sich selbst wies. »Ich habe Thyra und Ragnar nie unter Druck gesetzt. Ich habe lediglich hin und wieder gefragt, wann es so weit ist. Schließlich koche ich für die Hochzeit, da muss ich rechtzeitig Bescheid wissen. Und Stina muss die ganzen Zutaten besorgen. Und …« Sie verstummte.

Krister vermutete, dass ihr die Argumente ausgegangen waren.

»Warum fragt ihr die beiden nicht einfach, wann es so weit ist?«

»Das machen wir doch«, ereiferte sich Annbritt. »Ständig!«

»So viel dazu, dass das Brautpaar nicht unter Druck gesetzt wird.« Birger grinste. »Die Antwort auf die Frage, wann sie heiraten, ist immer dieselbe: im nächsten Sommer. Und so geht das seit ihrer Verlobung vor vier Jahren. Ich bin sicher, dass die beiden den Termin festlegen, sobald sie in Ruhe gelassen werden. Sie werden auf jeden Fall heiraten.«

»Natürlich werden sie das.« Annbritt betrachtete ihren Mann kopfschüttelnd. »Ragnar und Thyra gehören einfach zusammen.«

»Nachdem das jetzt geklärt ist, können wir endlich frühstücken«, sagte Birger vergnügt. Er schaute Ove an. »Und danach machen wir beide uns auf den Weg zu den Kühen.«

»Ich kann dir inzwischen unser Dorf zeigen«, wandte sich Annbritt an Krister. »Das heißt, wenn du Lust dazu hast.«

Es entging Krister keineswegs, dass Annbritt und Birger sich einen vielsagenden Blick zuwarfen. Was hatte das zu bedeuten?

Nun, er würde es nur herausfinden, wenn er sich darauf einließ, und so nickte er zustimmend.

»Ich hoffe, es macht dir nichts aus, dass wir zuerst bei Asta haltmachen. Ich bringe ihr ein bisschen Suppe und Schokolade. Die liebt sie.«

»Ich warte hier draußen«, sagte Krister. Es war ihm peinlich, unangemeldet bei einer fremden Person hereinzuplatzen.

»Aber warum?« Ludvig steckte seine kleine Hand in Kristers große. »Asta hat immer ganz leckere Kekse.«

»Und sie freut sich über jeden Besucher«, versicherte Annbritt. »Seit dem Tod ihres Mannes ist sie ganz allein.«

»Hat sie denn keine Kinder?«

Diesmal war es Ella, die antwortete. »Doch, ganz viele. Aber das sind nur geliehene Kinder.«

Krister verstand nicht. »Sie hat sich Kinder geliehen?«

»Ja, das sagt sie immer. Die Kinder sind schon erwachsen, aber alle kümmern sich um sie.«

»Und warum kümmerst du dich dann um sie?« Krister schaute Annbritt fragend an.

»Weil ich eines ihrer Kinder bin.« Annbritt lächelte. »Sie war meine Lehrerin.«

»Ach?« Das klang spöttisch, so wie Krister es auch bezweckt hatte. Er ahnte mit einem Mal, was Annbritt bezweckte. »Und hinterher zeigst du mir auch noch die Schule?«

Annbritt lächelte belustigt. »Klar, wenn du sie sehen möchtest.«

Krister wies auf die Tür des kleinen Hauses. »Warum unterrichtet sie nicht die Kinder?«

»Weil sie gaaaaaaanz alt ist«, rief Ludvig. »Mindestens hundert Jahre.«

»Sie ist dreiundachtzig Jahre alt und gehbehindert«, erklärte Annbritt. »Sie ist den lebhaften Kindern wirklich nicht mehr gewachsen.«

»Und jetzt soll ich euch begleiten, damit sie mich überreden kann, mich um die Stelle zu bewerben?«

Annbritt sah verlegen zu Boden. »Nein, natürlich nicht …« Nach einer kleinen Weile schaute sie auf. »Na ja, vielleicht habe ich ein wenig darauf gehofft, dass sie dich überzeugen kann.«

»Wir bleiben nur zwei Wochen«, erwiderte Krister sanft. »Ich bin also nicht die Lösung eures Problems.«

»Kommst du trotzdem mit rein?«, bat Annbritt. »Ganz ohne Hintergedanken? Asta wird dir gefallen, sie ist eine außergewöhnliche Frau.«

Krister nickte, obwohl es ihm nach wie vor peinlich war, der fremden Frau einen Besuch abzustatten.

Nachdem Annbritt angeklopft hatte, dauerte es eine ganze Weile, bis die Tür geöffnet wurde. Vor ihnen stand eine freundliche Frau mit grauen Haaren und blauen Augen, die in dem faltigen Gesicht überraschend jung wirkten.

»Du bist also Oves Enkel.« Sie streckte Krister die Hand entgegen.

»Offensichtlich hat es sich bereits herumgesprochen, dass wir da sind.« Ganz vorsichtig fasste Krister nach der Hand, die so durchscheinend und zart wirkte und dann doch überraschend kräftig seinen Händedruck erwiderte.

»Ich weiß es von Thyra.« Asta lachte. »Aber grundsätzlich spricht sich hier alles sehr schnell herum. Tjarojakk ist nun mal ein winziges Dorf. Kommt doch rein. Du musst mir unbedingt erzählen, wie es deinem Großvater geht. Ich hoffe, ich sehe ihn auch noch, bevor ihr wieder abreist.«

»Birger wird es sich bestimmt nicht nehmen lassen, ihn zu dir zu bringen«, sagte Annbritt lachend. »Aber heute wollte er ihm erst einmal seine Kühe zeigen.«

Asta schmunzelte. »Damit weißt du gleich, dass hier im Dorf die Kühe an erster Stelle stehen. Und natürlich die Rentiere.«

Krister schaute sich verstohlen um, während er der alten Dame folgte. Sie bewegte sich nur langsam vorwärts, weil sie stark humpelte.

Alles im Haus war alt, aber sehr gepflegt. Angefangen von den Holzböden, bis hin zu den spartanischen Möbeln. Dekoartikel gab es nicht, dafür aber unzählige Fotos, die an der Wand über der Anrichte hingen oder in Rahmen darauf abgestellt waren.

»Meine Kinder«, sagte Asta stolz. »Über vierzig Jahre habe ich alle unterrichtet.« Sie wies auf ihr Sofa. »Setzt euch doch.«

Es fiel Krister auf, dass die beiden Kinder sich in dieser Umgebung außergewöhnlich gut benahmen. Ganz so, als spürten sie instinktiv, dass sie auf diese alte Frau Rücksicht nehmen mussten. Brav setzten sich die beiden nebeneinander auf die Kante des Sofas.

»Annbritt, holst du bitte Kaffee und Kekse aus der Küche?«, bat Asta.

Die Gesichter der Kinder erhellten sich mit einem Schlag, während Annbritt das Zimmer verließ.

»Also, wie ist es Ove in Stockholm ergangen?«

»Ganz gut.« Noch während Krister das sagte, kam ihm der Gedanke, dass er das eigentlich nicht wusste. Sein Großvater war für ihn da gewesen und hatte sich um ihn gekümmert. Dabei hatte es nie so gewirkt, als würde er nur eine Pflicht erfüllen. Jetzt, als er darüber nachdachte, bekam Krister zum ersten Mal eine Ahnung davon, was Ove alles für ihn aufgegeben hatte.

»Ich kann mir Ove nicht besonders gut in einer Großstadt vorstellen.« Asta schüttelte lächelnd den Kopf. »Lebt er bei dir?«

»Nein«, erwiderte Krister zögernd. »Ich lebe inzwischen in Kalifornien.« Weil er das Gefühl hatte, sich rechtfertigen zu müssen, ergänzte er noch: »Ich habe meinem Großvater natürlich angeboten, zu mir zu ziehen, aber er wollte lieber in Schweden bleiben.«

»Das kann ich gut verstehen. Wir sind zu alt, um in ein anderes Land verpflanzt zu werden.«

»Als ich ihm das Angebot gemacht habe, war er noch jünger.«

»Du musst mir doch nichts erklären«, erwiderte Asta sanft. »Erwachsene Kinder haben schließlich das Recht, ihr Leben nach den eigenen Vorstellungen zu gestalten. Das ist gut und richtig so.«

»Krister ist Schauspieler«, sagte Annbritt, die in diesem Moment aus der Küche zurückkehrte. Offenbar hatte sie die letzten Worte gehört. »Und wie uns Ove erzählt hat, ist er ziemlich berühmt.«

»Nur Mama kennt den nicht«, sagte Ella. »Und Papa auch nicht. Ludvig und ich kennen den auch nicht. Ich glaube, keiner in Tjarojakk kennt den.« Fragend schaute sie Krister an. »Bist du wirklich berühmt?«

»Hier in Schweden kennt mich kaum jemand.« Krister schmunzelte. »Und das ist auch gut so. Nicht nur für mich, sondern vor allem für Storfar. Für ihn wäre es doch sehr anstrengend gewesen, wenn wir auf der Reise durchs Land ständig angesprochen worden wären.«

»Großer Vater?« Asta schaute ihn gerührt an. »Nennst du deinen Großvater so?«

»Oft.« Krister nickte. »Für mich war er immer mehr als ein Opa. Deshalb wollte ich ihm auch seinen großen Wunsch erfüllen, hierher zu kommen. Aber seit wir hier sind, wird bei mir das Gefühl immer stärker, dass es da einiges in seinem Leben gibt, von dem ich nichts weiß.«

»Er hat dir nie von seinem Leben in Tjarojakk erzählt?« Asta wirkte erstaunt.

»Er hat von den langen Wintern berichtet. Von den Polarlichtern und dem harten Leben der Samen.« Und nie war ihm aufgefallen, wie oberflächlich die Berichte seines Großvaters gewesen waren. Er hatte nie Namen genannt, nichts von den Menschen in seinem Dorf erzählt. Selbst von seiner Großmutter, die bereits vor seiner Geburt gestorben war, wusste Krister nicht mehr als den Namen: Solveig.

Schon als Kind hatte er gespürt, dass es Ove schwerfiel, über sie zu reden. Irgendwann hatte er es deshalb ganz aufgegeben, nach ihr zu fragen.

Aber jetzt und hier nutzte er die Gelegenheit. »Kanntest du meine Großmutter?«

Kurz schien ein Schatten über Astas Gesicht zu ziehen, aber vielleicht bildete er sich das auch nur ein. Der Himmel draußen war wolkenverhangen, und es fiel nur wenig Licht ins Zimmer.

Asta lächelte wieder. »Natürlich kannte ich Solveig. Sie war meine Freundin.« Asta wies auf die Anrichte. »Schau mal, das Foto ganz rechts. Das zeigt Solveig und mich.«

Krister erhob sich und ging zur Anrichte. Er nahm das Bild hoch und starrte darauf.

Die Frau rechts auf dem Foto war zweifellos Asta. Obwohl sie darauf mindestens sechzig Jahre jünger war, erkannte er sie am Ausdruck ihrer Augen. Die Frau daneben war ihm fremd, und zum ersten Mal wurde ihm bewusst, dass er noch nie ein Foto von seiner Großmutter gesehen hatte. Warum eigentlich nicht?

»Das war auf dem Wintermarkt in Jokkmokk«, sagte Asta. »In dem Jahr hatten Solveig und Ove geheiratet.«

Krister nickte zum Zeichen, dass er sie gehört hatte, konnte den Blick aber nicht von dem Foto lösen.

Beide Frauen standen im Schnee neben einem Rentierschlitten und hatten sich in ihre Gákti gekleidet, die traditionelle Kleidung der Samen, die ihre Identität und Herkunft widerspiegelte.

Asta strahlte in ihrem blauen Gákti, der mit roten und weißen Akzenten verziert war. Sie trug eine rote Mütze mit einem weißen Pompon, die ihr blondes Haar bedeckte.

Solveig lächelte ebenfalls. Sie trug einen grauen Gákti mit grünen und schwarzen Verzierungen. Ihre Mütze war schwarz mit einem grünen Pompon. Braunes Haar lugte darunter hervor. An ihrem Kragen glänzte eine Brosche.

»Das war die Zeit, in der die Menschen zunehmend die Goathies verließen, um hier am See neue Häuser zu errichten«, fuhr Asta fort. »Aber nicht weit von hier gibt es noch das alte Tjarojakk. Du solltest es dir einmal ansehen.«

»Ja, das sollte ich wohl«, murmelte Krister und stellte das Foto zurück auf die Anrichte.

Als er zum Tisch zurückkehrte, bemerkte er, dass Asta ihn aufmerksam musterte.

»Ich glaube, du weißt nicht viel von uns, oder? Was hat dir Ove erzählt?«

»Er hat mir schon einiges über Sápmi erzählt.« Krister lächelte verlegen. »Aber ich fürchte, je älter ich wurde, desto weniger habe ich zugehört.«

»Es ist das Vorrecht der Jugend, nicht genau hinzuhören.« Asta lächelte. »Aber es ist auch ihre Pflicht, sich mit ihren Wurzeln auseinanderzusetzen. Du solltest jemanden bitten, dir das alte Dorf zu zeigen. Vielleicht hat Thyra Zeit.«

Überrascht schaute Krister sie an. »Wieso ausgerechnet Thyra?«

»Thyra liebt die samische Sprache und Kultur, deshalb kann sie so was besonders gut vermitteln.« Asta senkte ihre Stimme ein wenig. »Sie kennt die alten Geschichten und Lieder, die von Generation zu Generation überliefert wurden. Sie kann dir viel über Sápmi erzählen.«

»Das klingt interessant«, antwortete Krister und stellte zu seiner eigenen Überraschung fest, dass er sich das alte Dorf wirklich gerne ansehen wollte. Aber er würde nicht Thyra bitten, ihn zu begleiten, sondern Birger.

Asta schaute ihn mit einem so intensiven Blick an, als wolle sie seine Gedanken lesen. Ihr feines Lächeln verunsicherte ihn zusätzlich.

»Ja, es ist sehr interessant«, pflichtete sie ihm schließlich bei. »Aber es wird wohl noch eine Weile dauern, bis du das wirklich erkennst …«

Kapitel 8

Gespannt beobachtete Thyra, was Gillis als Nächstes tun würde. Heute Morgen zeigte er ein ziemlich großes Interesse an der Herde und näherte sich ihr weitaus mehr als bei allen anderen Besuchen bisher. Doch als sie sich zum Gehen wandte, war er ganz schnell wieder an ihrer Seite.

»Bleib doch.« Thyra tätschelte seinen Hals, doch Gillis lief einfach weiter. Ganz eindeutig wollte er zurück nach Hause.

»Na gut.« Thyra hatte sich daran gewöhnt, mit Gillis zu reden, auch wenn sie sich bewusst war, dass es in erster Linie Selbstgespräche waren, die sie da führte. »Ich würde dich ganz bestimmt vermissen, wenn du nicht mehr nebenan in deinem Stall wärst.«

Sie folgte Gillis mit etwas Abstand und musste lachen, als er sich kurz umwandte, um sich zu vergewissern, dass sie auch nachkam. Er war ganz anders als alle Rentiere, um die sie sich je gekümmert hatte.

Als sie das Dorf erreichten und Astas Haus passierten, wurde dort die Tür aufgerissen. Ella und Ludvig kamen zuerst heraus und stürmten auf sie zu.

»Thyra! Thyra!«, riefen sie und umfingen sie beinahe gleichzeitig. Beide Kinder sahen zu ihr hoch.

»Du warst schon ganz, ganz lange nicht mehr bei uns«, beschwerte sich Ella.

»Schon hundert Jahre nicht mehr«, ergänzte Ludvig.

»Er hat es gerade mit hundert.« Annbritt war auch aus dem Haus gekommen, zusammen mit Krister. »Ich fürchte, er wird, soweit es Zahlen betrifft, auch noch eine ganze Weile ungebildet bleiben.«

Krister warf Annbritt einen spöttischen Blick zu. »Du gibst nicht auf, oder?«

Annbritt lachte nur, doch dann schaute sie mit einem Mal an Thyra vorbei. »Was ist mit Gillis los?«

Thyra folgte ihrem Blick und sah, wie das Rentier seine Ohren anlegte und die Nüstern blähte. Offenbar war er wütend, aber sie hatte keine Ahnung, was ihn so sehr ärgerte.

»Gillis?« Sie legte eine Hand an seinen Hals.

Gillis wandte den Kopf und schaute sie kurz an, bevor er sich in Bewegung setzte. Langsam zuerst, doch dann immer schneller, je mehr er sich Krister näherte.

Krister wich zurück, wurde ebenfalls schneller.

»Gillis!«, rief Thyra laut, doch das schien das Rentier nur zusätzlich anzustacheln. Es senkte den Kopf, aber da war Thyra schon neben ihm und umklammerte seinen Hals.

»Ich verschwinde lieber«, sagte Krister hastig und setzte seine Worte auch gleich in die Tat um. Nach ein paar Metern wandte er noch einmal den Kopf. »Eigentlich sollte es verboten werden, dass du diese Bestie frei herumlaufen lässt.«

Gillis wurde wieder unruhig.

»Verschwinde einfach!«, rief Thyra verärgert. »Lange kann ich ihn nicht mehr aufhalten.«

Krister starrte sie finster an. Dann drehte er sich um und eilte davon.

Sobald er außer Sichtweite war, beruhigte Gillis sich wieder.

Asta stand in der offenen Tür ihres Hauses. Sie hatte erschrocken eine Hand vor den Mund gepresst.

»Das hat er doch noch nie gemacht.« Annbritt schaute das Rentier unverwandt an. »Wird er jetzt für uns alle gefährlich?«

»Natürlich nicht!« Trotz ihrer Worte war Thyra verunsichert. »Ich bringe ihn jetzt lieber nach Hause. Vielleicht ist er krank.«

»Er sieht überhaupt nicht krank aus.« Annbritt kam langsam

näher. Vorsichtig streckte sie die Hand aus, um Gillis' Hals zu tätscheln.

Das Rentier war friedlich, so wie alle es seit jeher kannten.

»Ich glaube, Gillis kann den Krister einfach nicht leiden«, stellte Ella fest. »Der will auch nicht, dass Krister als Lehrer nach Tjarojakk kommt.«

Thyra schaute Annbritt fragend an. »Steht das immer noch zur Debatte? Hast du wirklich noch einmal versucht, ihn zu überreden?«

»Ich habe es nicht mehr angesprochen, obwohl es die perfekte Lösung für unsere Schule wäre.« Annbritt verzog das Gesicht. »Ich fürchte, er hasst es, hier zu sein, und hat die Reise nur wegen seines Großvaters unternommen.«

»Das spricht für ihn«, erwiderte Thyra nachdenklich.

Annbritt schaute sie fragend an. »Du sagst das so komisch. Magst du ihn nicht?«

»Ich kenne ihn nicht gut genug, um zu beurteilen, was für ein Mensch er ist. Trotzdem bin ich froh, wenn er weg ist.«

»Wegen Gillis?«

Thyra nickte, schüttelte aber gleich darauf den Kopf. »Vor allem wegen meines Großvaters. Er versucht, sich nichts anmerken zu lassen, aber ich glaube, er leidet unter seiner Isolation.«

»Wir müssen unbedingt …« Annbritts Blick fiel auf die Kinder, die gespannt zuhörten. »Habt ihr euch von Asta verabschiedet?«

Beide nickten gleichzeitig.

»Habt ihr euch auch für die Kekse bedankt?«

Diesmal schüttelten Ella und Ludvig die Köpfe.

»Dann macht das bitte.«

Sichtlich widerwillig wandten die Kinder sich um und gingen zurück zum Haus, wo Asta immer noch in der offenen Tür stand und sich schwer auf ihren Stock stützte.

»Wir müssen herausfinden, was da passiert ist«, flüsterte Annbritt.

»Dann wünsche ich dir viel Erfolg bei Ove oder Krister. Gösta verrät jedenfalls schon mal nichts.« Sie ließ Gillis los und ging zu Asta. »Jetzt komme ich endlich dazu, dich auch zu begrüßen.«

Asta lächelte. »Du hattest ja genug mit deinem Gillis zu tun.«

»Jetzt ist er wieder ganz friedlich.« Thyra schaute kurz hinter sich. Das Rentier stand immer noch auf der Stelle und schien auf sie zu warten.

»Vielleicht ist es an der Zeit, dass du ihn endlich zu seiner Herde bringst«, sagte Asta freundlich.

»Das mache ich fast jeden Tag. Aber er will einfach nicht unter seinesgleichen leben.«

Asta lächelte immer noch. »Vielleicht musst du ihn einfach freigeben.«

Der Respekt vor Asta, die sie einst unterrichtet hatte, gebot Thyra, nicht ungeduldig zu werde. Auf keinen Fall sollte Asta bemerken, wie sehr sie die Bemerkung ärgerte. Trotzdem konnte Thyra nicht verhindern, dass ein bisschen davon in ihrer Stimme mitschwang, als sie sagte: »Natürlich lasse ich ihn gehen. Die Entscheidung trifft ganz allein Gillis.«

Asta blieb freundlich, ging aber nicht auf ihre Worte ein.

»Grüß Gösta von mir«, sagte sie bloß. »Ich würde mich freuen, wenn er mal wieder zum Kartenspielen vorbeikommt.«

Thyra gelang es, ihren Unmut vollständig beiseitezuschieben. Freundlich lächelte sie zurück. »Ich richte es ihm gerne aus.« Zum Glück dauerte es ja nicht mehr so lange, bis ihr Großvater das Haus wieder verlassen konnte – oder vielmehr: wollte …

Sie verabschiedete sich von Asta, ebenso wie Annbritt. Ein Stück des Weges gingen die beiden Frauen zusammen. Die Kinder liefen voraus, Gillis trottete hinter ihnen her.

»Wir hätten Asta fragen können, was zwischen Gösta und Ove vorgefallen ist«, sagte Annbritt nachdenklich.

»Selbst wenn sie es weiß, würde sie es nicht sagen.«

»Ja.« Annbritt nickte nachdenklich. Als sie weitersprach, ahmte sie Astas Stimme nach. »Fragt gefälligst Ove und Gösta.«

Thyra musste lachen. »Das trifft es perfekt.« Gleich darauf wurde sie wieder ernst. »Ich wünsche mir einfach nur, dass alles wieder wie immer ist. Oder vielmehr, dass Opa und Gillis wieder normal werden. Ich bin froh, wenn Krister und Ove abreisen.«

Annbritt ging schweigend neben ihr her, bis sie die Weggabelung erreichten, an der sich ihre Wege trennten. Hier blieben sie beide stehen, während die Kinder weiterliefen.

»Wahrscheinlich sollte ich ein schlechtes Gewissen haben – immerhin habe ich mir gerade gewünscht, dass eure Gäste schnell wieder abreisen.« Thyra lächelte. »Aber das brauche ich wohl nicht, schließlich hat Krister ja bereits unmissverständlich erklärt, dass er und Ove in zwei Wochen wieder weg sind.«

»Ja.« Annbritt seufzte. »Auch wenn er es nicht direkt sagt, so spüre ich doch deutlich, dass er sich in Tjarojakk nicht wohlfühlt. Ich glaube, er kann es kaum erwarten, sich von hier zu verabschieden.«

»Die Gemeinde wird bestimmt bald jemanden für unsere Schule finden.« Thyra schaffte es, zuversichtlicher zu klingen, als sie tatsächlich war. »Und dann …«

Sie kam nicht dazu, noch einmal zu wiederholen, dass danach wieder alles so sein würde, wie es sein sollte, denn Annbritt fiel ihr lachend ins Wort: »… werdet du und Ragnar endlich heiraten.«

»Möglicherweise warten wir erst noch einen weiteren Winter ab.«

Weder Thyra noch Annbritt hatten Ragnar bemerkt, der sich ihnen lächelnd näherte. »Vielleicht sogar noch zwei oder drei Winter.« Liebevoll legte er Thyra einen Arm um die Schulter. »Was meinst du?«

Thyra nickte. »Wir haben schließlich alle Zeit der Welt.«

Annbritts entsetztes Gesicht brachte sie beide zum Lachen.

»Übrigens bin ich Krister vor ein paar Minuten begegnet. Er war auf dem Weg zu eurem Haus und wirkte ziemlich aufgebracht. Angeblich hat ihn ein Rentier attackiert.«

»Das war Gillis«, klärte Thyra ihn auf.

»Ausgerechnet Gillis?« Mit fassungsloser Miene schüttelte Ragnar den Kopf. »Rentiere sind ohnehin eher friedliche Tiere, die eigentlich nur untereinander kämpfen, wenn es um die Rangordnung in der Herde geht …«

Thyra stieß ihn an. »Das alles weißt du von mir.«

Ragnar verzog das Gesicht zu einem Grinsen. »Stimmt.«

»Ich habe keine Ahnung, wieso Gillis so aggressiv auf Krister reagiert hat. So habe ich ihn noch nie erlebt.«

»Was machen wir denn jetzt?«, fragte Ragnar besorgt.

Thyra war gerührt, weil ihr Problem für ihn automatisch auch seins war.

»Ich könnte ihn in einem unserer Ställe unterbringen und tagsüber auf eine der eingezäunten Weiden lassen. Da kann er keinen Unsinn anstellen.«

»Ich weiß nicht«, erwiderte Thyra unschlüssig. »Bei uns hat er doch auch einen Stall.«

»Den er selbst öffnen kann, wenn ihm danach ist. Willst du das Risiko wirklich eingehen?«

»Ich muss doch nur aufpassen, dass er Krister nicht mehr begegnet.« Allein die Vorstellung, Gillis jetzt in eine ihm fremde Umgebung zu bringen und ihn dort sich selbst zu überlassen, quälte sie.

Vielleicht musst du ihn einfach freigeben.

Astas Worte hallten plötzlich in ihr nach, aber genau die wollte sie gerade überhaupt nicht hören.

»Ich passe schon auf ihn auf«, schob sie hinterher.

»Auf wen?«, fragte Annbritt prompt. »Auf Gillis oder auf Krister?«

»Wenn ich auf Gillis achtgebe, passiert auch Krister nichts«, erwiderte Thyra trocken.

»Ich werde es ihm nachher mitteilen.« Annbritt schmunzelte. »Es wird ihn bestimmt freuen, das zu hören.« Fragend schaute sie Thyra und Ragnar an. »Seid ihr nicht verabredet? Wir können doch zusammen gehen.«

»Ja, sind wir, aber ich muss erst noch nach Hause. Gillis versorgen und nach Opa sehen. Außerdem will ich mein Geschenk für Ragnar abholen.« Sie zwinkerte ihrem Verlobten verschwörerisch zu.

»Schön, dass ihr heute ein wenig Zeit für euch habt«, sagte Annbritt. »Da könnt ihr ja einiges besprechen …«

»Wenn wir nicht aufpassen, werden wir noch zwangsverheiratet.« Thyra stieß Ragnar leicht an und zog eine verschwörerische Miene. »Vielleicht sollte ich über deinen Vorschlag nachdenken …«

Annbritt starrte sie alarmiert an. »Welchen Vorschlag?«

»Wir heiraten still und heimlich in Jokkmokk und überraschen euch dann alle.« Thyra grinste Annbritt an. »Ich muss sagen, dieser Gedanke wird immer verlockender.«

Annbritt sah sie so entsetzt an, dass es schon wieder komisch war.

»Bitte, macht das nicht«, bettelte sie. »Wir freuen uns doch alle so sehr auf die Feier.«

Thyra lachte laut auf.

»Schon gut.« Annbritt hob beide Hände und ließ sie wieder sinken. »Ich rede nicht mehr darüber.« Damit drehte sie sich um und eilte davon.

Kapitel 9

Ove war voller neuer Eindrücke, als er mit Birger zurückkehrte.

»In den Sommermonaten stehen die Kühe auf Bergweiden, wo sie viel Platz haben und sich frei bewegen können. Da ernähren sie sich hauptsächlich von Gras, Kräutern und anderen Pflanzen, die dort wachsen, was dazu beiträgt, dass ihre Milch den charakteristischen Geschmack hat. Genau so, wie es früher schon war«, erzählte er und fuhr dann fort: »Jetzt in den Wintermonaten werden die Kühe in großen Ställen untergebracht, in denen sie ebenfalls viel Bewegungsfreiheit haben. Ihr Futter ist so ausgewogen, dass all ihre Bedürfnisse erfüllt werden. Birger und Ragnar sorgen wirklich hervorragend für ihre Tiere. Kein Wunder, dass der Kaffeekäse und die Milch so ausgezeichnet schmecken.« Flehend schaute Ove ihn an. »Ich würde gerne länger in Tjarojakk bleiben.«

Die Bitte seines Großvaters bestürzte Krister. Er selbst wollte hier weg, und zwar so schnell wie möglich. Er war drauf und dran, diesen Gedanken laut auszusprechen, aber ein Blick in Oves Gesicht verschloss ihm die Lippen.

»Du sagst ja nichts.« Unsicherheit lag in Oves Stimme und in seinem Gesicht.

»Ich weiß gerade nicht, was ich dazu sagen soll.«

Die beiden Männer waren allein in Kristers Zimmer. Krister saß neben Ove auf der Kante seines Bettes.

Jetzt stand er auf und trat ans Fenster. Wortlos starrte er hinaus.

»Du hast doch Zeit?«, vernahm er die Stimme seines Großvaters in seinem Rücken. »Oder musst du zurück nach Kalifornien?«

Eine Lüge wäre jetzt die einfachste Lösung und bot Krister
sogar die Möglichkeit, nicht nur Tjarojakk den Rücken zu keh-
ren, sondern gleich das ganze Land in Richtung USA zu verlassen.

Krister wandte sich wieder seinem Großvater zu.

»Ja …«, begann er – und stockte. Er brachte es einfach nicht
übers Herz, ihn zu belügen, indem er behauptete, er müsse bald
abreisen. »Ich habe noch Zeit«, hörte er sich stattdessen sagen.

»Dann können wir noch bleiben?« Glücklich strahlte Ove
ihn an.

Krister bereute es bereits, dass er nicht sofort abgelehnt
hatte.

»Ich weiß nicht …«, begann er unschlüssig, wusste aber
nicht, wie er fortfahren sollte.

Oves Gesicht verschloss sich. »Also gut, du musst nicht bleiben. Ich komme hier auch allein sehr gut zurecht.«

Krister erschrak. Für ihn war es unvorstellbar, seinen Großvater allein in Tjarojakk zurückzulassen.

»Das geht nicht, Storfar«, sagte er kopfschüttelnd. »Wenn
ich abreise, kommst du mit.«

Ove erhob sich ebenfalls.

»Ich bin erwachsen!«, knurrte er, und seine Augen unter den
buschigen Brauen blitzten auf. »Noch treffe ich meine Entschei-
dungen selbst.«

Krister wusste nicht, was er sagen sollte. Er wollte sich nicht
mit seinem Großvater streiten, aber Ove allein in Tjarojakk zu
lassen, war für ihn keine Option. Allerdings war er auch nicht
bereit, seinen eigenen Aufenthalt zu verlängern.

In dem Moment klopfte jemand an die Tür.

»Herein!«, rief Krister, erleichtert über diese Unterbrechung.

Birger betrat das Zimmer. »Ich soll euch zum Mittagessen holen. Heute ein bisschen später als sonst.«

»Prima«, sagte Krister und rieb sich den Bauch. »Ich habe auch schon wieder Hunger.« Er ging zur Tür, wandte sich dann aber noch einmal um. Fragend schaute er Ove an. »Kommst du auch?«

Ove ignorierte ihn. Sein Blick war nur auf Birger gerichtet.

»Ich möchte mein Zimmer ein paar Wochen länger buchen.«

Birger war sichtlich überrascht. Mit offenem Mund schaute er zwischen Ove und Krister hin und her. »Ihr wollt noch bleiben?«

»Er nicht.« Nur kurz schaute Ove in Kristers Richtung. Seine Stimme klang hart und unnachgiebig. »Nur ich.«

Krister seufzte abgrundtief. »Storfar …«

»Also«, fiel Ove ihm ins Wort, wobei er auch jetzt nur Birger anschaute. »Kann ich bleiben?«

»Nach eurer Abreise habe ich nur ein Zimmer frei, und das auch nur für eine Woche. Danach sind beide Zimmer immer wieder tageweise an Touristen vermietet, die auf der Durchreise sind.«

Krister stellte sich neben seinen Großvater. »Du kannst nicht allein bleiben«, sagte er mit Nachdruck.

Diesmal ignorierte Ove ihn nicht, sondern zog die buschigen Augenbrauen zusammen und musterte ihn mit einem finsteren Blick.

»Wer sollte mich daran hindern?«, erwiderte er grollend. »Oder willst du mich etwa gewaltsam zurück nach Stockholm schleifen?«

»Ich – lasse – dich – nicht – alleine – hier.« Krister betonte jedes einzelne Wort.

»Ich habe die letzten Jahre ohne dich in Stockholm gelebt«, konterte Ove scharf. »Dann schaffe ich das erst recht in Tjaro-jakk.«

Noch nie hatte Ove ihm vorgeworfen, dass er ihn in Schweden allein zurückgelassen hatte, um in Kalifornien sein Glück zu suchen. Und auch jetzt lag keine Missbilligung in seiner Stimme, es war lediglich eine Feststellung.

Obwohl Krister sich dessen bewusst war, plagten ihn Gewissensbisse. Er senkte beschämt den Kopf.

»Vermietet hier sonst noch jemand Zimmer?«, wandte Ove sich wieder an Birger.

Ihr Gastgeber zuckte mit den Schultern. Er fühlte sich sichtlich unwohl angesichts der gespannten Stimmung.

»Manchmal vermietet Stina ein Zimmer«, sagte er zögernd. Unsicher schaute er Krister an, bevor er sich wieder Ove zuwandte. »Soll ich sie fragen?«

»Ja!« Ove nickte.

»Nein!« Krister schüttelte den Kopf. »Wenn ich abreise, kommt Ove mit.«

Sein Großvater hob mit eigensinniger Miene das Kinn. »Wo wohnt Stina? Ich frage sie selbst.«

»Das erkläre ich dir später«, sagte Birger hastig. »Nach dem Essen?« Damit drehte er sich um und verließ hastig das Zimmer.

»Und nun?«, fragte Krister hilflos, als er mit Ove allein war.

»Jetzt gehe ich erst einmal essen.« Ove schaute ihn mit ausdrucksloser Miene an. »Ich habe Hunger.« Er folgte Birger, ohne einen Blick zurückzuwerfen.

Krister starrte Ove hinterher. Was passierte da gerade zwischen ihm und seinem Großvater?

Er hatte gehofft, dass sie einander durch die gemeinsame Reise wieder näherkamen, doch jetzt waren sie sogar weiter voneinander entfernt als zu der Zeit, als sie auf verschiedenen Kontinenten gelebt hatten.

Krister verzichtete auf das Mittagessen. Er ging nach unten und traf Annbritt im Hausflur. Ihr Blick verriet ihm, dass sie bereits von seiner Auseinandersetzung mit Ove wusste. Ihr Lächeln wirkte bemüht.

»Gut, dass du kommst. Wir wollen mit dem Essen anfangen.«

»Ich habe keinen Hunger«, behauptete Krister, obwohl ihm bei dem köstlichen Duft, der durchs Haus zog, das Wasser im Mund zusammenlief. Es war ihm jedoch unmöglich, sich an den Mittagstisch zu setzen und so zu tun, als wäre nichts passiert.

Annbritt schaute ihn prüfend an, sagte aber nichts.

»Ich bin eine Weile weg.« Krister ging zur Garderobe und zog seine dicke Winterjacke an.

Annbritt nickte, ohne zu fragen, wo er hingehen oder wann er zurückkommen würde.

»Es soll neuen Schnee geben«, warnte sie lediglich. »Pass auf, dass du dich dann nicht verläufst.«

Krister lachte spöttisch auf. »In dem kleinen Kaff kann ich mich kaum verlaufen.«

»Da irrst du dich. Bitte sei vorsichtig«, mahnte Annbritt eindringlich. »Im dichten Schneetreiben kannst du vollständig die Orientierung verlieren.«

Krister zog den Reißverschluss seiner Jacke hoch.

»Danke für die Warnung.« Er grinste. »Aber ich bin schon groß.« Er wartete nicht ab, bis Annbritt noch etwas sagte, sondern ging zur Tür und öffnete sie. »Bis später«, verabschiedete er sich.

Der Himmel war grau, die Sonne nicht mehr zu sehen. Obwohl es erst Mittag war, brannte in den meisten Häusern Licht.

Schneekälte!, vernahm er in Gedanken die Stimme seines Großvaters, damit verbunden waren Erinnerungen an seine Kindheit.

»Ich rieche den Schnee, bevor er kommt«, hatte sein Großvater immer behauptet. »Und ich spüre ihn in meinen Knochen. Schneekälte fühlt sich viel kälter an als starker Frost.«

Als Kind hatte Krister das nie so empfunden. Ove hatte das lachend mit den Worten kommentiert: »Du bist eben ein richtiges Stadtkind. Im hohen Norden, da wo ich aufgewachsen bin, ist der Winter ganz anders als hier.«

Und dann hatte er von den Zeiten erzählt, in denen das Dorf völlig von der Außenwelt abgeschnitten gewesen war. Von den Menschen, die in diesen Zeiten eng zusammenrückten und sich gegenseitig unterstützten. Von hungrigen Wölfen und Bären, die den Häusern in dieser Zeit besonders nahe kamen.

Als Kind hatte Krister diesen Erzählungen fasziniert gelauscht. Krister lächelte in der Erinnerung an diese Zeit. Nur er und sein Großvater …

Dann schweiften seine Gedanken zu seinen Eltern. Auch an sie konnte er sich gut erinnern. Vor allem an Momente, die er als kleiner Junge besonders intensiv empfunden hatte. Nur über seine Großmutter wusste er kaum etwas. Bei Asta hatte er zum ersten Mal ein Foto von ihr gesehen.

Und auch Göstas Namen hatte sein Großvater nie zuvor erwähnt, obwohl es da offensichtlich eine Unstimmigkeit zwischen den beiden Männern gegeben hatte. Ein so schwerwiegendes Zerwürfnis, dass es heute noch nachwirkte.

»Eigentlich weiß ich überhaupt nichts von dir, Storfar«, murmelte Krister vor sich hin.

»Führst du immer Selbstgespräche?«

Wie aus dem Nichts tauchte Thyra plötzlich neben ihm auf. In den Händen hielt sie ein in Geschenkpapier verpacktes Päckchen.

»Schleichst du dich immer so an?«, konterte er.

Sie lächelte amüsiert. »Hast du öfter so schlechte Laune?«

Krister blieb stehen, ignorierte aber ihre Frage. »Was ist eigentlich zwischen unseren Großvätern passiert?«

Thyra hob mit ahnungsloser Miene die Schultern. »Opa will nicht darüber reden. Er will nicht einmal das Haus verlassen, solange Ove in Tjarojakk ist.«

»Dann habe ich schlechte Nachrichten für ihn«, sagte Krister bitter. »Mein Großvater will seinen Aufenthalt verlängern.«

Thyra, die ebenfalls stehen geblieben war, schaute ihn überrascht an. »Und wie lange wollt ihr bleiben?«

»Ich würde am liebsten sofort abreisen«, entfuhr es Krister spontan. Er machte eine ausholende Handbewegung. »Das hier ist nicht meine Welt.«

»Ich verstehe …«, behauptete Thyra, obwohl ihr Gesichtsausdruck etwas anderes sagte.

»Birger hat im Anschluss an unseren Aufenthalt nur noch ein Zimmer frei, und das auch nur für eine Woche.«

Thyra hörte schweigend zu.

»Jetzt will er eine gewisse Stina fragen, ob sie meinem Großvater ein Zimmer vermieten kann.«

»Und was ist mit dir?« Fragend schaute Thyra ihn an. »In Stinas Fremdenzimmer steht auch nur ein Bett.«

»Mein Großvater ist fest entschlossen, alleine hier zu bleiben.« Krister presste entschlossen die Lippen zusammen, bevor er fortfuhr: »Aber das kommt natürlich nicht infrage.«

»Warum nicht?« Thyra war sichtlich erstaunt. »Er ist in den letzten Jahren doch auch ohne dich zurechtgekommen.«

»Aber nicht ohne Betreuung. Er hat in einem Seniorenheim gelebt.«

Thyra schaute ihn nur an und schüttelte kaum merklich den Kopf. Ihre ganze Haltung schien Missbilligung auszudrücken.

Krister wusste nicht, ob er sich mehr über sie oder sich selbst ärgerte, weil er in diesem Moment das Gefühl hatte, sich rechtfertigen zu müssen.

»Er hat fast seine Wohnung abgebrannt, weil er eine Pfanne mit Öl aufgestellt und dann nicht mehr dran gedacht hat. Und einmal hat er seinen Schlüssel vergessen und die ganze Nacht auf der Treppe zu seiner Wohnung verbracht.«

»Ich verstehe.« Thyras Miene verriet genau das Gegenteil. »Aber hier wird so etwas nie passieren, wir kümmern uns um unsere Mitmenschen.«

Nach der Auseinandersetzung mit seinem Großvater, den Gedanken, die er sich selbst machte, und wegen der Gewissensbisse, die ihn quälten, seit Ove im Seniorenheim lebte, empfand Krister diese Worte als Kritik. Sie stachen genau in seine quälende Wunde.

»Mir wäre es trotzdem lieber, wenn mein Großvater professionell betreut wird.«

»Ich kümmere mich lieber selbst um meinen Großvater«, sagte sie.

Sie wusste überhaupt nichts von ihm, und doch hatte sie sich längst ein Urteil über ihn gebildet. Jedenfalls kam es Krister so vor. Obwohl es in ihm brodelte, verabschiedete er sich mit einem freundlichen Lächeln.

»Ich wünsche dir noch einen schönen Tag.«

»Es gibt Schnee«, erwiderte sie zusammenhanglos.

Eine seltsame Antwort, dachte er. »Ja, das sagte Annbritt bereits.«

»Es soll viel Schnee geben. Pass auf, dass du dich im Schneetreiben nicht verirrst.«

»Machst du dir etwa Sorgen um mich?« Er grinste.

Ernst schaute sie ihn an. »Wie bereits gesagt: Wir kümmern uns um unsere Mitmenschen. Und wenn Annbritt dich bereits gewarnt hat, solltest du das beherzigen.«

»Vielen Dank, ich passe auf.«

Thyra lächelte. Gleichgültig zuckte sie mit den Schultern. »Wie du meinst …«

Ohne ein weiteres Wort ging sie weiter.

Krister setzte seinen Weg in die andere Richtung fort. Doch dann, obwohl er das eigentlich nicht wollte, blieb er stehen und drehte sich noch einmal nach ihr um.

Thyra hingegen ging zügig weiter, den Blick unverwandt nach vorn gerichtet. Und während er ihr noch nachschaute, wusste er plötzlich, wohin er gehen wollte.

Es war nicht schwer, den Friedhof von Tjarojakk zu finden. Obwohl sie nicht sehr groß war, konnte er die Kapelle von seinem Standort aus sehen.

Ein schmaler Pfad führte durch einen dichten Kiefernwald. Wie er es vermutet hatte, lag der Friedhof gleich bei der Kapelle. Eingerahmt von einer alten Mauer, die kaum einen Meter hoch war. Das Eingangstor aus verwittertem Holz war weit geöffnet.

Wie stille Wächter standen die Grabsteine im Schnee. Hier ruhten Generationen von Dorfbewohnern – und irgendwo musste sich auch das Grab seiner Großmutter befinden.

Langsam ging er die Reihen entlang. Ihm fielen die Spuren im Schnee auf, die genau vor dem Stein endeten, in den der Name *Solveig Åkerman* eingemeißelt war – vermutlich die Spuren seines Großvaters.

Ove konnte nur heute Morgen hier gewesen sein, als er gemeinsam mit Birger unterwegs gewesen war. Aber an dieser Stelle hatte er allein gestanden, wie die Fußstapfen deutlich verrieten.

Krister stand vor dem Grab seiner Großmutter und spürte den kalten Wind. Langsam setzte der Schneefall ein, große Flocken wirbelten umher und bedeckten die Erde. Er fror, nicht nur wegen der Kälte, sondern auch wegen der Einsamkeit, die ihn umhüllte.

Sein Blick verlor sich im Weiß, während seine Gedanken umherirrten. Er hätte seinen Großvater gerne zum Grab seiner

Großmutter begleitet. Aber vielleicht gehörten die Fußspuren zu einer anderen Person ...

Nein, er war ganz sicher, dass sein Großvater hier am Grab gestanden hatte. Warum hatte er nicht gewartet, bis er ihn begleiten konnte?

Die Frage nagte an ihm, und die Antwort, die er sich selbst gab, tat weh. Sie waren einst so eng gewesen, aber nun schien sich zwischen ihnen eine Kluft aufzutun.

Die Erkenntnis schmerzte Krister zutiefst. Es war nicht nur die Distanz, die sie voneinander trennte, sondern auch das Vertrauen, das zerstört zu sein schien. Seit dem Tag, an dem er seinen Großvater ins Seniorenheim gebracht hatte, hatte sich etwas grundlegend in ihrer Beziehung verändert.

Mit einem Seufzer wandte sich Krister vom Grab ab und machte sich auf den Rückweg, doch mit einem Mal verstärkte sich der Schneefall rapide. Die Flocken wurden dichter, und der Wind nahm zu, sodass sich ein undurchdringlicher Schleier bildete.

Nur das gedämpfte Knirschen des Schnees unter seinen Schuhen war zu hören. Die Umrisse der Bäume verwischten in der Ferne, und mit zunehmendem Schneefall konnte er auch die Grabsteine in der nächsten Nähe nicht mehr erkennen. Die Welt um ihn herum verwandelte sich in ein verschwommenes, weißes Nichts, und plötzlich wurde ihm bewusst, dass er keine Ahnung hatte, in welche Richtung er gehen musste.

Er blieb stehen und schaute sich um. In Windeseile bedeckte der Schnee seine Schultern und seinen Kopf. Die Stille war beinahe erdrückend, und das Gefühl der Isolation verstärkte sich mit jedem Augenblick.

Krister versuchte, sich zu orientieren, doch ohne klare Sichtpunkte oder Wegmarkierungen war das unmöglich. Er hatte sich tatsächlich inmitten einer undurchdringlichen Schneelandschaft verloren.

Panik stieg in ihm auf, als er sich bewusst wurde, dass er keine Ahnung hatte, in welche Richtung er gehen sollte. Der Schnee umhüllte ihn, und er fühlte sich vollkommen hilflos in dieser weißen Welt aus Stille und Kälte ...

Kapitel 10

Thyra ärgerte sich über sich selbst, weil sie die ganze Zeit an Krister denken musste. Es war verrückt, dass sie sich Sorgen um ihn machte, schließlich hatte nicht nur sie selbst, sondern auch Annbritt ihn gewarnt. Und wahrscheinlich setzte ihm die Kälte ohnehin so zu, dass er sich nicht allzu lange draußen aufhalten würde.

Sie verdrängte jeden Gedanken an ihn, weil sie sich die Vorfreude auf den Tag nicht verderben lassen wollte.

Thyra freute sich auf das gemeinsame Mittagessen mit Ragnar. Als sie sich seinem Haus näherte, sah sie ihn durch das Fenster am Herd stehen. Er hatte das Licht eingeschaltet, weil es draußen so dunkel geworden war, dass kaum Tageslicht durch die Fenster ins Haus fiel.

Sie blieb stehen und betrachtete den Mann, mit dem sie ihr Leben teilen wollte. Dabei versuchte sie einmal mehr, ihre Gefühle zu ergründen.

Nach wenigen Sekunden schien er zu spüren, dass er beobachtet wurde. Er fuhr herum, trat ans Fenster und erblickte sie. Ein strahlendes Lächeln zog über sein Gesicht, und seine blauen Augen leuchteten.

Es war dieser Moment, der in Thyra wieder dieses altbekannte warme und zärtliche Gefühl aufsteigen ließ. Was sollten all diese Zweifel? Er war der Richtige. Ragnar und sie gehörten einfach zusammen. Sie entstammten einem Volk, sie liebten ihre Heimat gleichermaßen, waren verbunden mit den Menschen, die hier lebten.

Ragnar öffnete das Fenster. »Wenn du noch lange da draußen stehst und mich anstarrst, frierst du noch fest.«

Thyra lachte und setzte sich wieder in Bewegung.

Die Haustür war nicht abgeschlossen. Thyra trat ein und wurde erst einmal von Sam begrüßt. Danach zog der Rüde sich zurück ins Wohnzimmer auf seinen Lieblingsplatz gleich neben dem Sofa. Von da aus konnte er durch die offene Tür den Eingangsbereich bewachen.

Thyra zog Stiefel, Handschuhe, Mütze und Winterjacke aus. Dann schlüpfte sie in ihre gemütlichen Hausschuhe, die unter der Garderobe standen. Im Laufe der letzten Jahre hatten sich einige Kleidungsstücke von ihr hier angesammelt, auch wenn sie nur selten bei Ragnar übernachtete. Warum eigentlich?

Darüber werde ich mir jetzt nicht auch noch den Kopf zerbrechen, beschloss sie. Die kommende Nacht würde sie jedenfalls bei Ragnar bleiben.

Die Küche lag gleich rechts vom Eingangsbereich und war einladend und geräumig. Die Kücheneinrichtung war schlicht und funktional, mit Holzschränken und einer robusten Arbeitsplatte aus poliertem Stein. Ein alter Holztisch, umgeben von Stühlen mit gemütlichen Kissen, stand im Zentrum des Raumes und lud zum Verweilen ein.

Ragnar hatte für sie gekocht, so wie in jedem Jahr an diesem besonderen Datum, ihrem Jahrestag. Heute war es genau vier Jahre her, dass er ihr den Antrag gemacht hatte.

Sie musste nicht fragen, was es gab. Es war genau dasselbe Essen, das er auch vor vier Jahren für sie gekocht hatte: *Palt*, ein traditionelles Gericht aus Kartoffelteig. Auf dem Tisch stand bereits ein Glas mit Preiselbeeren, die dazu serviert wurde. Daneben lag ein Päckchen, das ganz sicher für sie bestimmt war.

Thyra ging zum Tisch und stellte ihr Päckchen daneben. Ausgepackt wurde stets nach dem Essen.

»Gut, dass wenigstens du kochen kannst.« Thyra lachte.

»Ich gebe die Hoffnung nicht auf, dass Gösta es dir noch beibringt, bevor wir heiraten.« Ragnar lachte ebenfalls und nahm sie in die Arme.

Thyra schüttelte den Kopf. »Wahrscheinlich eher nicht. Ich versuche es aber gerne, wenn du mir versprichst, alles brav aufzuessen.«

Ragnar schaute sie so entsetzt an, dass sie wieder laut auflachte.

»Alles Gute zum Jahrestag«, sagte sie zärtlich.

»Alles Gute«, flüsterte er.

Sein Mund berührte ihre Lippen – sekundenlang hielt Thyra den Atem an –, und dann wurde es doch nur einer seiner flüchtigen Küsse.

Plötzlich ließ er sie los. Prüfend schaute er sie an. »Was ist los?«

»Was meinst du?«, antwortete sie mit einer Gegenfrage.

»Du bist so …« Er schien nach dem richtigen Wort zu suchen. »… anders«, schloss er schließlich.

Vielleicht wäre jetzt der richtige Augenblick, um ihre Gedanken mit ihm zu teilen, überlegte Thyra. Um herauszufinden, wie er über ihre Beziehung dachte …

Nein, es ist der falsche Moment, beschloss sie dann. *Heute ist unser Jahrestag, und da sollte es keine Missstimmung geben.*

»Ich habe mich ein wenig geärgert«, sagte sie schließlich in der Gewissheit, dass sie ihm zwar nicht die ganze Wahrheit sagte, ihn aber auch nicht belog. »Auf dem Weg zu dir bin ich Krister begegnet. Du weißt schon, Birgers und Annbritts Gast.«

»Ist das der Großvater oder der Enkel?«, hakte Ragnar nach.

»Krister ist der Enkel.« Thyra presste kurz die Lippen aufeinander, als sie an das Zusammentreffen dachte.

»Dann hoffe ich, dass er mittlerweile wieder zurückgekehrt ist.« Ragnar ließ sie los und zeigte auf das Küchenfenster.

Thyra sah hinaus. Draußen schneite es inzwischen so stark, dass sie nichts mehr erkennen konnte. Selbst die Fichte, die nur wenige Meter von Ragnars Haus entfernt stand, war nicht mehr zu sehen.

»Ich habe ihn gewarnt«, sagte Thyra dumpf. »Und Annbritt auch.«

Ragnar lächelte sanft. »Er ist nicht der erste Gast in Tjarojakk, der die Wetterbedingungen unterschätzt.«

»Stimmt«, murmelte Thyra.

»Im Grunde bist du ja auch nicht sauer auf ihn, sondern einfach nur besorgt«, fuhr Ragnar fort.

»Nein, bin ich nicht«, grollte Thyra. »Und Krister ist kein Gast wie alle anderen …«

Sie brach ab und lauschte verwirrt ihren eigenen Worten nach.

»Ist er nicht?«, fragte Ragnar sichtlich verwundert.

»Er müsste es besser wissen.« Thyra zog finster die Brauen zusammen. »Sein Großvater stammt schließlich aus Tjarojakk.«

»Darüber zu reden …« Ragnar wies auf das Küchenfenster. »… oder es selbst zu erleben, ist ein großer Unterschied.«

»Hoffentlich hat er es rechtzeitig bemerkt.« Thyra schüttelte leicht den Kopf. »Aber ich will nicht länger über ihn reden. Heute ist schließlich unser Tag.« Sie schmiegte sich wieder an ihn und umschlang ihn mit beiden Armen. »Außerdem habe ich Hunger.«

Ragnar drückte sie an sich. »Ich auch.« Dann ließ er sie wieder los und ging zum Herd.

Thyra stellte derweil Teller auf den Tisch und legte das Besteck daneben. Danach trat sie ans Fenster und schaute hinaus. Der Schneefall bildete inzwischen eine undurchdringliche weiße Wand. Jetzt würde selbst sie nur im absoluten Notfall das Haus verlassen …

»Machst du dir nun doch Sorgen um ihn?«

Thyra zuckte erschrocken zusammen. Sie hatte nicht bemerkt, dass Ragnar neben sie getreten war.

»Nein.« Sie schüttelte den Kopf. »Ich dachte gerade nur daran, dass selbst ich bei diesem Wetter nicht nach draußen gehen würde.«

Ragnar legte ihr einen Arm um die Schultern.

»Es sei denn, Gillis oder Thor wären bei mir«, fuhr sie fort. »Die beiden würden selbst im dichten Schneetreiben nach Hause finden.«

»Hoffentlich ist er inzwischen heil angekommen«, murmelte Ragnar. Es war, als hätte er ihr gar nicht zugehört.

In dem Moment wurde Thyra bewusst, dass sie sich sehr wohl ebenfalls Gedanken um Krister machte. Obwohl sie sich über ihn geärgert hatte, wünschte sie ihm natürlich nicht, dass er irgendwo da draußen umherirrte.

In genau diesem Augenblick klingelte das Telefon …

Ragnar eilte in den Flur. Durch die offene Tür konnte Thyra verstehen, was er sagte.

»Nein, ich habe ihn nicht gesehen. Aber Thyra hat ihn auf dem Weg zu mir getroffen.« Er schwieg kurz, während er seinem Gesprächspartner am anderen Ende offensichtlich zuhörte. Dann rief er: »Thyra, hat Krister gesagt, wohin er wollte?«

Thyra ging zu ihm. »Nein. Ich kann lediglich sagen, dass er in die entgegengesetzte Richtung gegangen ist.«

Die ganze Zeit hatte sie es verdrängt, doch jetzt überfiel sie die Angst um Krister regelrecht.

»Hast du das gehört, Birger?« Ragnar lauschte wieder in den Hörer. »Ja, ich kann verstehen, dass er sich Sorgen macht.« Wieder schwieg er sekundenlang, dann: »Natürlich komme ich mit. Aber da wir sein Ziel nicht kennen, ist die Chance, dass wir ihn finden, eher gering. Und der Schneefall soll noch ein paar Stunden andauern.«

Birger sagte daraufhin wieder etwas, was Thyra nicht hören konnte. Aber es war ihr auch so klar, worum es ging.

Sie zog sich bereits die Stiefel an, bevor Ragnar das Gespräch beendet hatte. Überrascht schaute er ihr zu, als er den Hörer auflegte.

»Was hast du vor?«

»Ich komme natürlich mit.«

»Auf keinen Fall.« Entschieden schüttelte er den Kopf. »Ich werde es nicht zulassen, dass du dich in Gefahr bringst.«

»Dann solltest du nicht versuchen, mich daran zu hindern, dich und Birger zu begleiten.« Sie hob das Kinn und schaute ihn kämpferisch an. »Du weißt, dass ich mich am besten zurechtfinde, wenn die Sicht praktisch nicht mehr vorhanden ist.«

Ragnar schüttelte stumm den Kopf, immer wieder, bis er schließlich nachgab.

»Ich werde es dir ja doch nicht ausreden können.«

»So ist es!« Thyra nahm die dicke Winterjacke von der Garderobe und zog sie an. Dann stopfte sie die langen Haare unter die Mütze, bevor sie die Handschuhe überstreifte. Zuletzt schlang sie ihren Schal um den Hals und den unteren Teil ihres Gesichts. Sie war bereit.

Ragnar ging zuerst in die Küche, um den Herd auszuschalten, bevor er ebenfalls seine Winterausrüstung anzog.

Birger wartete bereits vor der Tür, einen Schlitten neben sich.

»Ove macht sich große Sorgen.«

»Habt ihr versucht, Krister über sein Handy zu erreichen?«, fragte Thyra.

»Das liegt in seinem Zimmer.« Birger blickte düster in die Schneewand. »Ich hoffe, wir finden ihn.«

Der Marsch wurde anstrengender, als Thyra befürchtet hatte. Bei jedem Schritt sanken sie tief in den frisch gefallenen Schnee ein.

Die eisige Kälte des Schneesturms drang durch jede noch so dicke Schicht Kleidung und schien direkt in die Knochen zu kriechen. Der Wind peitschte mit unerbittlicher Kraft, und jeder Atemzug fühlte sich an, als würden sie spitze Nadeln einatmen.

Thyras Muskeln brannten vor Anstrengung, während sie sich mühsam vorankämpfte. Es war anstrengend, als würde sie gegen unsichtbare Fesseln ankämpfen. Der Schnee war schwer und feucht, und ihre Fußabdrücke schienen sofort wieder von den fallenden Flocken verschluckt zu werden.

Hin und wieder fing sie Ragnars besorgten Blick auf. Das brachte sie dazu, weiter durchzuhalten. Aber da war noch etwas anderes, das sie vorantrieb. Sie mochte Ove, und die Vorstellung, dass sie ihm bei ihrer Rückkehr möglicherweise eine schlimme Nachricht überbringen mussten, quälte sie.

Da sie sonst keine Anhaltspunkte hatten, gingen sie in die Richtung, in die Krister nach dem zufälligen Zusammentreffen mit Thyra gegangen war.

Hatte er ein bestimmtes Ziel gehabt? Oder war er einfach nur losgegangen und hatte am Ende sogar das Dorf verlassen? Dann wäre es fast unmöglich, ihn zu finden.

Sie passierten das Schulgebäude und das Lehrerhaus gleich daneben. Etwa hundert Meter weiter gab es nur noch den Friedhof und die Kapelle …

»Da ist was!«, stieß Ragnar hervor.

Thyra kniff die Augen zusammen und folgte mit dem Blick seinem ausgestreckten Finger. Dann sah sie ihn. Krister saß auf dem Boden, an einen Stamm einer Kiefer gelehnt.

Sie beeilten sich alle drei, um zu ihm zu kommen. Kristers wächsernes Gesicht und die geschlossenen Augen jagten Thyra einen heillosen Schrecken ein.

Die Gefahr, vor Erschöpfung einzuschlafen, war in dieser Kälte besonders groß. Und wenn es geschah, endete es oftmals tödlich …

Endlich hatten sie ihn erreicht. Ragnar zog seinen Handschuh aus, ging in die Hocke und tastete nach Kristers Halsschlagader. Angstvolle Sekunden vergingen.

»Er lebt«, stellte Ragnar fest und erhob sich wieder. »Aber wir müssen ihn sofort ins Warme schaffen.«

»Das Lehrerhaus«, schlug Thyra vor. »Ich laufe vor und stelle die Heizung an.«

Ragnar schüttelte den Kopf. »Wir sollten zusammenbleiben …«

»Ich werde mich nicht verlaufen«, versprach Thyra. »Und schau nur, der Schneefall lässt etwas nach.«

Tatsächlich waren inzwischen wieder die Umrisse der Bäume in der näheren Umgebung zu erkennen. Thyra wartete eine weitere Antwort nicht ab und eilte davon.

Auch der Rückweg gestaltete sich mühsam. Immer wieder blieb sie stehen, um sich zu orientieren, allerdings nur kurz, weil die Kälte ihr inzwischen geradezu schmerzhaft zusetzte. Die Zeit, bis sie das Lehrerhaus endlich erreicht hatte, kam ihr endlos vor.

Sie zog ihren Handschuh aus, fegte den Schnee vom Türrahmen und tastete dabei gleichzeitig nach dem Schlüssel. Als sie ihn gefunden hatte, waren ihre Finger so kalt, dass sie es kaum schaffte, ihn ins Türschloss zu stecken. Sie brauchte mehrere Anläufe.

»Endlich …«

Die Tür sprang auf, und Thyra betrat die Diele. Im Haus war es nicht ganz so kalt, weil die Heizung zumindest so weit aufgedreht war, dass die Wasserrohre nicht zufrieren konnten.

Thyra drehte den Regler der Heizung ganz nach rechts. Anschließend füllte sie in der Küche einen Topf mit Wasser und stellte ihn auf den Herd. Danach blieb ihr gerade noch Zeit für den Kamin im Wohnzimmer. Zum Glück hatte Greta das Haus so hinterlassen, dass es sofort wieder bezogen werden konnte.

Sie hatte sogar die alte Asche aus dem Kamin entsorgt und frisches Brennholz bereitgelegt.

Zuerst öffnete Thyra den Abzug, dann schichtete sie das Holz auf und zündete es mit den Streichhölzern an, die auf dem Kaminsims lagen. Zufrieden schaute sie zu, wie sich die kleine Flamme ausbreitete und am Holz hochzüngelte.

Inzwischen hatten Ragnar und Birger das Lehrerhaus ebenfalls erreicht. Krister lag auf dem Schlitten und bewegte sich nicht.

»Er ist eben kurz aufgewacht«, berichtete Ragnar, als er den Mann gemeinsam mit seinem Bruder ins Haus trug. Sie brachten ihn ins Wohnzimmer, legten ihn aufs Sofa und zogen ihm die kalte und durch den Schnee durchnässte Kleidung aus. Danach wickelten sie ihn in alle Decken, die Thyra im Haus finden konnte.

Ihnen allen war bewusst, dass bei diesem Wetter kein Arzt aus Jokkmokk nach Tjarojakk durchkommen konnte. Das hatten sie bereits oft genug erlebt.

Kurz musste Thyra an Greta denken.

Die Vorstellung, dass meine Mutter dringend einen Arzt braucht und wir nicht schnell genug nach Jokkmokk kommen ..., vernahm sie in Gedanken die Stimme ihrer Freundin.

In genau diesem Augenblick schlug Krister die Augen auf. Das Entsetzen, das er erlebt hatte, spiegelte sich in seiner Miene.

»Der ... Schnee ...« Die Worte kamen nur mühsam über seine Lippen.

Ragnar sprach beruhigend auf ihn ein. »Alles ist gut, du bist in Sicherheit. Du bekommst jetzt etwas Warmes zu trinken und ruhst dich aus.«

Voller Stolz betrachtete Thyra ihren Verlobten. Auf Ragnar war Verlass. Er wusste immer, was zu tun war.

»Wollen wir ihn nach Hause bringen?«, fragte Birger.

Ragnar schüttelte den Kopf. »Auf keinen Fall sollte er heute noch einmal hinaus in die Kälte.«

Nach einer kurzen Besprechung einigten Birger und Ragnar sich darauf, dass Birger alleine nach Hause gehen würde, während Ragnar und Thyra die Nacht mit Krister im Lehrerhaus bleiben wollten.

»Gibt es hier Lebensmittel?«, erkundigte sich Birger, bevor er das Haus verließ.

»Konserven, außerdem genug Tee, um es hier ein paar Tage auszuhalten.« Thyra kannte die Vorräte, die Greta zurückgelassen hatte. Ansonsten war das Haus mit allem ausgestattet, was ein Bewohner benötigte. In dem Schrank im Hausflur befanden sich sogar Bettwäsche und Handtücher. Alles war bereit für die nächste Lehrkraft, die nur ihre persönlichen Sachen mitbringen musste.

»Ruf an, wenn du zu Hause angekommen bist«, bat Ragnar und fügte scherzhaft hinzu: »Wenn ich in einer halben Stunde nichts von dir gehört habe, mache ich mich auf die Suche nach dir.«

Birger grinste. »Nach Hause finde ich immer.« Seine Miene wurde wieder ernst. »Danke euch beiden, dass ihr euch an der Suche beteiligt habt.« Er zog sich die Mütze tief in die Stirn und öffnete die Tür.

Ein Schwall kalter Luft und Schnee schlugen ihm entgegen. Thyra konnte erkennen, dass der Schneefall noch weiter nachgelassen hatte, Birger würde auf dem Rückweg also keine Schwierigkeiten haben.

Ragnar schloss die Tür hinter seinem Bruder, dann wandte er sich Thyra zu.

»Eigentlich habe ich mir unseren Jahrestag anders vorgestellt.« Zärtlich sah er sie an, dann schloss er sie in die Arme. »Aber das holen wir nach. Versprochen.«

»Eigentlich finde ich es gar nicht so schlimm, dass dieser Tag nicht nach dem üblichen Schema abgelaufen ist.« Als sie Ragnars überraschten Blick auffing, fügte sie schnell hinzu: »Obwohl ich es mir natürlich etwas weniger dramatisch gewünscht hätte.«

Ragnar wirkte mit einem Mal verunsichert. »Das klingt so, als hättest du dich gar nicht auf unseren Jahrestag gefreut.«

»Natürlich habe ich das«, versicherte Thyra schnell. Sie zögerte einen Augenblick. »Aber wir müssen diesen Tag nicht mit den immer gleichen Ritualen feiern. Wir …«

Weiter kam sie nicht.

»Hallo«, rief Krister. Seine Stimme klang heiser.

Thyra und Ragnar eilten zu ihm.

»Mein … Großvater …« Seine Stimme klang krächzend, und immer noch schien ihm jedes Wort schwerzufallen.

»Er weiß inzwischen sicher Bescheid«, sagte Ragnar beruhigend. »Wir kümmern uns jetzt um dich. Morgen geht es dir bestimmt wieder gut.«

Krister lächelte. »Danke.«

Kurz darauf war er wieder eingeschlafen.

Kapitel 11

Diese Hitze! Es war kaum auszuhalten.

Krister stöhnte leise auf und befreite sich im Halbschlaf von den ganzen Decken, die auf ihm lagen. Langsam öffnete er die Augen.

Nur das Feuer im Kamin erhellte den Raum, schuf Licht und Schatten, die ihn im ersten Moment irritierten.

Wo bin ich?

Er hatte den Gedanken kaum zu Ende gebracht, da fiel ihm alles wieder ein. Der Besuch auf dem Friedhof, die schier unglaublichen Schneemengen, die plötzlich um ihn herum gewesen waren. Sein verzweifelter Versuch, den Rückweg zu finden.

Es war unglaublich anstrengend gewesen und hatte ihn furchtbar erschöpft. Nur einen Moment hatte er sich ausruhen wollen. Er hatte einfach nicht anders gekonnt, obwohl er wusste, wie gefährlich das war …

Schon nach kurzer Zeit hatte ihn eine unfassbare Müdigkeit gepackt. Vergeblich hatte er gegen die Dunkelheit angekämpft, die über sein Bewusstsein hereingebrochen war.

Und dann waren da plötzlich diese beiden Männer gewesen, die ihn hochgerissen und seinen Namen gerufen hatten. Nur dunkel erinnerte er sich daran, dass er auf einem Schlitten gelegen hatte und durch den Schnee gezogen worden war.

Birger und Ragnar hatten ihn in dieses Haus gebracht.

Plötzlich stand Thyra neben dem Sofa, auf dem er lag.

»Wie geht es dir?«, erkundigte sie sich, und ihm wurde siedend heiß bewusst, dass er bis auf seine Unterhose völlig nackt war. Jetzt konnte er auch sehen, dass seine Kleidung über einem Stuhl hing, der am Kamin stand.

Erschrocken griff er nach den Decken, um seine Blöße vor ihr zu verbergen.

Thyra kommentierte das mit einem ironischen Lächeln. »Ich verspreche, ich habe nichts gesehen, was ich nicht schon zuvor gesehen hätte.«

Krister spürte, wie er rot anlief, und hoffte inständig, dass sie das in dem schwachen Kaminlicht nicht bemerkte. Immerhin gelang es ihm, sich bis zum Kinn zuzudecken.

Finster starrte er sie an. »Was machst du hier?«

»Das sagte ich eben schon. Ich wollte wissen, wie es dir geht.«

Er schüttelte leicht den Kopf. »Ich meinte eigentlich, wieso du überhaupt hier bist. Da waren doch gestern nur Birger und Ragnar.«

»Auch das habe ich dir schon gesagt. Gestern, als du nicht auf mich hören wolltest und dadurch letztendlich uns alle in Gefahr gebracht hast: Wir in Tjarojakk kümmern uns um unsere Mitmenschen. Selbst um die, die alles besser wissen wollen.«

»Ja, gib es mir nur richtig«, brummte er mürrisch. »Als würde es nicht reichen, dass ich fast erfroren wäre.«

»Was ist los?« Ragnar kam ins Wohnzimmer. Es war ihm anzusehen, dass er gerade erst aufgewacht war. Mit besorgtem Blick schaute er Krister an.

»Es ist alles in Ordnung.« Thyra legte ihm beruhigend eine Hand auf den Arm. »Es geht ihm bereits wieder so gut, dass er unfreundlich sein kann.«

»Ich war nicht unfreundlich«, wehrte sich Krister. »Ich war nur …« Er suchte nach den passenden Worten. »… peinlich berührt.«

»Warum?« Ragnars ahnungsloser Blick flog von Krister zu Thyra und wieder zurück.

Thyra schmunzelte ein wenig. »Es wäre mir auch unangenehm, wenn in dieser Situation plötzlich jemand Fremdes neben
mir steht. Mach dir keine Gedanken, Krister. Das Wichtigste ist
doch, dass du gerettet bist.«

Ein Lächeln zeigte sich auf Kristers immer noch blassem
Gesicht.

Thyra lächelte zurück. »Ich koche dann mal für uns alle
Tee.«

»Bitte warte noch!« Krister richtete sich leicht auf. »Ich weiß
nicht, wie ich euch danken soll.«

»Indem du zukünftig auf unsere Warnungen hörst«, sagte
Thyra ernst. Dann verließ sie den Raum, und kurz darauf war
das Klappern von Geschirr zu hören.

Krister schaute Ragnar fragend an. »Macht sie jetzt Frühstück? Ich habe riesigen Hunger.«

Ragnar lachte laut auf. »Dazu haben wir leider keine Zutaten
im Haus. Ich glaube, es gibt ein paar Konserven. Surströmming,
zum Beispiel.«

Angewidert verzog Krister das Gesicht. Er hatte nie verstanden, wieso so viele seiner Landsleute Surströmming, eine traditionelle Fischspeise aus dem Norden Schwedens, als Delikatesse
betrachteten. In Milchsäure konservierte Heringe, die sich
durch einen besonders fauligen Geruch auszeichneten.

»Sag bloß, du magst das?«

»Ich liebe diese Fischspeise.« Ragnar klang tatsächlich begeistert. »Aber ich kann das nicht essen, wenn Thyra dabei ist.
Sie findet Surströmming auch ziemlich eklig.«

Krister schaute ihn entschuldigend an. »Ich fürchte, ich habe
euch gestern den Tag so richtig verdorben?«

»Ein bisschen.« Ragnar lächelte. »Gestern hatten Thyra und
ich unseren Jahrestag. Für den hatten wir eigentlich etwas anderes geplant.«

»Oh …«, stieß Krister hervor und ignorierte das seltsame

Gefühl, das sich für einen Moment in ihm aufbaute und das er so gar nicht einordnen konnte. »Das tut mir sehr leid.«

Er entschuldigte sich gleich noch einmal, als Thyra mit einem Tablett voller dampfender Teetassen zurückkam. »Es war wirklich nicht meine Absicht, euren Jahrestag zu verderben.«

Thyra stellte das Tablett ab. »Den holen wir nach«, erwiderte sie leichthin.

Sekundenlang breitete sich Schweigen im Raum aus.

»Wie sieht es draußen aus?«, fragte Krister schließlich. »Kann ich nach Hause gehen?«

Ragnar nickte. »Es hat gestern Abend schon aufgehört zu schneien. Wir trinken noch einen heißen Tee, dann machen wir uns auf den Weg.«

Der Rückweg erfolgte schweigend. Jedenfalls bis zu der Abzweigung, an der Thyra abbiegen musste. Dort verabschiedete sie sich mit einem Kuss von Ragnar, wünschte Krister noch einen schönen Tag und ging dann in die andere Richtung weiter.

Krister und Ragnar setzten ihren Weg fort. Auch jetzt schwiegen sie. Krister hing seinen Gedanken nach. Als er stehen blieb, hielt auch Ragnar inne.

Krister lächelte verlegen. »Ich muss zugeben, dass ich mich gestern ziemlich albern verhalten hatte. Ich wusste nicht, dass Schnee so …« Er suchte nach den richtigen Worten, um es zu beschreiben.

»So gefährlich sein kann?«, half Ragnar nach. »Dass man völlig die Orientierung verlieren kann?«

Krister nickte. »Irgendwann war ich so müde, dass ich einfach nicht mehr weitergehen konnte.«

»Genau das ist die Gefahr. Du willst dich nur einen Moment ausruhen, dann schläfst du ein – und dann …« Er beendete den Satz nicht, aber das war auch nicht nötig. Krister hatte es ja selbst erlebt.

Ohne ein weiteres Wort gingen sie weiter, bis Krister erneut innehielt. »Ich hoffe, ihr beide könnt mir verzeihen, dass ich euren Jahrestag verdorben habe.«

Ragnar winkte ab. »Das habe ich längst vergessen. Und Thyra ist nicht nachtragend.« Er lachte leise. »Ich glaube es jedenfalls nicht.«

Krister starrte ihn verwundert an. »Du weißt es nicht? Obwohl du seit vier Jahren mit ihr verlobt bist?«

»Ich kenne sie schon mein ganzes Leben lang.« Ragnar schüttelte lachend den Kopf. »Aber wir hatten noch nie Streit.«

Das überraschte Krister. »Das klingt ziemlich langweilig«, fand er.

Ragnar lächelte »Für dich mag das langweilig klingen, aber für mich ist es das Beste, was mir je passiert ist«, sagte er mit einem warmen Lächeln.

Den Rest des Weges befasste sich Krister vor allem mit der Umgebung. Es war unvorstellbar, dass er gestern den Rückweg nicht mehr gefunden hatte. Der Himmel präsentierte sich in einem tiefen Blau, während die Sonnenstrahlen den Schnee in funkelnde Kristalle verwandelten.

Ragnar hingegen schien etwas völlig anderes zu beschäftigen.

»Wie sieht es bei dir aus?«, wollte er wissen. »Gibt es eine Frau in deinem Leben?«

Es hatte einige Frauen in seinem Leben gegeben, aber es war nie etwas Ernstes gewesen. Nicht einmal mit Anouk. Vielleicht hätte sich das geändert, wenn sie mehr Zeit miteinander verbracht hätten …

Plötzlich verspürte er das Bedürfnis, sie zu sehen, oder wenigstens mit ihr zu reden.

Dann wurde ihm bewusst, dass Ragnar immer noch auf eine Antwort wartete.

»Ich weiß es nicht«, sagte er ehrlich. »Es gibt da jemanden in

Kalifornien, aber leider konnte ich noch nicht herausfinden, wo sie und ich stehen.«

»Das klingt ziemlich kompliziert«, stellte Ragnar fest.

»Es ist so kompliziert, weil ich nicht in Kalifornien bin.« Krister seufzte tief. »Und wahrscheinlich wird es auch noch eine Weile dauern, bis ich zurückfliegen kann.«

»Weil dein Großvater länger in Tjarojakk bleiben will?«

»Weil ich generell eine Lösung für ihn finden muss. Er fühlt sich in dem Seniorenheim nicht wohl, will aber auch nicht zu mir nach Kalifornien ziehen.«

»Eine sehr schwierige Situation. Eigentlich gibt es nur eine naheliegende Lösung …«

Krister war verblüfft. »Tatsächlich? Mir fällt da nichts Naheliegendes ein.«

»Dein Großvater sollte in Tjarojakk bleiben«, schlug Ragnar vor. »Ich habe gehört, dass er von hier stammt.«

»Er kann nicht allein hierbleiben.« Krister gefiel die Idee überhaupt nicht.

»Er wird nicht alleine sein.« Ragnar war wieder stehen geblieben. »Und er wäre nicht der einzige alte Bürger von Tjarojakk. Da wären noch Gösta …«

»Gösta lebt bei Thyra«, fiel Krister ihm ins Wort.

»… und Asta«, fuhr Ragnar lächelnd fort, »die allein in ihrem Haus lebt, aber trotzdem nicht einsam ist. Und wenn sie Hilfe braucht, sind wir alle für sie da.«

»Asta hat ihr ganzes Leben hier verbracht«, wandte Krister ein. »Mein Großvater lebt seit dreißig Jahren in Stockholm, mit allen Annehmlichkeiten, die ihm das Leben leichter machen.«

»Du tust gerade so, als wolle er für immer bleiben.« Sie hatten inzwischen Ragnars Haus erreicht. »Warum erfüllst du ihm nicht einfach seinen sehnlichsten Wunsch und verlängerst euren Aufenthalt?«

»Es gibt keine freien Zimmer …«

»Es wird sich eine Lösung finden, du musst es nur wollen«, fiel Ragnar ihm ins Wort. Grinsend wies er auf das Haus seines Bruders nebenan. »Den Rest des Weges schaffst du doch jetzt allein.«

Krister brachte ein gequältes Lächeln zustande, ging aber nicht darauf ein. »Vielen Dank für alles.«

Langsam hielt er auf das Nachbarhaus zu. Er und sein Großvater hatten sich gestern im Unfrieden getrennt. Er wusste nicht, wie er ihm jetzt gegenübertreten sollte.

Als er das Haus erreicht hatte, wurde die Tür von innen aufgerissen.

»Da bist du ja endlich«, rief Ove erleichtert.

»Tut mir leid, Storfar«, entschuldigte sich Krister zerknirscht. »Ich habe die Gefahr völlig unterschätzt.«

»Da bist du nicht der Erste.« Birger, der zusammen mit Annbritt ebenfalls in die Diele gekommen war, trat auf ihn zu und klopfte ihm freundschaftlich auf die Schulter. »Das wird dir so schnell nicht noch einmal passieren.«

Oves Miene blieb völlig ausdruckslos, als er an Kristers Stelle darauf antwortete: »Ganz bestimmt nicht. Nächste Woche reist er ja schon wieder ab.«

Krister atmete tief durch. »Ich habe mir etwas überlegt«, behauptete er, obwohl es sich um einen spontanen Einfall handelte. »Wenn wir ein gemeinsames Quartier finden, verlängere ich unseren Aufenthalt.«

Ein glückliches Lächeln zog über Oves Gesicht.

»Wenn das nicht klappt, fahren wir zurück nach Stockholm«, warnte Krister und streckte seinem Großvater die Hand entgegen. »Einverstanden?«

Ove zögerte kurz, doch dann schlug er ein. »Einverstanden!«

Nach einem ausgiebigen Frühstück zog Krister sich auf sein Zimmer zurück. Er hatte seinem Großvater ein Zugeständnis gemacht, war aber nicht bereit, sich darum zu kümmern, dass sie eine passende Unterkunft fanden. Insgeheim hoffte er inständig, dass sich die Sache von allein erledigen würde. Er wusste ja, dass es nur ein freies Zimmer in Tjarojakk gab. Nächste Woche würde er zusammen mit seinem Großvater in den Bus steigen …

»Herein!«, rief er, als es in diesem Moment an seiner Tür klopfte.

Ove betrat das Zimmer. Seine Miene war ernst, als er langsam näher kam.

»Setz dich doch.« Krister klopfte neben sich auf das Bett.

Ove folgte dieser Anweisung und nahm den Platz ein, der so weit wie möglich von Krister entfernt war, direkt am Fußende des Bettes. Doch es war nicht nur die räumliche Distanz, die sie weiterhin trennte, sondern spürbar mehr. Daran hatte auch ihre Versöhnung nichts geändert. Die Stimmung zwischen ihnen war immer noch angespannt.

»Ich wollte noch einmal mit dir allein reden«, begann Ove. »Und mich vergewissern, dass du dich an unsere Abmachung hältst.«

»Natürlich!«, versicherte Krister. »Aber sei nicht zu enttäuscht, wenn es nicht klappt.«

Sein Großvater starrte eine Weile vor sich hin, bevor er Krister anschaute. »Birger hat mir erzählt, dass sie dich in der Nähe des Friedhofs gefunden haben.«

Krister nickte. »Ja, ich war auf dem Friedhof. Ich wollte Großmutters Grab besuchen.«

Ove sagte nichts.

»Du warst auch da?«, fragte Krister leise.

»Ja, ich habe ihr Grab besucht.« Ove nickte und erhob sich wieder. »Natürlich habe ich ihr Grab besucht«, ergänzte er, mehr zu sich selbst.

»Ich weiß nur ganz wenig über sie«, sagte Krister. »Und erst hier in Tjarojakk, bei Asta, habe ich zum ersten Mal ein Foto von ihr gesehen.«

»Sie hat ein Foto von Solveig?«, stieß sein Großvater hervor. Eine Vielzahl von Gefühlen zeichneten sich auf seinem Gesicht ab. Grenzenlose Überraschung, aber auch Freude. »Ich muss sofort zu ihr.«

Ove stand auf, und Krister erhob sich ebenfalls.

»Ich begleite dich«, sagte er.

»Nein!«, erwiderte Ove mit einer Heftigkeit, die ihn offensichtlich selbst überraschte, denn er presste sich eine Hand vor den Mund. Sein Lächeln, das er kurz darauf zeigte, wirkte gezwungen. »Ich möchte allein mit Asta reden.«

Krister dachte an seinen Ausflug am vergangenen Tag und wies zum Fenster. »Es liegt ziemlich viel Schnee.«

»Aber es schneit nicht.« Ove schmunzelte. »Außerdem scheint die Sonne. Ich kenne mich mit dem Wetter hier aus.«

»Pass auf dich auf«, bat Krister leise.

»Ich möchte mich jetzt nicht wieder mit dir streiten«, begann Ove vorsichtig. »Aber wie ich dir bereits gestern sagte, passe ich schon seit Jahren alleine auf mich auf. Ich kam damit klar, bis ich ins Altersheim musste.«

»Du hättest auch mit mir nach Kalifornien …«

Ove brachte ihn mit einer Handbewegung zum Schweigen. »Nein, das konnte ich nicht. Wir haben lange genug darüber diskutiert. Ich habe dir nie einen Vorwurf daraus gemacht, dass du das Land verlassen hast. Ich war schon damals der Meinung, dass du selbst entscheiden musst, wie du leben willst. Aber gestehe mir bitte das gleiche Recht zu.«

Krister nickte, doch er spürte, dass sie immer noch meilenweit von einer Lösung ihrer Probleme entfernt waren.

Nachdem sein Großvater das Zimmer verlassen hatte, tigerte Krister nervös auf und ab. Das Leben war kompliziert geworden, seit er wieder in Schweden war. Und Tjarojakk schien alles noch zu verschärfen. Einmal mehr sehnte er sich nach der Wärme und der Leichtigkeit Kaliforniens zurück.

Er griff nach seinem Handy, das auf dem Nachttisch neben dem Bett lag, und googelte nach dem Wetter in Malibu. Zwanzig Grad, obwohl es bereits Anfang November war.

Krister schloss die Augen und sah sich auf der breiten Couchgarnitur sitzen. Durch die großen Fenster schaute er auf die heranrollenden Wellen des Pazifiks …

… und dann war da plötzlich Anouk vor seinem geistigen Auge. Sie stand auf der Terrasse, in ihrem eng anliegenden Seidenkleid in changierenden Grüntönen. Ihre blauen Augen blitzten ihn übermütig an, als sie die Hände in die Hüften stemmte und sich leicht nach rechts und links drehte.

Genau in diesem Moment klingelte sein Handy. Er riss die Augen auf und las auf dem Display Anouks Namen.

»Ich habe gerade an dich gedacht«, rief er ins Telefon. »Genau in diesem Moment.«

»Wenn du schon an mich denkst, hättest du auch einfach mal anrufen können«, kam es trocken zurück.

Krister lachte. »Es tut so gut, deine Stimme zu hören.«

»Das hättest du schon früher haben können.«

»Ja, aber irgendwie hat es sich nicht ergeben. Entweder hatte ich keine Zeit, oder ich war nicht in Stimmung. Lappland ist schrecklich!«

»Ich weiß.« Anouk lachte laut auf. »Ich stamme aus Lappland.«

Krister blieb stumm. Es hatte ihm die Sprache verschlagen.

»Ich komme aus Kvikkjokk, etwa hundertzwanzig Kilometer von Jokkmokk entfernt, direkt an einem Binnendelta …«

»Schon gut«, unterbrach Krister sie. »Du musst mir nicht so

genau erklären, wo das Dorf liegt. Ich verspüre nicht das geringste Bedürfnis, es mir anzusehen.«

»Ich kann es dir mit wenigen Worten beschreiben: massenhaft Landschaft und Schnee ohne Ende.«

»Dann sieht es da so aus wie hier in Tjarojakk.«

»Wann kommst du nach Hause?«, fragte Anouk. In ihrer Stimme lag die Spur einer Verheißung.

»Vermisst du mich etwa?«

»Erstaunlicherweise ja.«

»Erstaunlicherweise?«

»Wir haben ja beide festgestellt, dass es zwischen uns nicht knistert.« Er hörte sie leise lachen. »Aber vielleicht haben wir es einfach auch nur nicht bemerkt.«

»Unser Date wurde ja auch ziemlich abrupt beendet. Und leider habe ich keine Ahnung, wann wir es wiederholen können. Mein Großvater will seinen Aufenthalt hier verlängern, und die Dorfbewohner würden mich am liebsten gleich als Lehrer verpflichten …« Er brach ab, als er ihr lautes Lachen hörte.

»Du sollst unterrichten?« Wieder lachte sie laut auf, sie schien gar nicht mehr aufhören zu können.

Krister wartete, bis sie sich ein wenig beruhigt hatte. »Ich bin Lehrer.«

Jetzt war sie diejenige, der es die Sprache verschlagen hatte.

»Wirklich?«, kam es nach einer Weile.

»Ich habe ein abgeschlossenes Studium. Das wiederum habe ich mir als Model finanziert. Dann bekam ich einen Auftrag in New York, wo mich unser Regisseur Mitch Rayburn für den Film entdeckte. Das ist die Kurzfassung meines Lebens.«

»Wow!«, sagte sie. »Ich stelle fest, dass ich gar nichts von dir weiß.«

»Ich weiß auch eine ganze Menge nicht von dir.«

»Es wird Zeit, dass du nach Hause kommst.« Ihre Stimme

hatte einen anderen Klang angenommen. »Oder hast du vor, während der ganzen Drehpause in Schweden zu bleiben.«

»Bis Mai?« Krister lachte. »Auf keinen Fall. Sobald ich sicher weiß, dass mein Großvater gut versorgt ist, komme ich zurück.«

Er beendete das Gespräch, als jemand an die Tür klopfte.

»Herein«, rief er laut.

Niemand betrat das Zimmer, dafür vernahm er erneut ein lautes Klopfen.

Seufzend erhob er sich und ging zur Tür. Als er sie öffnete, stand Ludvig davor. Der Duft nach Frischgebackenem zog durchs Haus.

»Warum bist du nicht reingekommen?«, fragte Krister.

»Weil Papa das verboten hat. Er hat gesagt, dass wir dich nicht mehr belästigen dürfen.«

»Aber ich habe doch laut *Herein* gerufen.«

Der Kleine zuckte mit den Schultern, gab aber dann doch eine Erklärung ab. »Das Haus gehört Mama und Papa, und die haben hier zu bestimmen.«

»Ja, das verstehe ich.« Eigentlich war der Kleine ganz süß. »Sagst du mir dann hier an der Tür, was du von mir willst?«

»Ich will nix von dir.«

»Und warum bist du hier?«

»Mama hat mich geschickt. Sie will was von dir.«

»Ach …« Krister musste lachen. »Und was will sie von mir?«

»Das weiß ich nicht. Sie hat gesagt, ich soll dich fragen, ob du mal runterkommen kannst. Es gibt Kaffee und Kanelbullar.«

Der Duft war zu verführerisch, um die Einladung abzulehnen. »Weißt du, ob Ove wieder da ist?«

»Nein, den hat Papa zu Asta gefahren. Die sind noch nicht zurück.«

Die Erkenntnis, dass sein Großvater ihn nicht hatte mitnehmen wollen, sich stattdessen aber von Birger begleiten ließ, traf Krister mit voller Wucht.

»Kommt der endlich?« Ella erschien nun ebenfalls. »Ich will Zimtschnecken essen.«

»Ich weiß nicht.« Ludvigs Stimme klang unsicher. »Der guckt ganz komisch.«

»Warum?«

»Ich weiß nicht.«

Beide Kinder blickten gespannt zu Krister hoch.

Er hatte sich inzwischen gefasst. »Ich komme sofort«, versprach er. Er wollte noch einen Augenblick allein sein, aber das ließ Ella nicht zu.

»Dann komm!« Das Mädchen griff nach seiner Hand und zog daran.

Krister fand es ziemlich befremdlich, dass Annbritt den Kaffeetisch nur für zwei Personen gedeckt hatte. Sie drückte jedem der Kinder eine Zimtschnecke in die Hand und schickte sie weg.

»Wir sind allein«, sagte sie dann mit einem nervösen Lächeln.

»Ja, das sehe ich …« Prüfend schaute er sie an. Krister fühlte sich irgendwie befangen, und Annbritt schien es nicht anders zu gehen, bis sie schließlich laut auflachte. »Ich hoffe, du verstehst das nicht falsch.«

»Wie soll ich es denn verstehen?«

»Ich habe eine Idee …« Sie verstummte kurz. »Aber bevor ich mit den anderen darüber rede, wollte ich sie dir unterbreiten.« Wieder machte sie eine kurze Pause. »Weil ich mir nämlich eigentlich sicher bin, dass du ablehnen wirst.«

»Jetzt bin ich gespannt …«

»Setz dich doch erst einmal.« Annbritt nahm die beiden Tassen und verließ den Raum. Als sie kurz darauf zurückkam, dampfte es aus den Tassen. Sie setzte eine vor ihn auf den Tisch und die andere vor ihren eigenen Platz.

»Bei einem Kaffee plaudert es sich doch angenehmer.« Sie lächelte, kam aber immer noch nicht zur Sache. Stattdessen nahm sie einen Zuckerwürfel, warf ihn in ihre Tasse und rührte. Dann nahm sie einen weiteren Zuckerwürfel und wiederholte die Prozedur. Als sie ein drittes Mal in die Zuckerdose griff, reichte es Krister.

»Worüber willst du mit mir reden?«

»Entschuldige bitte …« Sie seufzte. »Ich suche immer noch nach den richtigen Worten, um dich zu überzeugen. Die Idee ist so gut, aber ich weiß, dass es dir nicht gefallen wird. Und weil ich …«

»Annbritt!«

»Ich habe eine Möglichkeit gefunden, wie du und Ove länger bleiben könnt.«

»In einem gemeinsamen Quartier?«

»In einem wunderschönen Haus. Mit Seeblick.«

Krister wurde misstrauisch. »Und wo ist der Haken?«

»Ihr müsst bis Mitte Januar bleiben, das ist nicht verhandelbar.«

Eine schreckliche Vorstellung! Wenn es wenigstens Sommer gewesen wäre … aber da draußen war jetzt schon nichts als Schnee.

»Vielleicht sollte ich das Gespräch an dieser Stelle beenden«, sagte Annbritt mit einem unglücklichen Gesichtsausdruck. »Oder lockt es dich, wenn ich dir sage, dass du für das Haus nichts bezahlen musst?«

»Es macht mich eher erst recht misstrauisch.«

»Dazwischen sind zweieinhalb Wochen Weihnachtsferien.«

Krister schwieg.

»Du wirst sogar dafür bezahlt …«

Allmählich dämmerte ihm, worauf das hinauslief. Er sagte nichts, schüttelte nur den Kopf. Immer wieder, ohne Unterlass.

»Bitte, Krister, sag nicht sofort Nein. Wir bieten dir und deinem Großvater das Lehrerhaus für die Dauer eures Aufenthalts kostenlos an, wenn du dafür die Kinder unterrichtest.«

Krister schüttelte noch immer wortlos den Kopf. Er wollte zurück nach Malibu. Zurück in sein Haus am Pazifik. Er wollte abends in einem der angesagten Restaurants speisen, in denen sich die Promis der Filmwelt trafen. In einer Bar einen Cocktail trinken. Er wollte das Meer sehen, mit Anouk im Licht der untergehenden Sonne auf der Terrasse stehen …

»Ich glaube, Ove wäre sehr glücklich.«

Storfar!

Sie entfernten sich immer weiter voneinander. Die Kluft zwischen ihnen war jetzt schon so tief. Durfte er wirklich die vielleicht einzige Gelegenheit ungenutzt verstreichen lassen, die das Potenzial hatte, ihn und seinen Großvater einander wieder näher zu bringen? Vielleicht konnten sie hier, in Oves geliebter Heimat, auch besser klären, wie es mit ihm weitergehen sollte, wenn Krister nach Kalifornien zurückkehrte. Der Pazifik würde noch da sein, auch wenn er ein paar Wochen später zurückkehrte. Und Anouk auch.

Innerlich kämpfte er aber immer noch mit sich. »Und was ist nach der Zeit? Dann seid ihr wieder ohne Lehrer«, fragte er, um Zeit zu gewinnen.

Annbritt schüttelte den Kopf. »Es sieht ganz so aus, als käme danach eine Referendarin zu uns. Jedenfalls hat uns die Gemeinde das in Aussicht gestellt. Aber irgendwie müssen wir die Zeit bis dahin überbrücken.«

Also gut, vielleicht war es sogar eine ganz interessante Erfahrung. Damals hatte er sich nichts Schöneres vorstellen können, als Kinder eine Zeit lang auf ihrem Weg zu begleiten.

»Also gut, ich mache es.«

Seine Zusage kam so spontan, dass Annbritt sich an ihrem Kaffee verschluckte. Doch noch während sie hustend versuchte, wieder Luft zu bekommen, zog ein strahlendes Lächeln über ihr Gesicht.

Kapitel 12

Es dämmerte bereits, als Thyra von ihrem Besuch bei der Rentierherde zurückkehrte. Wie immer war Gillis an ihrer Seite.

Als sie am Friedhof vorbeikam, trat Ove gerade durch das Tor. Er bemerkte sie und Gillis nicht sofort, der Weg durch den Schnee schien ihn anzustrengen. Außerdem fand Thyra, dass er traurig aussah.

»Ove«, sagte sie leise, um ihn nicht zu erschrecken.

Er zuckte trotzdem zusammen und schaute sich unsicher um. Als er sie erblickte, lächelte er.

»Hej, Thyra.«

Thyra legte eine Hand auf Gillis' Hals, als er sich Ove näherte. Sie wusste immer noch nicht, was den Angriff auf Krister ausgelöst hatte.

»Das ist ja ein prächtiger Bursche.« Ohne jegliche Furcht kam Ove näher und tätschelte das Ren.

Gillis hielt ganz still und schien die Streicheleinheiten zu genießen. Alles war gut.

»Er sollte unter seinesgleichen leben«, sagte Ove.

»Ja, ich weiß.« Thyra schüttelte den Kopf. »Ich schaffe es nur nicht, ihn davon zu überzeugen.«

»Sehr schade. Vor ein paar Jahren …« Er brach ab und verbesserte sich. »Vor vielen Jahren hätte ich dir jede Menge Geld geboten, um ihn für meine Zucht zu bekommen.«

»Du hast Rentiere gezüchtet?«

»Früher.« Er lächelte. »Zu einer anderen Zeit, in einem anderen Leben. Ich besaß eine große Rentierherde und ein paar schwedische Bergkühe.«

»Aber hier in Tjarojakk.«

Oves Gesicht verschloss sich. »Ja«, beschied er knapp.

»Gillis und ich begleiten dich nach Hause«, bot Thyra an. »Vielleicht magst du mir etwas über deine Rentiere erzählen?«

»Ich finde den Weg zurück ganz gut allein«, lehnte Ove ab. »Und ich glaube nicht, dass ich ausgerechnet dir etwas über Rentiere erzählen muss.«

»Natürlich nicht.« Thyra hängte sich bei ihm ein. »Aber ich habe nur selten Gelegenheit, mit jemandem zu reden, der sich in der Rentierzucht auskennt.«

Ove setzte sich langsam in Bewegung, wehrte ihren Arm aber nicht ab.

»Bist du sicher, dass du mit mir über Rentiere reden willst?« Seine Stimme klang jetzt amüsiert.

»Würdest du lieber über ein anderes Thema mit mir reden?«, fragte sie zurück.

»Am liebsten würde ich überhaupt nicht reden.«

»Gut, schweigen wir.« Sie drückte seinen Arm und freute sich darüber, dass er sie immer noch nicht abwehrte. Ove war ein sehr netter, alter Mann. Schade, dass es da ein Zerwürfnis zwischen ihm und ihrem Großvater gab. Die beiden Männer teilten bestimmt einige Erinnerungen miteinander.

»Der Winter hier in Lappland ist noch schöner, als ich es in Erinnerung hatte«, brach Ove nach ein paar Minuten das Schweigen.

»Hast du nie mit dem Gedanken gespielt, hierher zurückzukommen?«

»Ich wäre nie weggegangen, wenn nicht mein Sohn und meine Schwiegertochter bei einem Unfall ums Leben gekommen wären. Krister brauchte mich. Ich hatte kurz mit dem Gedanken gespielt, zusammen mit ihm nach Tjarojakk zurückzukehren, aber nachdem der Junge seine Eltern verloren hatte, wollte ich ihm nicht auch noch die gewohnte Umgebung wegnehmen.«

Thyra verspürte mit einem Mal heftiges Mitleid. Sie sah den kleinen, verwaisten Jungen vor sich – und wusste genau, wie er sich gefühlt hatte. Ihre Kindheit war ganz ähnlich verlaufen wie Kristers. Beide hatten sie früh die Eltern verloren und waren bei ihren Großvätern aufgewachsen …

Sie richtete ihre Aufmerksamkeit wieder auf Ove. »Später, als Krister erwachsen war, hättest du doch zurückkommen können.«

»Daran gedacht habe ich hin und wieder, aber die ganzen Umstände, die ein Umzug so mit sich bringt, waren mir mit zunehmendem Alter zu viel. Allerdings hat mich die Sehnsucht nie losgelassen. Wenigstens noch einmal in meinem Leben wollte ich zurück nach Tjarojakk.«

»Und jetzt bist du hier.« Seine Worte rührten sie. »Ist es so, wie du es dir vorgestellt hast?«

»Es ist schon fast zu schön«, erwiderte er leise. »Am liebsten möchte ich für immer bleiben. Aber Krister …«

»Ich verstehe.« Thyra nickte zu ihren Worten. »Vielleicht muss man hier geboren und aufgewachsen sein, um hier leben zu können.«

»Er entstammt unserem Volk. Ich habe so gehofft, dass er es spürt, wenn er erst einmal hier ist.«

»Vielleicht musst du dich damit abfinden, dass er tatsächlich besser nach Malibu als in unser Tjarojakk passt.«

Ove lächelte traurig. »Inzwischen ist mir das auch klargeworden.«

Thyra drückte seinen Arm. »Dann solltest du dich ganz auf deine Bedürfnisse konzentrieren und in Tjarojakk bleiben, wenn das dein größter Wunsch ist.« Kurz dachte sie an ihren eigenen Großvater, dem ihre Worte ganz und gar nicht gefallen würden.

»Ja … Vielleicht …« Ove wirkte sehr nachdenklich. »Ich weiß ja, dass Krister es nur gut mit mir meint und es ihm wichtig ist, dass ich gut versorgt bin.« Er lachte leise. »Zumal mir in Stockholm ein paar dumme Dinge passiert sind, als ich noch allein gelebt habe. Damals wollte Krister mich mit in die USA nehmen und bei sich leben lassen, aber das hatte ich strikt abgelehnt. Ich könnte niemals woanders leben als in Schweden.«

Als Thyra jetzt vernahm, dass Krister vorgehabt hatte, seinen Großvater bei sich aufzunehmen, spürte sie Bewunderung in sich aufsteigen. Sie hätte nicht gedacht, dass er Ove in seinem mondänen Schauspielerleben einen Platz einräumen würde. Und gleichzeitig verstand sie Ove. Auch für sie selbst wäre es unmöglich, Schweden für immer zu verlassen.

»Solange wir hier sind, gebe ich die Hoffnung nicht auf, dass er doch noch erkennt, woher er eigentlich stammt«, unterbrach Ove das Schweigen.

Dazu sagte Thyra nichts mehr. Sie war sich sicher, dass sich Oves Hoffnung nicht erfüllen würde, selbst wenn Krister wirklich länger in Tjarojakk bliebe. Aber selbst das konnte sie sich nicht vorstellen.

»Das hier ist nicht meine Welt«, hatte er gesagt und ihr mitgeteilt, dass er am liebsten sofort abreisen wollte.

»Wir verlängern unseren Aufenthalt, wenn wir ein gemeinsames Quartier finden«, fuhr Ove jetzt fort.

»Ich dachte, du wolltest Stina fragen. Ich weiß ganz sicher, dass ihr Gästezimmer noch frei ist. Und Krister …« Sie zögerte, weil ihr die Idee selbst nicht gefiel. Nur aus Mitleid mit Ove sprach sie den Gedanken schließlich aus. »… könnte vielleicht bei Ragnar bleiben. Er vermietet zwar keine Zimmer, aber er hat Platz genug. Wenn ich ihn frage, nimmt er Krister bestimmt bei sich auf.«

»Er möchte, dass wir irgendwo ein gemeinsames Quartier beziehen.«

»So ein Unsinn. Du bist doch kein kleines Kind, das er ständig beaufsichtigen muss.«

Ove schmunzelte. »Das solltest du ihm sagen.«

»Das mache ich nur zu gerne.«

Ove antwortete nicht sofort, während sie weiter durch den Schnee stapften.

Die Sonne war inzwischen untergegangen, doch die Umgebung versank nicht in völliger Dunkelheit. Der weiße Schnee sorgte für eine sanfte Helligkeit, und der Himmel war übersät mit unzähligen Sternen.

Ove blieb stehen, schaute sich um. »Das ist es, was ich vermisst habe. So etwas siehst du in Stockholm nicht. Durch die Lichter der Großstadt ist der Sternenhimmel nicht so klar, und der Schnee auf den Straßen verwandelt sich in grauen Matsch.«

»Du gehörst einfach hierhin«, sagte Thyra leise.

Sie bogen in den Weg ein, der zu Ragnars und Birgers Häusern führte. Hinter den Fenstern von Birgers Haus brannte Licht, während Ragnars Haus in völliger Dunkelheit dalag. Thyra wusste, dass er an diesem Abend mit seinem Freund Dag verabredet war.

»Ja, das finde ich auch.« Oves Stimme klang mit einem Mal überraschend fröhlich. Er löste sich aus ihrem Griff und schaute sie lächelnd an. »Es ist lange her, dass ich in so charmanter Begleitung nach Hause gegangen bin. Vielen Dank. Den Rest des Weges schaffe ich jetzt alleine.«

Ove ging ein paar Schritte, dann wandte er sich noch einmal um.

»Krister ist ein wundervoller Mensch«, sagte er, »und ich vergesse nie, dass unsere Differenzen nur entstehen, weil er das Beste für mich will.«

Dann ging er weiter. Als er Birgers Haus erreicht hatte, drehte er sich ein zweites Mal um und winkte ihr zu.

»Du kommst spät!« Gösta, der am Herd stand und das Abendessen zubereitete, betrachtete sie mit einer Mischung aus Ärger und Sorge. In der Spüle stand ein Sieb mit dampfenden Spaghetti.

»Es tut mir leid, Opa.« Thyra stellte sich neben ihren Großvater und hauchte ihm einen Kuss auf die Wange.

»Ist mit den Rentieren alles in Ordnung?«

»Ich habe rund um die Weideflächen keine Wolfsspuren gesehen.« Mit Schrecken erinnerte sich Thyra an den vergangenen Winter, als ein Wolfsrudel mehrere ihrer Jungtiere gerissen hatte.

Thyra akzeptierte, dass solche Begegnungen zum natürlichen Lauf der Dinge gehörten. Und die Verluste hielten sich in Grenzen, weil es den Rentieren zumeist gelang, den Raubtieren auszuweichen.

»Und deshalb kommst du so spät nach Hause?«, hakte Gösta nach. »Weil du keine Wolfsspuren entdeckt hast?«

Thyra runzelte die Stirn. »Opa, komm doch bitte direkt auf den Punkt. Ich spüre doch, dass da etwas ist, worüber du dich ärgerst.«

»Ich habe dich gesehen«, brach es aus Gösta heraus. »Ich war mit Thor draußen, und da habe ich dich zusammen mit diesem alten Idioten gesehen.«

»Du meinst Ove?« Thyra war fassungslos, weil sich ihr Großvater darüber offensichtlich so sehr aufregte. Sie hatte weder ihn noch ihren Hund gesehen, und sie fragte sich, wie es ihrem Großvater gelungen war, Thor stillzuhalten.

»Ja, ich meine Ove!« Gösta rührte so heftig in der Tomatensoße, dass sie überschwappte und einige Tropfen bis an die Wand hinter dem Herd spritzten.

Thyra nahm ihm den Kochlöffel aus der Hand. »Lass mich das machen, bevor wir am Ende die ganze Küche renovieren müssen.«

Gösta ließ sie gewähren. Wortlos schlurfte er zum Tisch und ließ sich auf einen der Stühle fallen.

Thyra, die ihrem Großvater den Rücken zukehrte und weiter in der Tomatensoße rührte, lächelte still vor sich hin. Sie wusste, dass Gösta das Schweigen nicht lange aushielt.

Es dauerte nicht einmal fünf Minuten, bis er wieder etwas sagte.

»Wieso gibst du dich mit dem alten Idioten ab?«, wollte er wissen.

Thyra zog den Topf vom Herd und nahm eine Schüssel für die Spaghetti sowie eine Schöpfkelle für die Soße aus dem Schrank. Als sie mit der vollen Schüssel zum Tisch ging, lachte sie ihren Großvater zärtlich an.

»Opa, was soll ich dazu sagen? Ich mag einfach alte Idioten.«

Er schluckte, musste diese Antwort offensichtlich erst verdauen.

»Du hast ja keine Ahnung, was er mir angetan hat.«

Thyra, die wieder auf dem Weg zum Herd war, um die Tomatensoße zu holen, drehte sich um.

»Was hat er dir denn angetan?«

»Ich will nicht darüber reden.« Mit missmutiger Miene schaufelte Gösta Nudeln auf seinen Teller und gab Tomatensoße darüber, nachdem Thyra den Topf auf dem Tisch abgestellt hatte.

»Dann kann ich dir leider auch nicht helfen.« Thyra setzte sich ebenfalls und wies auf den Tisch. »Ich esse jedenfalls gerne Spaghetti mit Tomatensoße.«

»Jemand muss einkaufen. Wir haben nichts anderes mehr da.«

Thyra wusste ja, wieso ihr Großvater das Haus nicht verlassen wollte. Sie verzichtete auf den Hinweis, dass er seinem eigenen Vorsatz bereits heute untreu geworden war.

»Ich gehe nicht mehr raus.«

»Ich weiß.«

»Ich bleibe so lange im Haus, bis der Kerl wieder abgereist ist.«

Thyra überlegte, ob sie ihren Großvater mit den für ihn schlechten Neuigkeiten sofort konfrontieren sollte. Aber bisher stand ja noch nicht mal fest, ob Ove tatsächlich länger in Tjarojakk bleiben würde.

»Ich habe gehört, dass er verzweifelt nach einem Quartier sucht, um länger zu bleiben.« Schadenfreude schwang in Oves Stimme mit.

Thyra schaute ihn verwundert an. »Woher weißt du das, wenn du doch angeblich das Haus nicht verlässt? Mal abgesehen davon, dass du eben draußen warst, als du mich mit Ove gesehen hast.«

»Ich habe Ragnar getroffen, als er auf dem Weg zu Dag war. Ich war wegen Thor draußen. Und hin und wieder muss ich ja auch einmal frische Luft schnappen. Aber nur nach Einbruch der Dunkelheit.«

Thyra ging nicht weiter darauf ein.

»Ich gehe morgen einkaufen«, versprach sie.

Gösta ließ sich auf diesen Themenwechsel ein und nickte. »Ich schreibe später eine Liste.«

Thyra zog auf dem Weg zu Stinas Laden einen Schlitten hinter sich her. Göstas Liste war lang geworden, und sie selbst hatte noch einiges hinzugefügt.

Die Strecke führte von ihrem Haus in Kurven hinunter bis zum See. Am Ufer hatten sich bereits die ersten Eisschollen gebildet. In ein paar Wochen würde der ganze See zugefroren sein.

Nach ein paar Metern bot Thyra rechts ab. Zwischen Birgers und Ragnars Käserei und einem winzigen, windschiefen Haus, in dem Maj mit ihrem Sohn Lovis wohnte, befand sich Stinas Laden.

Ein melodisches Läuten war zu hören, als sie die Tür zum Laden öffnete.

Stina stand im Eingangsbereich an der Kasse und unterhielt sich mit Annbritt.

Maj, die halbtags als Aushilfe in dem kleinen Laden arbeitete, hörte mit gespannter Miene zu. Alle wandten sich zur Tür, als Thyra den Laden betrat.

»Ach, du bist es«, sagte Annbritt.

Thyra lachte. »Das ist ja eine nette Begrüßung.«

Annbritt lachte ebenfalls. »Es gibt supergute Neuigkeiten. Besonders wir Mütter freuen uns darüber.«

Stina grinste. »Uns beide betrifft es also nicht.«

»Wir haben eine neue Lehrerin?« Es auszusprechen, versetzte Thyra einen schmerzhaften Stich, weil es ihr einmal mehr verdeutlichte, dass Greta nicht mehr zurückkehren würde.

Annbritt schüttelte den Kopf, strahlte dabei aber über das ganze Gesicht. »Wir haben einen Lehrer. Nur aushilfsweise, aber bis Januar können die Kleinen wieder zur Schule gehen. Und wenn die Gemeindeverwaltung Wort hält, bekommen wir danach eine junge Referendarin. Die bleibt dann hoffentlich so lange, wie meine Kleinen in Tjarojakk zur Schule gehen.«

»Deine Selbstlosigkeit hat etwas Berührendes«, zog Stina sie auf.

Sie war wie immer perfekt gestylt. Ihr halblanges Haar glänzte rötlich, und ihr Make-up war perfekt. Sie trug eine enge Jeans, darüber einen knallroten Pullover und sah bedeutend jünger aus als ihre vierundfünfzig Jahre.

»Aber warum haben wir so plötzlich einen Lehrer? Und wieso nur für ein paar Wochen?«

Annbritt reckte das Kinn. »Das habe ich ganz raffiniert eingefädelt«, lobte sie sich selbst. »Er brauchte ein Quartier, wir brauchen einen Lehrer.«

»Sag nicht, dass es sich bei dem Lehrer um Krister handelt«, flüsterte Thyra entsetzt.

»Ich sag es nicht, wenn du das nicht willst, obwohl er es ist.« Annbritt schaute sie verunsichert an. »Was spricht denn dagegen?«

Thyra wusste es selbst nicht. Da war nur dieses Gefühl in ihr, das sie nicht einordnen konnte.

»Ich fände es besser, wenn wir gleich eine Lehrkraft bekommen, die für immer bleibt«, sagte sie deshalb vage.

»Aber die haben wir nun einmal nicht.« Annbritts Stimme wurde ein wenig strenger.

»Ich wäre auch froh, wenn ich Lovis wieder in die Schule schicken könnte«, meldete sich Maj schüchtern zu Wort. »So muss ich ihn jeden Morgen mit zur Arbeit nehmen.«

»Wo ist er?« Thyra schaute sich suchend um.

»Nebenan in Stinas Büro. Er malt.« Maj wies auf die offene Tür zum Nebenraum.

»In erster Linie langweilt er sich«, sagte Stina. »So gesehen finde ich es auch gut, wenn wir ganz schnell wieder einen Lehrer haben.«

»Aber Krister hat doch noch nie unterrichtet«, unternahm Thyra noch einen Versuch, die negativen Punkte herauszustellen. »Er hat lediglich sein Studium abgeschlossen.«

»Das ist mir egal«, sagte Annbritt ungerührt. »Krister als Lehrer kann nicht schlimmer sein als gar kein Lehrer. Und selbstverständlich hat er unterrichtet. Schließlich gehört hier in Schweden ein Praktikum zum Studium.«

»Und wenn wir die Kleinen doch nach Jokkmokk …« Thyra kam nicht dazu, auszusprechen.

»Nein!«, sagten Annbritt und Maj gleichzeitig. Erfreut lächelten sie einander zu, weil sie sich einig waren, bevor Annbritt antwortete: »Ein Lehrer wie Krister ist allemal besser als kein Lehrer.«

Es gab noch eine winzige Hoffnung für Thyra. »Hat er überhaupt zugestimmt? Er wollte Tjarojakk doch so schnell wie möglich wieder verlassen.«

In diesem Moment war erneut das melodische Läuten der Türglocke zu hören, und es trat ausgerechnet der Mann ein, über den sie sich gerade unterhielten.

»Frag ihn selbst«, sagte Annbritt zu Thyra.

Krister zog seine rechte Augenbraue hoch und schaute sie fragend an.

»Was soll sie mich fragen?«, wollte Krister wissen.

»Ob du als Lehrer bleibst?«, stellte Annbritt die Frage an Thyras Stelle. Und gab dann auch gleich die Antwort. »Du hast es versprochen, wenn du dafür mit Ove im Lehrerhaus wohnen kannst.«

Krister lächelte Thyra an. »Ja, wir bleiben noch.«

Thyra lächelte zurück »Das freut mich«, erwiderte sie. Und fügte dann schnell hinzu: »Für Ove.« Gleich darauf wurde ihr bewusst, dass das nicht ganz stimmte. Sie freute sich keineswegs nur für Ove …

»Mus-s i-s wieder in die S-Schule?« Lovis war unbemerkt von den Erwachsenen in den Verkaufsraum gekommen.

Annbritt lächelte zuckersüß. »Du *darfst* wieder in die Schule.«

»Ich hoffe, die anderen Kinder zeigen mehr Begeisterung«, meinte Krister schmunzelnd.

»Nein.« Lovis schüttelte seinen blonden Lockenkopf und schob die runde Nickelbrille hoch. »Die haben alle keine Lus-st auf S-schule.«

»Na toll«, brummte Krister.

»Du schaffst das schon.« Annbritt tätschelte ihm freundschaftlich den Arm. »Wenn du willst, kann ich dir die Schule gleich zeigen. Und im Lehrerhaus kennst du ja auch nur einen Raum.«

»Deshalb bin ich hier. Birger hat mir gesagt, dass ich dich im Laden finde.«

»Ich komme später einkaufen«, wandte sich Annbritt an Stina. »Ich zeige unserem zukünftigen Lehrer erst einmal seine Wirkungsstätte und sein neues Heim.«

Gemeinsam verließen sie und Krister den Laden.

»Also, ich hätte nichts dagegen, wenn er in Tjarojakk bleibt«, sagte Stina und strich sich mit beiden Händen durch das rote Haar. »Ich finde ihn ganz nett.«

Thyra musste lachen. »Du findest doch alle nett.«

»S-S-tina …« Der Name war eine arge Herausforderung für Lovis. »… mag s-sogar S-pinnen.«

»Ich mag sie nicht direkt«, widersprach Stina. »Aber ich töte sie auch nicht, sondern bringe sie raus.«

»Das-s macht Mama auch.« Fragend sah der kleine Junge seine Mutter an. »Mus-s ich wirklich wieder in die S-Schule?«

Maj strich ihrem Sohn durch die Locken. »Natürlich.«

»Gehst du nicht gerne zur Schule?«, wollte Thyra wissen.

Lovis schüttelte den Kopf.

»Warum nicht?«

Darauf antwortete Lovis nicht. Er senkte den Blick und schaute auf seine Schuhe.

»Die anderen Kinder ärgern ihn, weil er lispelt«, sagte Maj. »Ich würde sogar umziehen, wenn sich dadurch für Lovis etwas ändert. Ich fürchte aber, dass er an jeder anderen Schule weiterhin gehänselt wird.«

Thyra war erschrocken, und sie sah es Stina an, dass es ihr nicht anders ging.

»Du kannst hier nicht weggehen«, sagte Stina zu Maj. »Ich brauche dich hier.«

»Wieso hat Greta nichts unternommen?«, fragte Thyra.

»Sie hat es ja versucht. Mit dem Erfolg, dass die anderen Kinder sich über Lovis lustig machten, wenn sie nicht dabei war.«

Maj wirkte mit einem Mal sehr hilflos. »Lovis leidet unter den Hänseleien, aber er wollte auf keinen Fall als Verräter dastehen.«

»Und eigentlich wollte ich jetzt auch nichts-s s-sagen.« Lovis wirkte geradezu verzweifelt. »Ich war aber s-so erschs-schro-cken, weil ich wieder in die S-schule mus-s.«

»Ach, Lovis.« Stina beugte sich zu dem Jungen hinunter und schloss ihn in die Arme. »Nur wenn wir Erwachsenen, und vor allem dein Lehrer, Bescheid wissen, können wir dir helfen.«

Thyra fand es erschreckend, in welcher Not der kleine Kerl steckte.

»Ja«, stimmte sie zu. »Wir sollten Krister informieren …«

Lovis stampfte mit dem Fuß auf. »Ich will aber nicht, das-s ihr was-s s-sagt. Wenn ihr das-s macht und die anderen noch gemeiner zu mir s-sind, laufe ich weg.«

Das war wahrscheinlich genau die Drohung, die bei seiner Mutter wirkte. Maj war ganz blass vor Aufregung.

»Bitte, Lovis, rege dich nicht so auf. Wir sagen nichts. Ver-sprochen!«

Es war Stina anzusehen, dass sie mit Majs Reaktion über-haupt nicht einverstanden war. Thyra ging es ebenso, aber es stand ihnen nicht zu, sich über Majs Entscheidung hinwegzu-setzen.

Maj schaute flehend zwischen Thyra und Stina hin und her. Sie wirkte selbst so jung und hilflos, wie eine zarte, blonde Elfe, die sich kaum dem Schicksal stellen konnte, das ihr zugedacht war.

Vor sechs Jahren war sie nach Tjarojakk gekommen. Mit ei-nem Baby in den Armen, einem Rucksack, in dem sich ihre wenigen Habseligkeiten befanden, und der Hoffnung, dass sie die Stelle bekam, die Stina in einer überregionalen Tageszeitung veröffentlicht hatte. Vor allem deshalb, weil Stina neben dem nicht besonders üppigen Gehalt – so viel warf der Dorfladen nicht ab – eine kleine Wohnung zur Verfügung stellte.

Maj war mit offenen Armen nicht nur von Stina, sondern auch in der Dorfgemeinschaft aufgenommen worden.

Thyra wusste nur das, was Stina ihr unter dem Siegel der Verschwiegenheit anvertraut hatte: Maj selbst war in schwierigen Verhältnissen aufgewachsen. Geschwister hatte sie keine, und ihre Mutter, die Maj ebenfalls ohne Vater aufgezogen hatte, war Alkoholikerin gewesen. Sie hatte Maj stets als »Unfall« bezeichnet, dem sie alles Schlechte in ihrem Leben verdanke.

So war es kein Wunder, dass Maj sich in den erstbesten Mann verliebt hatte, der ihr Aufmerksamkeit und Zuneigung schenkte. Damals war sie gerade siebzehn Jahre alt gewesen und hatte von einem besseren Leben geträumt, von einer Familie. Doch als sie schwanger wurde, ließ er sie im Stich und ihre Mutter warf sie aus dem Haus.

Natürlich hatte Thyra nicht verraten, dass Stina sie ins Vertrauen gezogen hatte. Sie hatte großes Mitleid mit Maj und bewunderte gleichzeitig, wie sie es schaffte, ihr Leben mit dem Kind unter diesen schwierigen Umständen zu meistern.

Und doch war da wieder eine Situation, bei der nicht nur sie, sondern auch Lovis Hilfe benötigte.

»Bitte, ihr müsst es mir versprechen«, bat Maj noch einmal. »Ich will nicht, dass Lovis in der Schule noch mehr aushalten muss.«

»Ich sage nichts.« Thyra fühlte sich nicht wohl dabei, aber es war nun einmal Majs Entscheidung. Sie schaute Lovis an. »Aber du sollst wissen, dass ich jederzeit bereit bin, dir zu helfen. Sag es mir einfach, wenn du dich anders entscheidest. Ich bin ganz sicher, dass wir eine Lösung finden, ohne dass du mehr Ärger mit deinen Mitschülern bekommst.«

»Sechsjährige!«, stieß Stina hervor. »Wie kann das sein, dass sich Kinder in dem Alter so verhalten?«

»Das war immer schon so«, sagte Maj leise. »In meiner Schule waren auch nicht nur nette Kinder.«

»Aber nicht hier in Tjarojakk.« Stina war sichtlich empört, doch bevor sie etwas sagen konnte, betrat wieder jemand den Laden, und das Läuten der Türglocke ließ sie verstummen.

»Hej«, grüßte Dag und schaute lächelnd in die Runde.

»Hej«, grüßten Stina und Thyra zurück, nur Maj bekam kein Wort über die Lippen. Ihre Wangen hatten sich rot verfärbt, und sie schien nicht zu wissen, wo sie hinsehen sollte.

Dag hingegen nahm sie kaum wahr. Er wandte sich direkt an Thyra.

»Hast du schon etwas von Greta gehört?«, erkundigte er sich.

»Sie hat mir eine SMS geschrieben, dass sie gut angekommen ist.«

»Das ist gut.« Dag nickte und schien einen Moment lang mit seinen Gedanken ganz woanders zu sein. Dann schaute er Thyra wieder an. »Besteht eine Chance, dass sie doch noch zurückkommt?«

»Ich glaube nicht.« Thyra warf einen schnellen Blick in Majs Richtung.

Maj wirkte traurig, gab sich aber alle Mühe, sich nichts anmerken zu lassen, und konzentrierte sich stattdessen wieder auf ihren Sohn.

»Magst du noch ein wenig in Stinas Büro malen? In einer halben Stunde gehen wir nach Hause.«

Lovis nickte und ging nach nebenan. Maj begann damit, Konserven aus einem Karton in eines der Regale zu stapeln, bis Stina sie aufhielt.

»Maj, kannst du bitte Dag bedienen?«, bat sie und wandte sich dann an Thyra. »Und wie kann ich dir helfen?«

Thyra las die einzelnen Posten auf ihrer Einkaufsliste vor. Dabei schaute sie hin und wieder möglichst unauffällig zu Maj und Dag.

Maj wirkte sehr nervös, aber Dag schien auch das nicht

wahrzunehmen. Er verhielt sich völlig arglos, rasselte kurz und bündig herunter, was er kaufen wollte. Er war schneller fertig als Thyra.

Als Maj sich in den hinteren Teil des Ladens zurückzog, um dort weitere Kartons auszupacken, beugte Thyra sich vor.

»Unverbesserliche Kupplerin«, flüsterte sie.

»Das bin ich nicht.« Stina schüttelte heftig den Kopf. »Ich helfe nur ein bisschen nach.«

Als Thyra mit ihrem voll bepackten Schlitten auf dem Heimweg war, begegneten ihr Annbritt und Krister.

Weil Annbritt stehen blieb, als sie auf gleicher Höhe waren, mussten auch Thyra und Krister notgedrungen Halt machen.

»Krister hat sich das Haus und die Schule angesehen. Morgen wollen wir Ove überraschen. Wir werden ihn unter einem Vorwand ins Haus locken und ihm dann mitteilen, dass er länger bleiben kann.«

»Eine schöne Idee«, erwiderte Thyra. Sie und Krister lächelten einander an. Und dann hatte Thyra plötzlich das Gefühl, dass es für ihren Seelenfrieden besser war, wenn sie sich jetzt schnell entfernte. »Gösta wartet auf mich. Hejdå!«

»Hejdå«, verabschiedete sich Annbritt.

Nur Krister sagte nichts, begnügte sich mit einem Lächeln und einem Nicken. Als sie weiterging, spürte sie, dass seine Blicke ihr folgten.

»Du hast frischen Salat bekommen.« Gösta freute sich.

»Ich habe alles bekommen, was auf der Liste stand.« Thyra stellte die Milch in den Kühlschrank. »Das Einzige, was Stina nicht hatte, war Öl. Die Lieferung kommt morgen.«

»Ein bisschen Öl haben wir noch.« Gösta legte das Obst in eine Schale und erkundigte sich beiläufig: »Gibt es Neuigkeiten im Dorf?«

»Du solltest allmählich wieder unter Leute gehen.«

»Nicht, solange der hier ist.«

Gösta nannte nicht einmal den Namen seines Feindes. Das war aber auch nicht erforderlich, Thyra wusste ja, wen er meinte.

»Dann brauchst du sehr viel Geduld.«

Gösta legte den letzten Apfel in die Schale. Alarmiert schaute er sie an. »Was soll das heißen?«

»Krister ist der neue Lehrer in Tjarojakk. Allerdings nur für ein paar Wochen.«

Mehr musste sie nicht sagen. Gösta wusste natürlich, dass damit auch Ove in Tjarojakk blieb.

»Wie lange?«, hakte Gösta mit düsterer Miene nach.

»Bis Mitte Januar …«

»Das werden lange Wochen.« Gösta seufzte.

»Oder du suchst die Begegnung mit Ove und sprichst dich mit ihm aus.«

»Du weißt nicht, was du da verlangst.« Gösta ließ es nicht zu, dass sie darauf antwortete, sondern verließ schnell das Zimmer. »Ich glaube, das Telefon hat geklingelt.«

Thyra hatte nichts gehört, aber sie ahnte, dass ihr Großvater jetzt erst einmal Zeit für sich brauchte, um die Nachricht zu verdauen.

Am späten Abend stand Thyra in ihrem Zimmer am Fenster und schaute über die schneebedeckte Landschaft zum See. Unzählige funkelnde Sterne glitzerten am Himmel wie Diamanten auf einem Samttuch.

Plötzlich bemerkte sie ein schwaches, pulsierendes Glühen am Horizont, das stärker wurde. Polarlichter bewegten sich tanzend in grünen, violetten und rosafarbenen Schleiern über den Himmel. Ein Anblick unbeschreiblicher Schönheit, der sie alles andere vergessen ließ. Eine Erinnerung daran, dass selbst in der

Dunkelheit des Winters ein Licht der Hoffnung und Schönheit leuchtete, das alles umarmte und erfüllte.

»Das ist Magie«, flüsterte sie ergriffen.

Kapitel 13

»Das ist Magie«, sagte Krister in genau diesem Moment leise.

Er stand am offenen Fenster seines Zimmers. Die Luft war so kalt, dass sein Atem kleine Wolken bildete. Da draußen war eine so tiefe Stille, während die Polarlichter am Himmel zu einer geheimen Melodie tanzten, die nur sie hören konnten.

Es war, als ob die Natur selbst ein Fest feierte, mit einer Kraft und Schönheit, wie er es noch nie zuvor gesehen hatte.

Es war das erste Mal, dass er froh war, hier zu sein. Und sei es auch nur für diesen einen ganz besonderen Moment.

»Ich habe eine große Bitte an euch«, sagte Annbritt beim Frühstück.

Krister senkte tief den Kopf über seinen Teller, weil er wusste, was jetzt kam.

Ove hingegen sah Annbritt fragend an. »Ja, gerne. Was sollen wir machen?«

»Wir erwarten eine Lieferung im Lehrerhaus. Könnt ihr da warten und sie entgegennehmen? Ich habe heute leider keine Zeit.«

»Ich habe Zeit.« Ove wandte sich an Krister. »Und was ist mit dir? Ich kann aber auch allein dort warten.«

Krister ließ sich nichts anmerken. »Du weißt doch, dass ich nichts vorhabe. Ich komme natürlich mit.«

»Warum wird denn was ins Lehrerhaus geliefert?« Misstrauisch sah Ella ihre Mutter an.

»Weil das Haus in Ordnung sein muss, wenn ein neuer Lehrer kommt«, schwindelte Annbritt ungerührt.

»Was bringt denn der, der was bringt, für den neuen Lehrer?«, wollte jetzt Ludvig wissen. »Und kann der Lehrer das auch brauchen, wenn er eine Lehrerin ist?«

Birger gab ein glucksendes Geräusch von sich, mit dem er kurz die Aufmerksamkeit auf sich lenkte.

»Was hast du, Papa?«, fragte Ludvig.

»Ich habe mich nur verschluckt«, behauptete Birger.

»Und jetzt habt ihr genug Fragen gestellt«, beendete Annbritt das Ganze. »Wir müssen mit dem Frühstück anfangen, damit Krister und Ove pünktlich im Lehrerhaus sind.«

»Aber wir wissen immer noch nicht, was da hingebracht wird«, beschwerte sich Ella.

»Das müsst ihr auch nicht wissen. Es ist nur wichtig, dass pünktlich jemand da ist.«

Ella und Ludvig schauten sich an. Plötzlich begann Ella zu grinsen. »Dann gehen wir mit Ove und Krister, dann müssen die beiden nicht allein warten.«

»Ihr bleibt hier«, bestimmte Annbritt.

»Aber da draußen liegt ganz viel Schnee«, wandte Ludvig ein. »Wenn keiner dem Krister den Weg zeigt, findet der das Haus nicht. Und dann verläuft der sich zusammen mit dem Ove.«

Krister verzog die Miene zu einem gequälten Lächeln. Ihm entging jedoch nicht, dass Annbritt und Birger sich einen Blick zuwarfen und ganz schnell wieder wegschauten, dann aber gleichzeitig losprusteten.

Auch Ove grinste. »Du musst dir keine Sorgen machen, Ludvig. Ich kenne mich hier aus, auch wenn Schnee liegt.«

Birger und Annbritt, die sich fast beruhigt hatten, lachten erneut auf.

»Vielleicht sollte ich das alles noch einmal überdenken«, brummte Krister.

Annbritt und Birger verstummten augenblicklich.

»Es tut uns leid«, behauptete Annbritt, obwohl da immer noch ein vergnügtes Funkeln in ihren Augen lag.

Es schien sie zu verunsichern, dass Krister ihren Blick durchdringend erwiderte, aber kein Wort mehr sagte.

»Du lässt uns doch nicht im Stich?«, bat sie leise.

Jetzt war Ove derjenige, der die Stirn runzelte. »Was geht hier eigentlich vor?«

»Es ist alles in Ordnung«, sagte Krister und wandte sich wieder an Annbritt. »Natürlich werden wir die Lieferung annehmen.«

Annbritt schien erleichtert aufzuatmen.

»Was machen wir denn jetzt wirklich im Lehrerhaus?«, wollte Ove wissen, als sie eine halbe Stunde später unterwegs waren.

»Das hast du doch gehört, wir sollen eine Lieferung annehmen.«

»Ich habe euch von Anfang an nicht geglaubt.« Ove grinste.

Nebeneinander stapften sie durch den Schnee. Beide in dicke Winterjacken gehüllt, mit Mützen auf dem Kopf und Handschuhen an den Händen.

Es war ein sonniger Tag, und der Schnee glitzerte wie funkelnde Diamanten. Aus den Kaminen der roten Häuser stieg Rauch in den blauen Himmel.

Krister blieb stehen. »Schau dir das an, Storfar. Das ist doch das Klischee eines Wintertags in Lappland schlechthin.«

»Es ist das Schönste, was ich mir vorstellen kann.« Ove war ebenfalls stehen geblieben und lächelte. Doch dann stieß er Krister an. »Versuche nicht abzulenken, und sag mir, was hier gespielt wird.«

»Hier wird gar nichts gespielt.« Langsam ging Krister weiter, doch dann blieb er wieder stehen. »Ich habe gestern Abend Polarlichter gesehen. Es war …« Er wusste nicht, wie er es beschreiben sollte. »Unfassbar schön«, schloss er.

»Ja, das ist nirgendwo so besonders wie hier im Norden.«
Ove schaute ihn fragend an. »Kann es sein, dass du dich in
Tjarojakk nicht mehr ganz so unwohl fühlst?«

»Ich könnte mir nicht vorstellen, immer hier zu leben …«,
begann Krister, dann lächelte er seinen Großvater liebevoll an.
»Aber wir werden unseren Aufenthalt hier verlängern.«

Oves Augen wurden feucht. »Wie lange?«

»Bis Mitte Januar.«

Ove rang sichtlich um Fassung. »Aber wo werden wir wohnen?«

»Im Lehrerhaus.« Krister lachte. »Deshalb sind wir dorthin
unterwegs. Du sollst dir ansehen, ob es dir gefällt.«

Ove machte eine wegwerfende Handbewegung. »Natürlich
gefällt es mir.«

»Und eigentlich wollte ich dich da erst mit der Neuigkeit
überraschen, aber irgendwie schien es mir jetzt und hier der
passende Zeitpunkt und der richtige Ort zu sein.«

Ove trat auf ihn zu und umarmte ihn.

»Mit nichts auf der Welt hättest du mir eine größere Freude
bereiten können«, stieß er hervor.

»Ich weiß, Storfar.« Krister hielt seinen Großvater fest umschlossen. Endlich hatte er das Gefühl, dass sie einander wieder
ganz nahe waren und nichts mehr zwischen ihnen stand.

Der Umzug ging schnell vonstatten. Sie mussten ja nur ihr Gepäck holen und einziehen. Als Birger ihnen die Rückzahlung
der Miete für die noch verbleibenden Tage anbot, lehnte Krister
das ab.

Die Veranda des Lehrerhauses war mit einer schimmernden
Schneedecke überzogen. Die Tür knarzte leise, als Krister sie
aufschloss.

Es war kalt, doch Annbritt hatte ihm gesagt, wie er die Heizung anstellen konnte.

Er führte Ove durchs Haus und zeigte ihm zuerst das Wohnzimmer in der unteren Etage. Ein gemütlicher Raum mit einem Sofa, zwei Sesseln und einem altmodischen Sideboard an der Wand.

In dem Kamin auf der gegenüberliegenden Seite befand sich noch die Asche des Feuers, das gebrannt hatte, als er halb erfroren hier gelegen hatte.

Ganz schnell verdrängte Krister diese Erinnerung und zeigte Ove die weiteren Zimmer.

Gleich nebenan war die Küche. Ein großer Raum, zweckmäßig eingerichtet. Durch das Fenster konnten sie über den See schauen.

Eine knarrende Treppe führte in die obere Etage. Da gab es neben zwei Schlafzimmern und einem kleinen, völlig unmöblierten Raum noch ein großes Bad.

»Hier werden wir uns wohlfühlen«, sagte Ove zufrieden.

»Ja, davon bin ich auch überzeugt«, stimmte Krister ihm zu.

Dann erst wurde ihm bewusst, dass er das nicht nur seinem Großvater zuliebe gesagt hatte, sondern auch wirklich so empfand.

Kapitel 14

Thyra stand auf der Anhöhe und beobachtete ihre Rentiere. Offensichtlich fanden sie unter dem Schnee immer noch genug Moose und Flechten.

Atemlos beobachtete sie, dass sich Gillis diesmal näher an seine Artgenossen traute als zuvor. War es heute so weit?

Es wäre die ideale Zeit, um sich anzuschließen, ohne dass es zu Rangordnungskämpfen käme.

Gillis schaute zu, wie die anderen Rentiere mit ihren scharfkantigen Hufen im Schnee scharrten, um Futter zu finden. Und dann, Thyra konnte es kaum fassen, versuchte er es selbst.

Vielleicht hätte sie jetzt einfach gehen sollen, ohne sich bemerkbar zu machen, aber das brachte sie nicht übers Herz. Alle anderen Rentiere, die sie bisher mit der Flasche aufgezogen hatte, drängte es nach einer gewissen Zeit geradezu nach ihrem Leben in Freiheit. Wenn sie einmal in der Herde waren, fühlten sie sich in der Weite der Natur zu Hause und zogen es vor, im Rhythmus der Jahreszeiten zu leben. Thyra selbst spielte dann keine Rolle mehr für die Tiere.

Warum war das bei Gillis so völlig anders?

»Das machst du gut, Gillis«, lobte sie leise, als er tatsächlich Futter fand und daran herumkaute.

Gillis beachtete sie nicht, hob nicht einmal den Kopf – bis sie sich in Bewegung setzte. Als er bemerkte, dass sie sich auf den Heimweg machte, verlor er sowohl das Interesse an den Flechten unter dem Schnee als auch an der Herde. Eilig trabte er hinter ihr her.

»Ich dachte, du bleibst heute für immer hier.«

Gillis schnaubte.

»Du hast recht, das war ein bisschen scheinheilig. Natürlich bin ich froh, weil du wieder mitkommst.« Sie streichelte Gillis' Hals. »Aber wir wissen beide, dass das nicht richtig ist.«

Es war bereits wieder dunkel, als sie zu Hause ankam. Je weiter es in den Winter ging, umso kürzer wurden die Tage. Spätestens im Januar ging die Sonne überhaupt nicht mehr auf.

Sie brachte Gillis in seinen Stall und versorgte ihn, danach betrat sie das Haus.

Thor kam aus dem Zimmer ihres Großvaters und begrüßte sie schwanzwedelnd, bevor er wieder zurücklief.

Als Thyra ihm folgte, sah sie gerade noch, wie Gösta ein Fotoalbum zuschlug. Es sah alt aus, der Stoffumschlag war bereits verblichen.

»Was sind das für Fotos? Darf ich die auch sehen?«

»Das hat nichts mit dir zu tun«, lehnte er ab und legte das Album in die oberste Schublade seines Schreibtisches.

»Aber ...«

»Was willst du heute Abend essen?«, fiel er ihr ins Wort.

»Ich weiß nicht ...« So schnell konnte Thyra nicht umschalten. Seit Krister und Ove nach Tjarojakk gekommen waren, schien ihr Großvater Geheimnisse vor ihr zu haben.

»Warum darf ich die Fotos nicht sehen, Opa?«

Auch diesmal wiegelte Gösta wieder ab. »Es ist wirklich nicht wichtig. Auf den Fotos ist niemand zu sehen, den du kennst.«

»Kann ich sie nicht trotzdem ...«

»Thyra, lass es!«, fuhr er sie scharf an. Gleich darauf schaute er sie schuldbewusst an. »Es tut mir leid«, entschuldigte er sich. »Aber das Album geht nur mich etwas an.« Er erhob sich. »Ich gehe jetzt mal kochen.«

»Ich kann auch ...«

Endlich lachte Gösta mal wieder. »Lieber nicht«, sagte er. »Außerdem koche ich gerne, wie du weißt. Es ist ja das Einzige, was mir noch geblieben ist.«

Betroffen schaute sie ihm nach, als er schwerfällig durch den Flur in die Küche schlurfte. Nie wäre sie auf die Idee gekommen, dass ihr Großvater Geheimnisse vor ihr hatte. Und sie hätte es auch nie erfahren, wenn Ove nicht nach Tjarojakk gekommen wäre.

Nach dem Abendessen zog Gösta seinen Mantel über. Thor lief zwischen der geschlossenen Haustür und ihm hin und her. Anscheinend konnte er es kaum erwarten, hinausgelassen zu werden.

»Lass mich doch mit ihm gehen.« Thyra machte sich Sorgen um ihren Großvater. Er sah nicht gut aus heute Abend.

»Nein, nein«, wehrte Gösta ab. »Ich brauche ein bisschen frische Luft ... Und in der Dunkelheit fühle ich mich draußen wohler.«

Wenn es nur wegen der Dunkelheit war, hätte Gösta schon deutlich früher hinausgehen können.

»Bleib bitte nicht zu lange weg«, bat sie. »Für die Nacht sind weitere Schneefälle gemeldet.«

»Erst nach Mitternacht, du musst dir also keine Sorgen machen.«

Er ging zur Tür und öffnete sie. Ein Schwall kalter Luft kam ins Haus, aber Thor störte das nicht: Er lief sofort in den Schnee hinaus.

»Bis gleich«, sagte Ove knapp, und ein flüchtiges Lächeln huschte über seine Lippen, bevor er die Tür hinter sich schloss.

Thyra verharrte in der Diele, ihr Herz schlug schneller. Sie zögerte, während sie mit sich rang. Die Neugier nagte an ihr, und schließlich konnte sie ihr nicht mehr widerstehen.

Sie war allein!

Entschlossen eilte sie in das Büro ihres Großvaters. Nervös lauschte sie nach draußen. Was, wenn er früher zurückkam?

Alles blieb still.

Thyra zögerte immer noch, kämpfte mit ihren Skrupeln. Auf der einen Seite waren da ihre moralischen Bedenken, auf der anderen Seite die ungeklärten Fragen.

Aber wenn sie jetzt nicht nachschaute, würde sie nie etwas erfahren … Sie musste einfach wissen, was mit ihrem Großvater los war. Mit einem Ruck öffnete sie die Schublade.

Das Album war verschwunden – und mit ihm die Antworten, nach denen sie so verzweifelt suchte.

Kapitel 15

Das ganze Wochenende hatte Krister sich darauf vorbereiten können, aber an diesem Montagmorgen wusste er sicher, dass die Zeit zu kurz gewesen war.

Krister war nicht bereit, und inzwischen war er zu der Überzeugung gelangt, dass er auch nie bereit sein würde.

»Ich kann nicht unterrichten!« Er fuhr sich mit beiden Händen durchs Gesicht.

»Woher willst du das wissen, wenn du es noch nicht versucht hast?«, erwiderte Ove entspannt. Sie saßen zusammen am Frühstückstisch. »Außerdem hast du keine Wahl, nach allem, was wir der Dorfgemeinschaft jetzt schon verdanken. Das Haus …« Ove machte eine ausholende Handbewegung, bevor er auf den Tisch wies. »… unser Frühstück.«

Tatsächlich hatten ihnen vor allem die Dorfbewohner mit kleinen Kindern am Wochenende Lebensmittel gebracht. Aus purer Dankbarkeit, weil sie ihre Kinder wieder zur Schule schicken konnten.

»Ja, ich weiß«, sagte er mutlos. »Und dafür erwarten sie, dass ich ihre Kinder wie ein richtiger Lehrer unterrichte. Ich weiß nicht, ob ich dieser Verantwortung gerecht werde.«

»Du schaffst das schon.«

Ove nahm eine der Scheiben Knäckebrot, das die Mutter eines zukünftigen Schülers gebacken hatte, und strich Marmelade darauf. Blaubeeren, ebenfalls von einer Mutter hergestellt.

»Selbst gesammelt, selbst eingekocht«, hatte sie stolz erzählt.

Ove nahm einen Bissen und nickte anerkennend. »Diese Marmelade musst du unbedingt probieren. Die ist hervorragend.«

»Ich kann jetzt nichts essen.« Stattdessen füllte Krister seine Tasse mit Kaffee.

»Das ist bereits die vierte«, bemerkte Ove.

»Na und?«

»Glaubst du vielleicht, dass dich der Kaffee beruhigt?« Ove grinste.

Krister starrte in seine Tasse, dann zuckte er mit den Schultern und trank sie in einem Zug aus. Der Kaffee war nur noch lauwarm.

»Darauf kommt es jetzt auch nicht mehr an«, sagte er, bevor er erneut ins Grübeln geriet. Längst bereute er, dass er Annbritts Vorschlag zugestimmt hatte.

Doch als er zu seinem Großvater schaute, der ihn herzlich anlächelte, änderte sich dieses Gefühl wieder. Sein Großvater war glücklich, und das entschädigte ihn dafür, dass er länger an diesem kalten, dunklen Ort blieb.

»Es wird Zeit für dich, du musst zur Schule.« Ove warf einen vielsagenden Blick auf die Uhr neben der Tür. Er lachte. »Es ist lange her, dass ich das zuletzt zu dir gesagt habe.«

In Krister weckten die Worte Erinnerungen. An seine Kindheit, ihre Küche in Stockholm. An seinen Großvater, der damals noch agiler gewesen war und ihm immer einen Apfel in die Schultasche gesteckt hatte, bevor er das Haus verließ. Storfar hatte alles getan, um ihm eine schöne Kindheit zu bereiten. Er hatte es verdient, dass Krister jetzt alles unternahm, um ihm im Alter ein paar schöne Wochen in dem Ort zu ermöglichen, nach dem er sich so sehr zurückgesehnt hatte.

Wie lange wohl schon? Hatte das erst im Alter begonnen oder womöglich schon viel früher?

»Krister!« Die Stimme seines Großvaters klang jetzt mahnend. »Du willst doch an deinem ersten Tag nicht zu spät kommen.«

Krister stand auf. »Ich geh ja schon.«

»Ich wünsche dir viel Spaß in der Schule!«

Auch das hatte Storfar früher immer gesagt, wenn Krister vom Frühstückstisch aufgestanden war.

Krister lächelte seinem Großvater zu. Dann ging er in den Flur, tauschte da die Hausschuhe gegen die Stiefel und zog seine Winterjacke an. Dabei spürte er, dass sich etwas Schweres in der rechten Tasche befand. Er griff hinein und zog einen Apfel heraus …

Langsam drehte er sich um. Ove stand in der Küchentür und grinste ihn an.

»Danke«, sagte Krister gerührt. Ganz fest umschlossen seine Finger den Apfel.

»Verlauf dich nicht«, zog Ove ihn auf. »Es schneit …«

Krister zog es vor, darauf nicht zu antworten. Eilig schnappte er sich Mütze und Handschuhe und verließ das Haus.

Sieben Augenpaare waren auf ihn gerichtet, als er die Klasse betrat.

Krister gab sich alle Mühe, sich seine Nervosität nicht anmerken zu lassen, während er zur Tafel ging und seinen Namen aufschrieb. Dann drehte er sich wieder zu den Kindern um.

»Mein Name ist Krister«, begann er.

»Das wissen die alle schon«, sagte Ella. »Ich hab denen das gesagt.«

»Prima, dann wisst ihr ja Bescheid.«

Keines der Kinder lächelte ihn an. Stumm saßen sie hinter ihren Pulten, die vor dem Lehrerschreibtisch aufgestellt waren. Drei Doppelpulte, an denen je zwei Kinder saßen. Dahinter ein weiteres Doppelpult, an dem ein Junge allein saß.

»Da ich euch noch nicht alle kenne, sagt ihr mir vielleicht eure Namen.«

Ella saß mit ihrem Bruder von Krister aus gesehen links. Sie meldete sich wieder zu Wort.

»Ich bin die Ella.« Sie zeigte auf ihren Bruder, der neben ihr saß. »Und das ist der Ludvig.«

»Euch kenne ich ja schon.« Krister lächelte das Mädchen an.

Daraufhin stand Ella auf und wies auf das Pult in der Mitte. »Und da …«

»Danke, Ella«, unterbrach Krister sie. »Ich möchte, dass sich jeder selbst vorstellt.«

Ella zog einen Flunsch und setzte sich wieder.

Auffordernd schaute Krister die beiden Schüler auf der mittleren Bank an. Unterschiedlicher konnten zwei Kinder nicht sein. Der Junge rechts war schmal. Er hatte feines blondes Haar, das wie festgeklebt wirkte. Trotz der Kälte trug er nur einen dünnen Pullover. Er hatte die Arme um sich geschlungen und schien zu frieren.

Sein Klassenkamerad neben ihm war einen ganzen Kopf größer und sehr stämmig. Sein gekräuseltes dunkles Haar umstand seinen Kopf. Er hatte eine Stupsnase, weit auseinanderstehende Augen und eine Zahnlücke.

Krister schaute den Jungen an. »Fahren wir mit dir fort. Wie ist dein Name?«

Der Junge grinste. »Ich bin Bosse.«

Kristers Blick wanderte weiter zu seinem Sitznachbarn. »Und wie heißt du?«

Der Junge senkte den Blick. Er schien ein wenig schüchtern zu sein.

»Mats«, wisperte er kaum hörbar.

»Danke euch beiden.« Kristers Blick richtete sich auf die beiden wunderschönen, völlig gleich aussehenden Mädchen. Ihre blonden Haare flossen in Wellen über ihre Schultern bis zur Taille. Sie sahen aus wie zwei Engel. Er musste sie nicht auffordern, ihre Namen zu nennen.

»Anna«, sagte das Mädchen rechts.

»Anina«, folgte ihre Schwester.

»Schön, euch kennenzulernen.« Krister lächelte sie nacheinander an und konzentrierte sich dann auf Lovis. Bevor er etwas sagen konnte, lispelte der Junge seinen Namen: »Lovis-s.«

Gelächter war zu hören.

»Lovis-s-s-s-s-s«, ahmte Bosse ihn nach und brachte seine Mitschüler damit erneut zum Lachen.

»Lass-s das-s«, fauchte Lovis.

»Lass-s das-s, s-sagt der Lovis-s leis-se.« Bosse grinste in die Runde.

»Lus-stig is-st der Lovis-s«, gab Ella ihren Beitrag dazu.

Krister war fassungslos. »Hört sofort auf damit«, sagte er streng.

Das Lachen brach ab, aber ein leises Kichern war noch zu hören.

»Es ist nicht nett, sich über einen Mitschüler lustig zu machen.« Krister schaute jedes Kind nachdrücklich an, bevor er fortfuhr: »Stellt euch vor, ihr wärt an Lovis' Stelle.«

»Dann könnte ich richtig reden«, brüstete sich Bosse.

»Nein, wenn du der Lovis wärst, könntest du das nicht«, rief Ludvig.

»Wenigstens einer, der das verstanden hat«, lobte Krister den Jungen. »Nach dieser Vorstellungsrunde können wir ja mit dem Unterricht beginnen. Oder habt ihr noch Fragen?«

»Ja.« Ella schaute ihn unfreundlich an. »Warum hast du gelogen?«

Krister war sich keiner Schuld bewusst. »Wann soll ich denn gelogen haben?«

»Als du versprochen hast, dass du nicht unser Lehrer wirst«, beschwerte sich Ella.

»Stimmt, das habe ich gesagt.« Mehr sagte er nicht dazu, obwohl Ella ihn erwartungsvoll anschaute. »Hat sonst noch jemand Fragen?«

»Warum hast du gelogen?«, fragte Ella daraufhin.

»Ich hatte keine andere Wahl, und so leid es mir tut, wir müssen uns wohl beide damit abfinden, dass ich in der nächsten Zeit euer Lehrer bin.«

Ella schaute ihn böse an, sparte sich aber einen weiteren Kommentar.

Krister, der den Lehrplan am Wochenende so oft studiert hatte, dass er ihn jetzt auswendig kannte, beschloss, mit dem Unterricht zu beginnen. Je schneller er und die Kinder sich darauf einstellten, desto leichter war es für sie alle.

»Was habt ihr denn zuletzt gemacht?«, wollte er wissen.

Nur Bosse zeigte auf.

»Bosse.« Auffordernd lächelte Krister den Jungen an.

»Wir haben dir gesagt, wie wir heißen, und dann hat die Ella mit dir geschimpft, weil du gelogen hast. Papa sagt immer, man darf nicht lügen.«

Krister gestattete sich ein innerliches Aufstöhnen, bemühte sich aber, geduldig zu bleiben.

»Du hast mich nicht richtig verstanden, Bosse. Ich wollte wissen, was ihr zuletzt mit Greta gemacht habt.«

Der schüchterne Mats hob den Finger.

Krister freute sich. »Ja, Mats!«

»Zuletzt haben wir uns von Greta verabschiedet. Und jeder hat was gesagt. Und jeder hat ihr ein Herz mit seinem Namen drauf geschenkt. Und jeder musste etwas sagen. Ich hab gesagt: ›A steht für alles, was du uns gegeben hast.‹«

Die anderen Kinder nahmen das als Aufforderung, nun ihre eigenen Texte vorzutragen.

Ludvig erhob sich. »R steht für deine Ruhe, auch wenn wir nicht artig waren.« Er setzte sich.

Ella stand ebenfalls auf. »G steht für deine Güte, die du immer gezeigt hast.«

Bosse blieb sitzen. »E steht für … Mehr weiß ich nicht mehr.«

Dafür erhoben sich die Zwillinge und deklamierten gemeinsam: »Wir werden dich nie vergessen.«

Lovis sagte kein Wort. Zwischen den einzelnen Pulten war ein Leerraum, und das von Lovis stand genau hinter einem der Leerräume, sodass er freien Blick nach vorn hatte. Jetzt allerdings schob er sich so weit zur Seite, als wolle er sich hinter Bosse verstecken.

»Was ist mit dir, Lovis?«, fragte Krister freundlich. »Hast du auch etwas zu Gretas Verabschiedung gesagt?«

Lovis nickte.

»Sagst du mir deinen Text?«

Diesmal schüttelte Lovis den Kopf. Dann senkte er den Blick und starrte auf das Heft, das vor ihm lag.

Bosse lachte niederträchtig. »Der musste ganz viele Wörter mit ganz viel *sssssssssssss* sagen.«

»Dann muss er es jetzt nicht sagen.« Kristers Stimme klang sehr bestimmt. »Weil ich es nicht schön finde, dass ihr euch über ihn lustig macht.«

Bosse nahm das ungerührt hin. Feixend zuckte er mit den Schultern.

»Aber eigentlich war das immer noch nicht das, was ich von euch wissen wollte.« Krister dämmerte allmählich, dass er sich bei Kindern in dieser Altersgruppe sehr exakt ausdrücken musste. »Ich wollte wissen, was Greta euch in der letzten Unterrichtsstunde beigebracht hat?«

»Wir lernen schreiben«, erwiderte Anna. Oder war es Anina? »Und wir lernen die Jahreszeiten.«

Ein gutes Thema.

Krister schaute durch die verglaste Doppeltür nach draußen.

Auch von hier aus, wie von fast allen Häusern in Tjarojakk, war der See zu sehen. Vereinzelte Schneeflocken tanzten in der Luft. Die Oberfläche des Sees spiegelte das matte Licht des Tages wider. Vor der grauen Leinwand des Himmels sahen die schneebedeckten Bäume wie zarte Pinselstriche aus. Die ganze Umgebung schien in einen verträumten Winterschlaf versunken zu sein.

Obwohl Krister eigentlich nicht hier sein wollte, fühlte er sich von dieser Szenerie unerwartet berührt. Der Anblick der verschneiten Landschaft und die Stille, die sie umgab, zogen ihn unwillkürlich in ihren Bann. Für einen kurzen Moment vergaß er alles um sich herum. Erst ein leises Kichern, das sich zu einem schallenden Gelächter steigerte, riss ihn aus seiner Versunkenheit.

Er lächelte. »Ihr wundert euch bestimmt, dass ich mir die Landschaft da draußen anschaue. Aber da, wo ich lebe, schneit es so gut wie nie.«

Vor zwei oder drei Jahren hatte es aufgrund einer besonderen Wetterlage ganz kurz geschneit. Er hatte schon länger nicht mehr daran gedacht – und auch nicht an die Freude, die er damals empfunden hatte.

»Scheint da immer die Sonne?«, fragte Ella.

»Hin und wieder gibt es auch einmal Regen, aber nicht sehr oft. Und es wird nur selten richtig kalt.« Einen Moment schwelgte Krister in Erinnerungen, dann fiel sein Blick wieder durch die Glastüren nach draußen …

»Vielleicht hast du dich deshalb im Schnee verlaufen«, sagte Ella, bevor er sich wieder in der Betrachtung der Schneelandschaft verlor.

»Der ist nämlich fast erfroren«, machte sich Ella vor ihren Klassenkameraden mit ihrem Wissen wichtig.

»Der ist rausgegangen, als es ganz schlimm geschneit hat«, antwortete Bosse. »Mein Papa hat gesagt, dass so einer eigentlich überhaupt nicht Lehrer sein darf, weil der keine Ahnung hat.«

Auf Bosses Vater bin ich gespannt, dachte Krister grimmig. Ihm lagen einige Antworten auf der Zunge, die allesamt nicht pädagogisch wertvoll waren. Also begnügte er sich mit einer kurzen Erklärung.

»Ich habe euch ja schon gesagt, dass ich in einer Stadt lebe, in der es kaum schneit. Aber auch Erwachsene können noch dazulernen, und ich weiß jetzt, dass ich etwas falsch gemacht habe. Aber jetzt beginnen wir endlich mit dem Unterricht. Ihr habt also mit Greta die Jahreszeiten durchgenommen. Wer von euch kann mir alle vier Jahreszeiten nennen?«

Die Kinder schauten einander an.

»Der weiß wirklich nichts«, stellte Ella fest, bevor sie ihren Blick wieder auf Krister richtete. »Wir haben acht Jahreszeiten.«

»Es gibt vier Jahreszeiten«, sagte Krister langsam.

Die Kinder antworteten mit einem lauten Lachen.

Dann sprang Ella plötzlich auf und lief zur Verandatür. Kalte Luft strömte in den Raum.

»Ella ...« Krister brach ab, als er auf dem Weg hinter der Schule Thyra erblickte.

»Thyra!«, rief Ella.

Sie blieb stehen, winkte dem Mädchen zu.

»Kannst du mal kommen?«

Als Kristers und Thyras Blick sich begegneten, nickte sie kurz zum Gruß und schaute dann wieder zu Ella.

»Ich habe keine Zeit«, erklärte sie.

»Aber du musst kommen, der Krister kennt die Jahreszeiten nicht.«

Thyra kam langsam näher. »Ich bin sicher, dass er sie kennt.« Wieder schaute sie Krister an – und dann schnell wieder an ihm vorbei.

»Aber der Krister sagt, es gibt nur vier Jahreszeiten.«

»Wir Sámi unterscheiden die Jahreszeiten anders als die Menschen, die nicht in Lappland leben. Bei uns gibt es nicht nur Frühling, Sommer, Herbst und Winter.«

»Bitte, komm rein«, bat Krister. »Erkläre es nicht nur den Kindern, sondern auch mir.«

Er sah, dass Thyra zögerte.

»Wenn du natürlich keine Zeit hast ...«

»Ich habe Zeit«, sagte sie schnell, obwohl sie eben noch etwas anderes behauptet hatte.

»Dann komm bitte ganz schnell rein, bevor es noch kälter wird.«

Lächelnd betrat Thyra den Raum und schloss die Tür hinter sich. Sie entledigte sich ihrer Handschuhe und der Jacke, dann zog sie die Mütze vom Kopf. Das lange schwarze Haar fiel ihr über die Schultern.

»Warum starrst du mich so an?« Thyra wirkte irritiert.

»Entschuldige, das war nicht meine Absicht.« Krister war selbst verunsichert. »Ich war in Gedanken ganz woanders«, behauptete er. »Und ich bin sehr gespannt, welche Jahreszeiten ihr habt.«

Er wies auf den Stuhl hinter dem Lehrerpult und setzte sich selbst auf den freien Platz neben Lovis.

Thyra hockte sich auf eine Ecke des Schreibtisches und lächelte in die Runde.

»Wer von euch mag Krister sagen, wie viele Jahreszeiten wir haben?«

»Acht!«, rief Ella.

»Und welche Jahreszeit haben wir jetzt?«

Wieder war es Ella, die laut in die Klasse rief. »Winter.«

»Genau, Dálvvie, der Winter.« Thyra nickte. »Es gibt viel Schnee, das Tageslicht verschwindet bald völlig, und die Rene bewegen sich nur langsam. Ihre Hufe graben sich durch dicke Schneedecken, um Futter zu finden. Danach kommt der Spät-

170

winter, Gijrradálvvie, die Zeit des Erwachens. Die Tage werden heller, die Natur erwacht.«

Fragend schaute Thyra die Kinder an, dabei streifte ihr Blick auch Krister.

Mit einem Mal wurde ihm bewusst, dass er ihr ebenso gespannt zuhörte wie die Kinder.

»Was kommt nach dem Spätwinter?«, fragte Thyra.

»Der Frühling!«, riefen die Kinder gleichzeitig.

»Genau, Gijrra, der Frühling. Die Tage werden länger, und die Rentiere bekommen ihre Kälber …«

Krister zuckte zusammen, weil ausgerechnet in diesem Moment sein Handy klingelte.

Thyra sagte nichts mehr, und die Kinder wandten sich zu ihm um, während sein Handy immer weiter klingelte.

Krister nestelte es aus seiner Tasche. Auf dem Display stand Anouks Name.

»Kannst du bitte weitermachen?«, bat er Thyra und zog sich nach nebenan in die Küche zurück. Auf dem Weg dorthin meldete er sich bereits.

»Hej, Anouk.«

»Kommt mein Anruf ungelegen? Du klingst ein wenig gehetzt.«

»Ja.« Krister holte tief Luft. »Du rufst genau während meiner Schulstunde an.«

Als Anouk sprach, erkannte er am Klang ihrer Stimme, dass sie grinste. »Wirst du unterrichtet, oder unterrichtest du?«

»Ich unterrichte. Ich bin seit heute Lehrer an der Grundschule in Tjarojakk.«

»Ich weiß nicht, was ich dazu sagen soll. Wieso bist du plötzlich Lehrer?«

»Weil mein Großvater noch bleiben wollte.« Krister berichtete, was ihn dazu bewogen hatte, seinen Aufenthalt in Tjarojakk zu verlängern. Als er fertig war, hörte er Anouk schluchzen.

»Weinst du?«

»Nein!« Wieder war ein lautes Schluchzen zu hören, und dann wurde ihm klar, dass sie lachte.

»Du bist unmöglich«, beschwerte er sich.

»Ja«, gab sie zu. »Ich finde es nämlich toll, dass du das für deinen Großvater machst. Aber irgendwie kann ich mir dich nicht in dieser Rolle vorstellen: als Lehrer mitten in Lappland.«

»Dann komm doch und sieh es dir an«, schlug Krister vor.

Wieder lachte Anouk laut auf. »Wir haben hier zweiundzwanzig Grad und Sonnenschein. Warum sollte ich das gegen die Kälte und den Schnee eintauschen?«

»Wegen mir«, erwähnte er gedehnt.

Anouk gab darauf keine Antwort. »Ich rufe dich in den nächsten Tagen mal wieder an, um zu fragen, wie es dir als Lehrer geht.« Damit beendete sie das Gespräch.

Als er zurück in die Klasse kam, schaute Thyra ihn vorwurfsvoll an.

»Das ist deine Klasse«, erinnerte sie ihn.

Zerknirscht entschuldigte er sich. »Das war ein wichtiger Anruf aus Malibu. Danke, dass du solange aufgepasst hast.«

»Aber du weißt immer noch nicht, welche Jahreszeiten wir haben!«, rief Ella.

»Genau.« Thyra nickte. »Und ich habe jetzt keine Zeit mehr, um es dir zu erklären.«

Krister lächelte. »Ich frage einfach meinen Großvater, der weiß das bestimmt. Noch einmal vielen Dank für deine Hilfe.«

Thyra zog ihre Jacke wieder an, versteckte ihr langes Haar unter der Mütze und nahm die Handschuhe.

»Lernt schön«, sagte sie zu den Kindern, Krister nickte sie zu. »Hejdå.«

Er schloss die Verandatür hinter ihr und wandte sich wieder den Kindern zu.

»Ich verspreche euch, dass ich bald alles über die Jahreszeiten weiß. Aber jetzt machen wir erst einmal etwas anderes.«

Erstaunlicherweise fiel es ihm nicht schwer, den Unterricht fortzusetzen. Fragmente seines Studiums tauchten plötzlich in seiner Erinnerung auf, und er bildete mit den Kindern Satzstrukturen, die sich auf den Winter bezogen.

Zwischendurch gab es eine Pause, während der die Kinder ihre mitgebrachten Brote aßen. Nur Mats hatte nichts dabei.

Krister sah, dass der Junge seine Mitschüler verstohlen beobachtete. Hin und wieder schluckte er, als liefe ihm das Wasser im Mund zusammen. Wieso hatte er kein Frühstücksbrot dabei?

Plötzlich fiel ihm der Apfel in seiner Jackentasche ein. *Danke, Storfar!*

Krister holte den Apfel und legte ihr vor Mats auf das Pult. »Magst du den essen? Ich habe heute Morgen irgendwie überhaupt keinen Appetit.«

Die Augen des Jungen leuchteten auf. »Darf ich wirklich?«

»Du würdest mir einen großen Gefallen tun.«

Der Junge griff hastig zu und biss ein Stück ab. Es war offensichtlich, dass er großen Hunger hatte.

Nach der Pause begann der Schreibunterricht. Alle Kinder konnten bereits einfache Worte, vor allem aber ihre Namen lesen.

Krister ging von Tisch zu Tisch und half jedem Kind. Dabei bemerkte er gar nicht, wie schnell die Zeit verging. Und dann war der Unterricht auch schon vorbei, wie die Schulglocke laut verkündete.

»Wie hat euch der erste Schultag mit mir gefallen?«, wollte Krister wissen.

»Viel weißt du ja nicht«, sagte Ella, »aber ich fand es schön.«

»Du musst noch viel lernen«, meinte eines der beiden Zwillingsmädchen.

»Ich bin froh, dass du heute da warst.« Wahrscheinlich war Mats vor allem dankbar für den Apfel.

Krister achtete darauf, dass die Kinder ihre Mäntel ordentlich anzogen, bevor sie die Schule verließen. Keines von ihnen wurde abgeholt, alle kannten ihre Wege in dem kleinen Dorf.

Lovis hatte sich ein wenig Zeit gelassen. Er war der Letzte, der die Schule verließ. An der Tür blieb er stehen und drehte sich zu Krister herum.

»Ich bin auch froh, das-s du da bis-st.«

»Ja?« Krister fühlte sich geschmeichelt.

»Ja.« Lovis strahlte ihn an. »Bis-sher war ich der Dümms-ste in der Klas-se, aber jetzt haben wir ja dich.«

Kapitel 16

»Du kommst spät.« Ragnar hauchte einen flüchtigen Kuss auf Thyras Lippen.

»Ich weiß, ich habe in der Schule unterrichtet.«

»Du?« Ragnar begann zu lachen. »Ich dachte, Krister ist der neue Lehrer.«

»Aushilfslehrer«, verbesserte Thyra. »Bis Mitte Januar.«

Ragnar machte eine wegwerfende Handbewegung. »Der bleibt.«

»Wie kommst du denn darauf?« Überrascht stellte Thyra fest, dass sich ihr Herzschlag plötzlich beschleunigte. »Krister hasst Tjarojakk.«

»Hat er das so ausgedrückt?«

Thyra erinnerte sich noch genau an den Wortlaut. Sie schüttelte den Kopf.

»So nicht«, räumte sie ein. »Aber er hat gesagt, dass das hier nicht seine Welt ist. Er lebt in einem Staat, in dem fast das ganze Jahr über die Sonne scheint, also nehme ich ihm das sogar ab.«

»Ich würde es Ove wünschen, dass er zusammen mit seinem Enkel in Tjarojakk bleiben kann.«

»Ja, Ove ist nett. Ich mag ihn auch.«

Ragnar schaute sie amüsiert an. »Bedeutet das, dass du Krister nicht magst?«

»Er ist …« Eigentlich wusste Thyra selbst nicht, was sie sagen wollte. »… so ganz anders als wir. Aber eigentlich bin ich nicht hier, um mich mit dir über Krister zu unterhalten.«

Sie schmiegte sich an ihn, sein Geruch und die Wärme seines Körpers waren vertraut und beruhigend. Doch unter dieser

Vertrautheit lauerte eine unerfüllte Sehnsucht, die sie nur schwer benennen konnte.

»Nein, ich auch nicht«, erwiderte er. »Es gibt so viel zu erledigen. Birger und Annbritt haben uns heute Abend zum Essen eingeladen.«

Thyra gab sich alle Mühe, sich ihre Enttäuschung nicht anmerken zu lassen.

»Ich dachte, wir bleiben heute Abend allein. Ein Abendessen zu zweit …«

»Das klingt sehr verlockend.« Ragnar schüttelte den Kopf. »Aber ich hab bereits zugesagt. Außerdem haben Birger und ich einiges wegen der nächsten Käselieferungen zu besprechen.«

Thyra ließ ihn los und trat einen Schritt zurück. »Wir haben so selten Zeit für uns.«

»Aber wir sehen uns doch jeden Tag.« Ragnar wirkte überrascht. »Ja, ich sehe ein, dass die Planung heute Abend nicht sehr romantisch ist. Aber ich dachte, du kannst dich mit Annbritt unterhalten, während ich mit Birger die geschäftlichen Dinge erledige.«

»Wir hatten noch nie einen romantischen Moment.«

Die Bemerkung entfuhr ihr so unbedacht, dass es sie selbst überraschte. Ragnar hingegen wirkte vor allem betroffen.

»Aber das stimmt doch nicht …« Er brach ab.

»Nenne mir einen«, forderte Thyra ihn heraus.

Ragnar dachte nach, viel zu lange, und kam schließlich nur zu einem Ergebnis: »Als ich dich gefragt habe, ob du mich heiraten willst.«

»Was war da bitte romantisch?« Thyra konnte ihre Enttäuschung, zu der sich eine gehörige Portion Ärger gesellte, nicht länger unterdrücken. »Wir haben zusammen zu Mittag gegessen, und du hast mich so ganz nebenbei gefragt, ob wir nicht langsam mal heiraten sollen. Das war übrigens schon vor vier Jahren.«

Auch in Ragnars Augen flammte Ärger auf. »So eilig hattest du es ja dann auch nicht, mich zu heiraten«, gab er zurück. »Jedenfalls hast du bisher nie wegen eines Termins gedrängt.«

»Es geht nicht um einen Termin.« Thyra wurde lauter. »Es geht darum, dass es keine romantischen Momente in unserem Leben gibt.«

Von der Leidenschaft ganz zu schweigen!

Warum sie das nicht laut sagte, wusste sie selbst nicht.

Auch Ragnar ereiferte sich jetzt, was völlig untypisch für ihn war. »Und was ist mit unseren Jahrestagen?«

Thyra lachte bitter auf. »Was soll an einem Kartoffelkloß romantisch sein? Und was an unseren Jahrestagen? Es ist jedes Mal der gleiche Ablauf. Ich besuche dich, wir essen Palt und tauschen Geschenke aus. Dann verbringe ich die Nacht bei dir und gehe am nächsten Tag wieder nach Hause.«

Ragnar sagte nichts, schaute sie nur an.

»Hast du denn nicht das Gefühl, dass zwischen uns irgendetwas fehlt?«, fragte Thyra verzweifelt.

Ragnar wirkte jetzt eher hilflos. »Ja … Nein …« Er hielt kurz inne. »Ich weiß es nicht.«

»Glaubst du, dass das, was wir füreinander empfinden, für ein ganzes Leben reicht?«

Erschrocken schaute er sie an. »Willst du dich von mir trennen?«

»Nein.« Sie schüttelte den Kopf. »Ich möchte, dass sich etwas ändert.«

»Aber was?«

Auf diese Frage fand Thyra so schnell keine Antwort. Und sie war auch nicht sicher, ob Ragnar überhaupt verstanden hatte, worum es ihr ging.

»Kommst du heute Abend direkt zu Birger und Annbritt? Oder willst du erst hierherkommen, und wir gehen zusammen nach nebenan?«

Thyra starrte ihn fassungslos an. Heftig schüttelte sie den Kopf. »Ich bleibe heute Abend zu Hause.«

»Aber …« Er unterbrach sich selbst. »Na gut, wenn dir das so lieber ist. Vielleicht können wir ja übermorgen gemeinsam etwas machen.«

»Ja, vielleicht.« Thyra zog ihre Jacke an, die sie über einen der Küchenstühle gelegt hatte.

»Willst du schon gehen?«, fragte Ragnar. Er zeigte eine überraschte Miene, aber Thyra wurde das Gefühl nicht los, dass er vor allem erleichtert war.

»Ich glaube, das ist im Moment besser für uns beide.«

»Okay.« Er nickte.

Obwohl Thyra diese Entscheidung getroffen hatte, ärgerte sie sich jetzt wieder. Warum versuchte er nicht, sie umzustimmen? Warum kämpfte er nicht um ihre Beziehung?

Warum machst du das denn nicht?, wisperte eine Stimme tief in ihr.

Thyra ignorierte diese Stimme und wandte sich zum Gehen. Doch dann überlegte sie es sich noch einmal anders. Sie trat auf Ragnar zu und küsste ihn auf den Mund.

Er erwiderte ihren Kuss, allerdings so flüchtig und leidenschaftslos wie immer.

»Bis bald«, sagte sie leise und lief aus dem Haus, damit er die Tränen in ihren Augen nicht sah.

»Bist du heute Abend nicht mit Ragnar verabredet?«

Thyra stand am Fenster und schaute nachdenklich in die Nacht hinaus. Die verschneite Landschaft lag still vor ihr. Das Licht des fast vollen Mondes hüllte die Welt in einen magischen Schein. Die Kiefern standen wie schwarze Scherenschnitte gegen den Himmel, die Äste bogen sich unter der Last des Schnees.

Thyra wandte sich nicht um, als sie ihrem Großvater antwortete.

»Ragnar hat heute Abend eine geschäftliche Besprechung mit Birger.«

»Können die beiden das nicht tagsüber machen?« In Göstas Stimme lag Unzufriedenheit. Er kam zu Thyra und legte ihr einen Arm um die Schultern. »Stehst du deshalb hier am Fenster und starrst in die Dunkelheit?«

»Ach, ich weiß es nicht. Ich habe nur manchmal das Gefühl, dass in unserer Beziehung etwas fehlt.«

»Ich weiß genau, was du meinst«, murmelte Gösta und nahm den Arm von ihrer Schulter.

Thyra wandte sich um, sodass sie ihn ansehen konnte. »War das bei dir und Oma auch so?«

Sie konnte sich noch gut an ihre Großmutter erinnern, auch wenn die bereits vor zwanzig Jahren gestorben war.

»Edda war eine gute Ehefrau.«

»Opa, das weiß ich, aber das ist keine Antwort auf meine Frage.«

Ihr Großvater, der selbst aus dem Fenster geschaut hatte, sah sie nun an.

»Es gibt keine andere Antwort. Wir waren nicht füreinander bestimmt, aber wir haben kein schlechtes Leben miteinander geführt. Und wenn es auch nicht die ganz große Liebe war …«

Kurz schien Gösta wieder in seiner Erinnerung zu verweilen. Er lächelte verhalten, dann sprach er endlich weiter.

»Manchmal ist Freundschaft so viel mehr wert als Liebe. Edda und ich konnten uns immer aufeinander verlassen. Wir haben einen großartigen Sohn aufgezogen und ein wundervolles Enkelkind bekommen.« Gösta schloss sie in die Arme.

»Aber warst du auch glücklich?«, fragte Thyra leise.

Gösta antwortete nicht sofort.

»Lass uns nicht über die Vergangenheit reden«, sagte er schließlich. »Was ist mit dir und Ragnar?«

»Eigentlich ist alles wie immer.« Thyra versank ins Grübeln. »Und das ist genau das Problem.«

»Aber ihr liebt euch?«

»Ich weiß es nicht.« Thyra schaute ihren Großvater verzweifelt an. »Ich habe keine Ahnung, was wir füreinander empfinden.«

»Wenn du das Gefühl hast, dass zwischen dir und Ragnar etwas fehlt, musst du mit ihm darüber reden.«

Thyra seufzte. »Das habe ich heute versucht. Er hat es nicht verstanden.«

Gösta lächelte. »Lass ihm ein wenig Zeit, damit er darüber nachdenken kann.«

»Ja.«

»Oder soll ich einmal mit ihm reden?«

»Auf keinen Fall!« Diesmal musste Thyra lachen. »Das würde er erst recht nicht verstehen.«

Annbritt kam ganz früh am nächsten Morgen. Thyra stand gerade im Stall und versorgte Gillis.

»Du solltest ihn gehen lassen«, sagte Annbritt.

Thyra schaute sie überrascht an. »Wen?«

Annbritt wies auf Gillis. »Ein Ren gehört in eine Herde und nicht als Einzeltier in einen Stall.«

»Das hat er entschieden, nicht ich«, erwiderte Thyra steif.

Annbritt sagte erst einmal nichts mehr, sondern schaute ihr schweigend dabei zu, wie sie Gillis' Rentierpellets in einen Trog schüttete. In einem zweiten Trog befanden sich mundgerecht geschnittene Karotten und Rüben. In einer Halterung an der Wand befand sich ein Minerallecksstein.

»Du verwöhnst ihn. Kein Wunder, dass er hier nicht ausziehen will.«

Thyra, die noch eine Handvoll Heu für Gillis auf den Boden gelegt hatte, richtete sich auf.

180

»Was willst du, Annbritt? Wieso bist du so früh hier?«

Nach diesen Fragen kam Annbritt direkt zur Sache. »Hast du vor, dich von Ragnar zu trennen?«

»Nein! Wie kommst du darauf?«

»Ich habe etwas aufgeschnappt, das Ragnar gestern Abend zu Birger gesagt hat.« Annbritt war sichtlich besorgt. »Er meinte, du hättest dich verändert.«

»Nein, habe ich nicht.« Thyra ging zur Stalltür. »Möchtest du einen Kaffee?«

»Klar.« Annbritt folgte ihr ins Haus. Erst als sie in der Küche waren, griff sie das Thema wieder auf. Sie saß am Tisch und beobachtete Thyra prüfend. »Hattest du Streit mit Ragnar?«

Thyra füllte zwei Tassen mit Kaffee und kam an den Tisch zurück.

»Nein, noch nie.« Sie dachte einen Augenblick nach. »Ich glaube, es ist überhaupt nicht möglich, mit Ragnar zu streiten.«

»Das kann man mit Birger auch nicht.« Annbritt lächelte. »Da sind sich die Brüder ziemlich ähnlich.« Wieder schwieg sie eine Weile, bevor sie fragte: »Wie kommt Ragnar darauf, dass du dich verändert hast?«

»Ich war ein bisschen enttäuscht gestern Abend. Ich dachte ... Ich hatte gehofft ...«, stammelte Thyra. Sie war mit Annbritt befreundet, aber ihr Innerstes hatte sie ihr noch nie offenbart. »Ach, ich weiß auch nicht ...«

»Dir fehlt die Romantik?«, half Annbritt nach.

Thyra nickte. »Und vielleicht ein bisschen Leidenschaft.«

Sie schauten einander an – und brachen gleichzeitig in lautes Lachen aus.

»Ach, Thyra, wenn das euer einziges Problem ist, wird sicher alles wieder gut. Ich hatte schon Angst, wir könnten die geplante Hochzeit vergessen.«

»Die geplante Hochzeit?« Thyra sah Annbritt verwundert an. »Aber es ist doch noch gar nichts geplant. Also, natürlich wollen Ragnar und ich heiraten.« Sie lächelte mühsam. »Und irgendwann teilen wir euch allen auch einen Termin mit.«

»Im nächsten Sommer?« Annbritt grinste. »So wie immer?«

»Ja, im nächsten Sommer.« Thyra nickte schmunzelnd.

»Das ist kein ernsthaftes Zerwürfnis zwischen euch?«, vergewisserte sich Annbritt. »Ich muss mir also keine Sorgen machen?«

»Natürlich nicht«, wiegelte Thyra ab. Sie war sich nicht sicher, ob es überzeugend genug klang.

Annbritt atmete tief durch. »Vielleicht wird alles anders, wenn ihr erst einmal verheiratet seid und zusammenlebt. Wenn ihr euch jeden Tag sehen könnt …«

»Wir wohnen nur ein paar Minuten Fußweg voneinander entfernt«, erwiderte Thyra trocken. »Wir können uns jeden Tag sehen.«

»Das ist nicht dasselbe. Ihr müsst in einem Haus wohnen, den Alltag miteinander erleben. Und wenn ihr erst einmal Kinder habt …«

»Stopp!« Thyra hob lachend die Hand. »Lass Ragnar und mich erst einmal die Gegenwart meistern, bevor du bereits unsere Kinder planst.«

»Na gut.« Annbritt trank ihre Tasse leer und erhob sich. Herzlich umarmte sie Thyra, die ebenfalls aufstand. »Ich hatte wirklich Angst, dass du nun doch nicht meine Schwägerin wirst. Das wäre für uns alle ganz schrecklich.«

»Ja.« Thyra wusste nicht, was sie sonst dazu sagen sollte. Mit einem Mal lastete ein enormer Druck auf ihr. Was, wenn sie sich nun wirklich trennen würden?

Hastig schob sie den Gedanken beiseite. Zu solchen Überlegungen bestand überhaupt kein Anlass.

Sie brachte Annbritt zur Tür und verabschiedete sich von ihr.

Annbritt war kaum weg, da kam Gösta aus seinem Zimmer.

»Warum bist du nicht zu uns in die Küche gekommen?«, fragte Thyra.

»Ich wollte ja, aber dann habe ich gehört, was sie zu dir gesagt hat.« Gösta wirkte verärgert. Er legte ihr die Hände auf die Schultern. »Vergiss das alles, Thyra. Es ist völlig egal, ob, wann oder wen du heiratest. Folge einfach nur deinem Herzen!«

Nach Annbritts Besuch wollte Thyra ihre Rentierherde aufsuchen. Gillis begleitete sie wie immer.

Heute suchte er ganz besonders ihre Nähe. Ganz so, als hätte er jedes von Annbritts Worten am frühen Morgen verstanden.

Du musst ihn loslassen!

Thyra hatte diese Worte noch im Kopf.

»Ich würde dich jederzeit loslassen, wenn du das willst«, sagte sie leise und klopfte gegen den Hals des Rentieres.

Dabei überkamen sie leichte Zweifel, ob Annbritt nicht doch recht hatte. Verhinderte sie unbewusst, dass Gillis sich von ihr löste und sich endlich seiner Herde anschloss?

Gillis blieb stehen und ließ ein unwilliges Schnauben hören.

Zur gleichen Zeit sah Thyra die Schule und die Kinder, die in ihren Jacken und Mänteln draußen herumtollten und zusammen mit Krister einen Schneemann bauten.

Sie versuchte noch, Gillis aufzuhalten, indem sie seinen Hals umklammerte, doch ihre Hände rutschten an dem dichten Fell ab, und das Ren stürmte los.

Thyra lief hinter ihm her und schrie dabei so laut seinen Namen, dass die Kinder – und auch Krister – auf sie aufmerksam wurden.

Sie hatte keine Zeit, darüber nachzudenken, wieso ihr sonst so sanftmütiger Gillis Krister gegenüber äußerst entschlossen zu sein schien. Die Kinder beachtete er jedenfalls überhaupt nicht. Er hatte nach wie vor nur Krister im Blick, der nun Richtung Schulgebäude rannte.

Er erreichte gerade noch rechtzeitig die offene Tür und schlug sie zu.

Gillis bremste so abrupt ab, dass er auf dem Schnee ein wenig schlitterte. Dann trat er ganz nahe an die Scheibe und betrachtete Krister schnaubend.

Krister stand hinter der Glastür und schien sich keineswegs sicher zu fühlen. Er öffnete sie einen Spalt breit und rief ihr zu: »Wieso lässt du diese Bestie immer noch frei herumlaufen?«

»Weil Rentiere nun einmal frei sind«, gab sie heftig zurück. »Wenn du dich ein bisschen mehr mit dem Leben hier oben beschäftigen würdest, wüsstest du das.«

Krister ging auf ihren letzten Satz nicht ein. »Das ist unverantwortlich«, regte er sich weiter auf. »Das Vieh hätte auch eines der Kinder angreifen können.«

Thyra lächelte spöttisch. »Zumal der Lehrer sich lieber selbst in Sicherheit gebracht hat, als auf die Kinder aufzupassen.«

»Das Vieh wollte ja auch mich angreifen«, verteidigte sich Krister, diesmal allerdings ziemlich kleinlaut.

»Gillis tut uns auch nichts.« Ludvig war näher gekommen und strich über die Nase des Rens. »Guck, der ist ganz lieb.«

Jetzt kamen auch seine Klassenkameraden. Sie alle kannten Gillis, und er schien die Streicheleinheiten der Kinder zu genießen. Krister ließ er dennoch nicht aus den Augen.

»Geh weg, damit er dich nicht mehr sieht«, riet Thyra.

Krister drehte sich um und verschwand in der Küche.

Tatsächlich entspannte Gillis sich danach wieder.

Ludvig schaute fragend zu ihr auf. »Thyra, warum mag Gillis den Krister nicht?«

»Ich habe keine Ahnung.« Thyra seufzte. »Er hat vorher noch nie einen Menschen angegriffen.«

»Muss Gillis jetzt für immer eingesperrt werden?«, wollte Mats wissen.

Thyra fühlte sich sehr hilflos in diesem Moment.

»Mir wird schon etwas einfallen.« Sie atmete tief durch. »Zum Glück bleibt Krister ja nur ein paar Wochen in Tjaro-jakk.«

Kapitel 17

»Krister!«, hörte er Ella rufen. »Du kannst rauskommen. Gillis ist weg.«

Krister ging erst einmal zur Verandatür und schaute durch die Scheibe. Gillis und Thyra waren tatsächlich verschwunden.

»Machen wir den Schneemann fertig?«, fragte Ludvig.

Krister wollte schon zustimmen, als er sah, dass Mats in seiner viel zu dünnen Jacke vor Kälte zitterte.

»Das machen wir morgen«, schlug er vor. »Jetzt ist erst einmal Frühstückspause.«

Mats war der Erste, der zurück ins Schulgebäude lief. Ohne die Jacke auszuziehen, ließ er sich auf seinen Platz fallen und schlang die Arme um sich. Seine Miene wirkte bedrückt, als seine Klassenkameraden ihre Jacken auszogen, sich setzten und ihre Frühstücksbrote auspackten. Er senkte den Kopf und schaute nicht mehr nach rechts oder links.

Krister hatte an diesem Morgen selbst belegte Brote mitgebracht. Nun ging er zu Mats und legte eines der eingepackten Brotpäckchen vor ihn hin.

»Mein Großvater hat mir zu viel mitgegeben. Kannst du mir helfen, das alles aufzuessen? Ich schaffe das alleine nicht.«

Mats nickte mit glänzenden Augen. Beinahe andächtig packte er das Brot aus, doch dann biss er gierig hinein.

Warum kam er nicht anständig angezogen zur Schule? Und wieso hatte er kein Frühstück dabei?

Krister ließ sich nicht anmerken, wie sehr ihn das selige Gesicht des Jungen anrührte. Er war fest entschlossen, herauszufinden, was mit Mats los war.

In fast allen schwedischen Schulen gab es mittags ein kostenloses Essen, aber hier in Tjarojakk war das anders. Die Klasse war zu klein, und der Unterricht dauerte nur bis zum Mittag. Jedenfalls war das die Begründung der Gemeindeverwaltung.

Nach dem Frühstück ging es ums Üben von schon bekannten und einigen neuen Buchstaben. Er war selbst erstaunt, wie sehr er sich freute, wenn die Kinder etwas verstanden. Ihm wurde zunehmend bewusster, warum er sich damals für dieses Studium entschieden hatte: Er liebte Kinder, und sie zu unterrichten war eine Aufgabe, die ihn erfüllte.

Als er mittags nach Hause kam, war sein Großvater nicht allein. Der große Küchentisch war ausgezogen, und darauf stand ein riesiger Topf, aus dem es dampfte und köstlich roch.

Einige der Menschen, die sich um den Küchentisch versammelt hatten, kannte er: Stina aus dem Laden, Lovis' Mutter Maj und natürlich Annbritt. Und dann waren da noch ein junger, kräftiger Mann sowie ein zweiter, dünner.

»Das ist Dag«, stellte Annbritt den ersten der beiden vor. »Er hat einen Hof außerhalb des Dorfes.«

»Im alten Tjarojakk«, erzählte Dag stolz. »Wenn du Lust hast, komm gerne mal vorbei.«

»Ja, gerne.« Krister war verwirrt. »Aber was hat diese Versammlung hier zu bedeuten?«

Annbritt überging diese Frage erst einmal und stellte den dünnen Mann vor, der einen abgetragenen Pullover trug.

»Das ist Magnus, unser Postbote.« Noch bevor Annbritt weitersprach, wusste Krister, was sie nun sagen würde. »Er ist der Vater von Mats.«

»Das habe ich mir schon gedacht.« Krister nickte Magnus zu.

Weiter saßen Emelie und Johan am Tisch, Bosses Eltern. Johan war Holzhändler, wie Krister jetzt erfuhr.

Sofia, die gleich neben Dag saß, war die Mutter der Zwillinge. Allerdings sah sie mit ihrem dunklen Haar und den dunklen Augen ganz anders aus als die beiden Mädchen.

Offensichtlich bemerkte sie, dass Krister sie ein wenig verwundert musterte.

»Meine Vorfahren stammen angeblich aus Südspanien«, erklärte sie und lachte. »Vorstellen kann ich mir das nicht. In Spanien ist es im Sommer so heiß, und es gibt kaum Schnee. Ich hasse die Hitze, und für mich gibt es nichts Schöneres als Schnee.«

Bevor Krister etwas dazu sagen konnte, setzte Annbritt die Vorstellungsrunde fort.

»Und das ist Anders, unser Dorfpolizist.« Sie wies auf einen etwas untersetzten Mann mit schütterem Haar und einem freundlichen Lächeln, der zwischen Maj und Stina saß.

»Es gibt einen Polizisten in Tjarojakk?« Krister sah den Mann ungläubig an.

Magnus lachte gutmütig. »Ich muss zugeben, dass ich einen ziemlich ruhigen Job habe. Hier in Tjarojakk passiert nichts. Probleme gibt es hin und wieder mit Viehdieben. Es wurden schon Bergkühe von Birger und Ragnar gestohlen, aber auch Rentiere von Thyra.«

»Und was machst du dann?«, fragte Krister interessiert.

Magnus lehnte sich zurück und lachte erneut. »Dann rufe ich die Kollegen aus Jokkmokk. Die kennen sich mit Viehdieben besser aus. Aber in den beiden letzten Jahren ist nichts mehr passiert.«

»Das freut mich.« Krister schaute in die Runde. »Und sagt mir jetzt jemand, warum ihr euch hier versammelt habt?«

»Bei uns geht es nicht«, sagte Annbritt schnell. »Die Gefahr, dass Ragnar plötzlich ins Haus platzt, ist zu groß.«

»Und bei mir geht es auch nicht«, erklärte Stina. »Meine Wohnung ist zu klein, und im Laden könnte es passieren, dass Thyra plötzlich hereinkommt.«

Krister schüttelte den Kopf. »Ich verstehe überhaupt nichts.«

Johan grinste. »Unser Bosse behauptet, du wärst ein ziemlich dummer Lehrer.«

Krister runzelte ärgerlich die Stirn. »Wer hat ihm das wohl eingeredet? Hast du ihm nicht gesagt, dass so einer wie ich eigentlich nicht Lehrer sein dürfte, weil ich im Schneetreiben die Orientierung verloren habe?«

»Ja, das hab ich gesagt«, gab Johan unumwunden zu. »Das war ja auch eine dämliche Aktion von dir. Ein gutes Vorbild für unsere Kinder hast du damit jedenfalls nicht abgegeben.«

Johan brachte seine Erklärung so ruhig und sachlich, geradezu freundlich hervor, dass Krister ihm nicht länger böse sein konnte.

»Unsere Kinder sollen nicht nur Lesen und Rechnen lernen«, ergänzte Sofia. »Sie müssen lernen, mit der Natur zu leben. So wie schon unsere Vorfahren.«

»Das verstehe ich.« Krister schaute alle Anwesenden der Reihe nach an. »Aber in dem Fall bin ich nicht der richtige Lehrer für euch. Ich kenne mich mit den kulturellen Gepflogenheiten der Sámi nicht aus.« Er brachte ein verunglücktes Lächeln zustande. »Eure Kinder haben euch ja bestimmt erzählt, dass ich nicht einmal eure acht Jahreszeiten kenne.«

»Aber es steckt in dir«, sagte Maj mit ihrer sanften Stimme und einem freundlichen Lächeln. »Und eigentlich finde ich es ganz wunderbar, dass du das gemeinsam mit unseren Kindern lernen kannst, während du ihnen gleichzeitig Rechnen und Schreiben beibringst.«

Alle schauten sie an.

»Ich habe dich noch nie so viel auf einmal sagen hören.« Sofia lächelte.

»Sehr kluge Worte«, lobte Stina. »Ich hätte es nicht besser ausdrücken können. Und wahrscheinlich auch sonst niemand hier am Tisch.«

Zustimmendes Gemurmel war zu hören.

Maj wurde rot und senkte den Blick. Dadurch konnte sie nicht sehen, dass Dag, der ihr gegenübersaß, sie aufmerksam musterte.

Krister hingegen fiel das auf. Mehr noch, er bemerkte Stinas Blick, der zwischen den beiden hin- und herflog, sowie das zufriedene Lächeln auf ihrem Gesicht.

Dann wunderte er sich über sich selbst. Warum macht ihn das so neugierig? Auf einmal hätte er nur zu gern gewusst, was das zu bedeuten hatte.

Diese Gedanken brachten ihn zurück zu der Frage, wieso sich all diese Leute im Lehrerhaus versammelt hatten. Und wieso Ragnar und Thyra nichts davon wissen durften.

Endlich bequemte sich Annbritt dazu, ihm diese Frage zu beantworten.

»Thyra und Ragnar werden im Sommer heiraten«, sagte sie.

Er hatte es ja gewusst, doch als es ausgesprochen wurde, war da plötzlich dieses Gefühl … Krister gab sich alle Mühe, es zu ignorieren.

»Ich verstehe immer noch nicht«, bekannte er.

»Thyra und Ragnar wissen noch nicht, dass sie im Sommer heiraten.« Annbritt lächelte zufrieden.

Krister hatte keine Ahnung, was er darauf erwidern sollte. Er starrte sie nur an.

»Ja«, ergänzte Stina jetzt. »Die beiden sind seit vier Jahren verlobt. Seit genau dieser Zeit antworten sie auf die Frage nach einem Hochzeitstermin immer das Gleiche: nächsten Sommer.«

»Ja, das weiß ich«, erwiderte Krister gedehnt. »Und weil sie euch damit hinhalten, wollt ihr sie jetzt zwangsverheiraten?«

Diesmal schlug ihm pure Empörung entgegen.

»Natürlich nicht!«, sagte Annbritt scharf.

»Die Sommer sind kurz, und nach dem langen Winter gibt

es immer besonders viel Arbeit«, erklärte Stina ein wenig sanfter. »Es ist einfach ein Zeitproblem. Die beiden schaffen es schlichtweg nicht, eine Hochzeit zu organisieren.«

»Genau.« Johan nickte heftig, und seine Frau Emelie ergänzte: »Deshalb wollen wir den beiden helfen.«

Krister war nicht überzeugt. Er schaute abwechselnd Johan und Emelie an. »Ihr beide habt es doch auch geschafft, zu heiraten. Oder hat da auch die Dorfgemeinschaft nachgeholfen?«

»Wir haben Familie.« Emelies Stimme klang jetzt nicht mehr ganz so freundlich. »Johans und meine Eltern leben noch. Wir hatten Unterstützung, und die haben Thyra und Ragnar nicht.«

»Ragnar hat einen Bruder und eine Schwägerin. Und wenn es ihm und Thyra wirklich wichtig gewesen wäre, hätten sie sicher schon längst geheiratet. Warum könnt ihr nicht akzeptieren, dass sie möglicherweise noch warten wollen? Wie habt ihr euch das Ganze überhaupt vorgestellt?«

»Genau um das festzulegen, haben wir uns heute versammelt.« Annbritts Stimme klang immer noch nicht sonderlich freundlich. »Und wir haben gehofft, dass du uns hilfst.«

»Auf keinen Fall!«, rief Krister kopfschüttelnd. »Ist euch nicht klar, wie übergriffig euer Verhalten ist?«

»Du verstehst das nicht«, mischte sich nun auch Ove ein. »Wir hier in Tjarojakk kümmern uns um unsere Mitmenschen.«

Das hatte er schon einmal gehört. Ausgerechnet von Thyra, die er jetzt vor dem bewahren wollte, was diese Leute hier planten.

»Dass du dich da einspannen lässt …« Krister schaute seinen Großvater fassungslos an.

Ove erwiderte ungebeugt seinen Blick. »Wie gesagt, du verstehst das nicht.«

»Nein, und ich will das auch nicht verstehen.«

Warum beschäftigt mich das eigentlich so? Im Grunde kann es mir doch egal sein, was diese Leute vorhaben. Und letztendlich ist es Thyras und Ragnars Sache, sich dagegen zu wehren. Sie müssen einfach nur Nein sagen …

»Okay, du willst uns nicht unterstützen«, unterbrach Stina seine Gedanken und schaute ihn unsicher an. »Aber du behältst unser Vorhaben hoffentlich für dich?«

»Bitte, Krister«, bat nun auch Maj, nachdem er eine ganze Weile nichts gesagt hatte. »Es geht uns allen doch nur um Thyras und Ragnars Glück.«

»Ich werde nichts verraten«, gab er schließlich nach. »Aber ich fühle mich nicht wohl dabei. Wenn ich mir vorstelle, wie ihr die beiden im nächsten Sommer …«

Annbritt ließ ihn nicht ausreden. »Darüber musst du dir keine Gedanken machen. Dann bist du doch schon lange nicht mehr da.«

Krister hob in einer gleichgültigen Geste beide Hände. »Macht doch, was ihr wollt.«

Krister hatte sich ins Wohnzimmer zurückgezogen. Er hörte nebenan die Stimmen, konnte aber nicht mehr verstehen, was gesagt wurde.

Nach einer halben Stunde kam Annbritt zu ihm. Ein wenig verlegen schaute sie ihn an.

»Es tut mir leid, dass ich eben so heftig war.«

»Ich halte nach wie vor nichts von eurem Plan«, entgegnete Krister achselzuckend.

»Weil du uns nicht kennst.« Annbritt holte tief Luft. Offenbar musste sie sich sehr anstrengen, um ruhig zu bleiben. »Und weil du nichts von uns weißt. Für Ragnar und Thyra ist es wichtig, dass sie endlich ihren Lebensweg gemeinsam gehen. Die beiden sind nicht nur seit vier Jahren verlobt, sie sind seit ihrer frühesten Kindheit unzertrennlich. Da wo Ragnar war, war auch Thyra. Und da, wo Thyra war, hielt sich auch Ragnar auf. So war das schon immer.«

»Das klingt eher nach Freundschaft …«

Annbritt war nicht zufrieden mit seiner Antwort, das sah er ihr an, sie ging aber nicht weiter darauf ein.

»Ich habe eben mit Birger telefoniert«, sagte sie stattdessen. »Wenn du Lust hast, fährt er morgen mit dir ins alte Tjarojakk, damit du ein bisschen mehr über das Leben der Sámi erfährst.«

»Ja, gerne.« Er freute sich tatsächlich.

»Er holt dich morgen nach dem Unterricht an der Schule ab.«

»Ich freue mich.«

Annbritt nickte. Es sah so aus, als wolle sie noch etwas sagen, doch dann verließ sie das Wohnzimmer und ging wieder nach nebenan.

Krister nahm sein Handy aus der Hosentasche. Es konnte nicht schaden, wenn er sich ein paar grundlegende Informationen zum Lehrplan besorgte. Bei der Gelegenheit bestellte er gleich einige Bücher zum Thema – und Kinderbücher für seine Schüler.

Ganz zum Schluss suchte er noch einen dicken Winterpullover und eine Jacke aus. Mats' Größe konnte er nur schätzen, und er wusste auch noch nicht, wie er dem Jungen die Kleidung überreichen konnte, ohne ihn und seinen Vater zu demütigen. Aber darüber wollte er sich Gedanken machen, wenn die Sachen angekommen waren.

»Der Schneemann ist toll geworden«, sagte Krister am nächsten Tag zu seinen Schülern und schaute durch die Scheibe der Verandatür hinaus. »Damit können wir das Thema Winter abschließen. Eine Frage habe ich aber noch an euch. Welche Jahreszeit mögt ihr am liebsten?«

»Winter, wenn Schnee liegt«, rief Ella.

»Ich hab auch am liebsten den Winter«, sagte Ludvig. »Und zum Glück haben wir ja ganz viel davon.«

»Und im Winter ist Weihnachten.« Verzückt faltete Anna die Hände vor der Brust.

»Vorher ist Lucia, das finde ich auch toll«, sagte ihre Zwillingsschwester.

Krister war sich nicht sicher, wer Anina und wer Anna war. Er hatte das Gefühl, dass die Mädchen oft die Plätze tauschten, um ihn und die anderen Kinder zu täuschen.

Das Problem wäre schnell gelöst, wenn sie nicht immer identisch gekleidet wären. Das wäre nicht nur für ihr Umfeld, sondern auch für die Mädchen besser, dachte er.

Noch eine Baustelle, die er hier entdeckte. Dabei hatte er eigentlich nur vorgehabt, seinen Unterricht herunterzuspulen, ohne sich groß Gedanken zu machen, um dann wieder zu verschwinden. Aber jetzt saßen da sieben kleine Individualisten vor ihm, die ihm überhaupt nicht egal waren.

»Ich mag den Sommer«, sagte Mats in seine Gedanken hinein. »Ich mag es, wenn es warm ist.«

»Du musst dir einfach einen dicken Pullover anziehen, dann ist dir auch im Winter warm«, meinte Bosse.

»Ja.« Mats senkte wieder einmal den Blick. Wahrscheinlich wollte er nicht zugeben, dass er so etwas nicht besaß.

»Ich mag auch den S-Sommer«, meldete sich Lovis zu Wort.

Krister freute sich, weil Lovis in der Schule sonst fast nur sprach, wenn er dazu aufgefordert wurde.

Leider musste Bosse ihn sofort wieder aufziehen.

»S-s-s-ommer«, äffte er Lovis nach und übertrieb dabei absichtlich. Selbstgefällig schaute er sich um, als die anderen lachten. Alle, bis auf Ludvig.

»Ludvig, warum lachst du nicht?«, fragte Krister.

»Ich will selbst nicht ausgelacht werden, deshalb lache ich

auch nicht über Lovis«, erklärte Ludvig. »Außerdem ist der Lovis mein Freund.«

»Ja?«, fragte Lovis erfreut.

»Ja?«, fragte Ella gleichzeitig ziemlich entsetzt. Dann protestierte sie. »Du kannst nicht der Freund von Lovis sein, du bist mein Freund.«

»Nein, ich bin dein Bruder.«

»Aber auch mein Freund.«

»Nein, das bin ich nicht. Du ärgerst mich immer.«

»Kinder, wir müssen heute pünktlich Schluss machen«, unterbrach Krister das beginnende Streitgespräch. »Birger holt mich gleich ab. Er will mir das alte Tjarojakk zeigen.«

»Nein, Papa kommt nicht«, erklärte Ella daraufhin. »Er muss mit Ragnar nach Jokkmokk fahren.«

»Da hast du bestimmt etwas missverstanden.« Krister war davon überzeugt, dass Birger ihre Verabredung heute Mittag nicht einfach platzen lassen würde, ohne vorher Bescheid zu geben.

»Nein, hab ich nicht. Papa hat zu Mama gesagt, dass er heute mit Ragnar nach Jokkmokk muss.«

»Ja«, stimmte Ludvig ihr jetzt zu. »Er hat gesagt, das wäre alles Käse.«

»Quatsch«, sagte Ella grob. »Mama hat gesagt, das wäre doch alles Käse, weil Papa und Ragnar wegen dem Käse nach Jokkmokk müssen.«

So wirklich verstand Krister nicht, worum es eigentlich ging, aber es schien festzustehen, dass Birger ihn nicht abholen kam.

Er war enttäuscht, weil er sich auf den Ausflug gefreut hatte. Und weil da immer stärker das Interesse an der Bevölkerungsgruppe erwachte, zu der er ebenfalls gehörte. Auch wenn er bisher mit deren Kultur, Traditionen und Lebensweise nicht in Berührung gekommen war. Die Erzählungen seines Großvaters, denen er in seiner Kindheit interessiert gelauscht hatte, waren viel zu abstrakt gewesen, um sie zu verinnerlichen.

»Sehr schade«, sagte Krister. »Aber dann klappt es vielleicht ein anderes Mal.«

Kapitel 18

»Nein, das geht nicht!«, lehnte Thyra entschieden ab.

»Bitte, Thyra.« Birger schaute sie flehend an. »Ich habe es ihm versprochen. Ich konnte ja nicht ahnen, dass Ragnar und ich so kurzfristig einen Termin bei diesem Käsehändler bekommen. Wir haben so lange darum gekämpft, ihn als Kunden zu gewinnen.«

»Dann sag Krister einfach ab, und verabrede dich ein anderes Mal mit ihm«, schlug Thyra vor. Sie wusste selbst nicht, warum sie sich so sehr gegen Ragnars Bitte stemmte. »Ich habe jedenfalls keine Zeit, ich muss zur Herde.«

Ragnar zeigte sich verständnislos. »Du warst doch erst gestern da.«

Thyra suchte krampfhaft nach einer plausiblen Ausrede …

»Ich finde es sogar gut, wenn du ihn begleitest«, fuhr Ragnar fort. »Niemand hier beschäftigt sich so intensiv mit dem Leben unserer Vorfahren wie du.«

»Aber es ist ziemlich weit. Und dass er nicht sehr schneefest ist, hat Krister ja bereits bewiesen.«

Thyra war sich bewusst, dass das kein besonders überzeugendes Argument war.

Ragnar widersprach auch sofort. »Da hat er einen Fehler gemacht, ja. Er hätte bei diesem Schneetreiben nicht hinausgehen dürfen. Aber das bedeutet nicht, dass er keine Wanderung durch den Schnee durchhält.« »Ihr müsst ohnehin nicht wandern, ich hatte Krister eine Fahrt mit dem Schneemobil versprochen«, versuchte Birger sie zeitgleich zu beschwichtigen.

Unwillkürlich musste Thyra lächeln. Sie liebte es, mit dem Schneemobil durch die Gegend zu fahren, und beherrschte das Gefährt ebenso gut wie Ragnar und Birger.

Ihr Blick fiel auf Annbritt, die ein wenig abseits stand und – völlig untypisch für sie – bisher noch nichts gesagt hatte.

Als Ragnar mit dem Zündschlüssel vor Thyras Nase hin- und herwedelte, griff sie danach.

Ragnar reichte ihr zwei Helme. Einer war für sie, der andere für Krister.

Thyra verstaute einen Helm in der Box unter dem Sitz. Den anderen setzte sie auf, bevor sie sich auf das Fahrzeug schwang.

»Krister wartet an der Schule auf dich«, rief Birger ihr zu.

Kurz klappte sie das Visier hoch.

»Auf dich, nicht auf mich«, erwiderte sie trocken.

Dann klappte sie das Visier wieder runter und startete den Motor.

Langsam fuhr sie durchs Dorf. Sie war gespannt auf Kristers Gesicht, wenn er erfuhr, dass nicht Birger, sondern sie ihn heute auf einen Ausflug in das alte Tjarojakk begleiten würde …

Krister stand nicht vor der Schule, wie Birger es behauptet hatte. Sie sah nur Ella und Ludvig, zusammen mit Lovis.

Thyra stieg ab und ging zu den Kindern.

»Wir können doch mal zusammen s-spielen, wenn du jetzt mein Freund bis-st«, sagte Lovis. »S-soll ich dich bes-suchen?«

Ludvig schüttelte den Kopf. »Da ärgert die uns nur.« Er wies auf seine Schwester.

Ella stieß ihn an. »Mache ich nicht.«

Ludvig stieß zurück. »Machst du wohl.«

Diesmal verpasste Ella ihrem Bruder einen so heftigen Stoß, dass er in den Schnee fiel.

Mit wütendem Gesichtchen baute sich Lovis vor Ella auf. »Las-s das-s, du darfs-st meinem Freund nichts-s tun.«

Keines der Kinder reagierte auf Thyra, die inzwischen den Helm abgenommen und herbeigeeilt war.

»Hört auf zu streiten«, sagte sie streng. »Sagt mir lieber, wo Krister ist.«

Ludvig rappelte sich hoch. »Der ist nach Hause gegangen.«

»Aber er sollte doch hier warten.«

Ella schüttelte den Kopf. »Ich hab dem gesagt, dass Papa heute mit Ragnar nach Jokkmokk fahren muss.«

»Ach, Ella!« Thyra seufzte.

Bevor sie die wenigen Meter zum Lehrerhaus weiterfuhr, klärte sie erst einmal die Situation der Kinder.

»Vertragt euch bitte.«

»Aber wenn der Ludvig jetzt mit dem Lovis spielt, bin ich ja ganz allein.« Traurig ließ Ella den Kopf hängen.

Lovis schaute sie sekundenlang an, dann legte er ihr einen Arm um die Schultern. »Du kanns-st auch mit uns-s s-spielen.«

Süßer, kleiner Lovis. Thyra mochte den Jungen ohnehin schon sehr gerne, aber nach dieser rührenden Geste schloss sie ihn noch ein bisschen mehr ins Herz.

»Das ist doch ein sehr guter Vorschlag«, lobte sie.

»Das habe ich eben schon gesagt, aber Ludvig will nicht«, schmollte Ella.

»Na, gut«, gab jetzt auch Ludvig nach. »Wenn du uns nicht ärgerst, darfst du mitspielen.«

Ove öffnete die Tür, als Thyra anklopfte. Er freute sich sichtlich, sie zu sehen.

»Du kommst genau richtig. Willst du mit uns essen?«

»Eigentlich soll ich Krister abholen. Birger hatte ihn zu einem Ausflug eingeladen.«

»Ich weiß. Krister war enttäuscht, weil es nun doch nicht klappen sollte. Er wird sich bestimmt sehr freuen, wenn er erfährt, dass du für Birger einspringst.«

Da war Thyra sich keineswegs sicher. Sie lächelte schwach.

Noch während sie das dachte, trat Krister aus der Küche. Überrascht schaute er sie an.

»Weil Birger keine Zeit hat, macht Thyra mit dir die Tour«, klärte Ove ihn auf, bevor sie oder Krister etwas sagen konnten.

»Ach ja?« Krister schaute sie durchdringend an. »Warum?«

»Krister!«, wies Ove ihn zurecht. »Was ist das für eine Frage? Ich finde es sehr nett von Thyra, dass sie sich dazu bereit erklärt.«

Ein Grinsen zog über Kristers Gesicht. »Freiwillig?«

»Natürlich nicht!« Thyra musste plötzlich lachen.

Ove schaute verwirrt zwischen ihr und seinem Enkel hin und her. »Ist das eine Art Geheimcode zwischen euch?«

»Vielleicht erstreckt sich die Feindschaft zwischen dir und Gösta inzwischen auf eure Enkelkinder«, erwiderte Krister sichtlich amüsiert. »Familientradition sozusagen.«

»So ein Unsinn!«, wetterte Ove. »Ihr habt damit überhaupt nichts zu tun. Ihr wisst ja nicht einmal, worum es geht.«

»Das stimmt.« Thyra nickte. »Ich finde es ziemlich albern, dass ihr beide so ein Geheimnis darum macht. Sag uns doch, was passiert ist.«

»Frag deinen Großvater, wenn du etwas wissen willst.« Ove starrte sie unter zusammengezogenen Brauen an.

Thyra hob die Hände und ließ sie wieder sinken. »Ich gebe es auf.« Fragend schaute sie Krister an. »Kommst du mit oder nicht?«

Krister nickte. »Natürlich komme ich mit.«

Oves Gesichtsausdruck konnte Thyra nicht deuten. Vielleicht war er einfach nur erleichtert, weil sich die Aufmerksamkeit jetzt nicht mehr auf das Geheimnis zwischen ihm und Ove konzentrierte.

»Ihr wartet hier einen Moment«, sagte er und eilte in die Küche. Das Klappern von Geschirr war zu hören, Schränke, die geöffnet wurden, und dann kam er auch schon wieder zurück. In der einen Hand hielt er einen Karton, in der anderen eine Thermosflasche. »Für ein Picknick im Schnee«, sagte er strahlend.

»Wir haben doch gerade erst gegessen«, wandte Krister ein.

»Ich nehme das gerne«, sagte Thyra herzlich. »Ich habe heute Mittag nämlich nichts gegessen.«

Ove drückte ihr lächelnd das Päckchen und die Thermosflasche in die Hand. »Ich wünsche euch viel Spaß da draußen.«

Bildete sie sich das ein, oder lag in seiner Stimme ganz viel Sehnsucht?

»Wenn du möchtest, kann ich diese Tour auch einmal mit dir unternehmen«, bot sie an.

»Ja!« Ove nickte. »Das Angebot nehme ich gern an. Aber heute nimmst du Krister mit. Ich möchte, dass er all das sieht, wovon ich ihm früher erzählt habe.«

Thyra bemerkte, dass Krister verlegen zu Boden schaute. Erst als er sich warm angezogen hatte und sie gemeinsam hinausgingen, sagte sie ein wenig spöttisch: »Du weißt gar nicht mehr, was Ove dir erzählt hat.«

Er nickte mit verlegener Miene. »Als kleiner Junge habe ich seinen Erzählungen andächtig gelauscht. Lappland, das war für mich eine andere Welt. Ich glaube, damals habe ich mir sogar gewünscht, das alles zu sehen. Aber dann …« Er zuckte mit den Schultern, starrte an ihr vorbei ins Leere.

»Aber dann …?«, hakte Thyra nach.

»Als Jugendlicher hatte ich andere Interessen. Fußball, Filme … Mädchen.« Er schaute sie von der Seite an. »Dann hat sich mein Leben in eine völlig andere Richtung entwickelt, als ich es selbst geplant hatte. An Lappland, an die Geschichten, die Storfar mir erzählte, habe ich nicht mehr gedacht. Bis er mich damit überraschte, dass er noch ein Mal hierher reisen möchte.«

»Noch ein Mal? Das klingt so … abschließend«, sagte Thyra nachdenklich.

»Ich glaube, diesen Eindruck wollte er auch erwecken. Seit wir hier in Tjarojakk sind, konnte ich mich davon überzeugen, dass er erfreulich agil ist.«

Thyra öffnete die Box unter dem Sitz und reichte Krister den zweiten Helm, bevor sie Oves Päckchen und die Thermosflasche hineinstellte.

Bevor sie sich auf das Gefährt setzten, erteilte Thyra ihm einige Sicherheitsanweisungen. Und dann ging es los …

Mit einem kribbelnden Gefühl der Vorfreude setzte sie sich. Krister nahm hinter ihr Platz.

Thyra startete den Motor und gab vorsichtig Gas. Mit einem Brummen erwachte das Gefährt zum Leben. Langsam fuhr sie los. Erst als sie Tjarojakk hinter sich gelassen hatten, steigerte sie die Geschwindigkeit.

Die Landschaft um sie herum war atemberaubend. Endlose, schneebedeckte Weite, während vereinzelte Tannen wie Wächter am Wegesrand standen. Der Himmel war von einem tiefen Blau.

Krister saß so dicht hinter ihr, dass sich ihre Körper berührten.

Sie fragte sich, was er gerade empfand. Ob ihn das gleiche Gefühl von Freiheit erfüllte?

Sie glitten über den Schnee, der in der Sonne glitzerte. Viel zu schnell erreichten sie ihr Ziel: das alte Tjarojakk.

Thyra stoppte den Schlitten inmitten der windschiefen Gebäude, die im Kreis erbaut waren. Kleine, einfach gebaute Häuser, die seit hundert Jahren der Witterung trotzten. Die grasbewachsenen Dächer waren mit Schnee bedeckt.

Krister und Thyra waren von dem Motorschlitten abgestiegen und hatten ihre Helme ausgezogen.

Thyra beobachtete, wie Krister sich umschaute und sich dabei langsam um sich selbst drehte.

Was er wohl beim Anblick der alten Häuser empfand, in dem die ersten Bewohner Tjarojakks sesshaft geworden waren? Es waren ihre Vorfahren ... aber auch seine.

»Bist du enttäuscht?«

»Nein!« Seine Stimme klang überwältigt. »Um ehrlich zu sein, habe ich nicht damit gerechnet, dass es mich so berührt.«

»Tatsächlich?«, fragte Thyra überrascht.

Wieder ließ er seine Blicke schweifen, bevor er antwortete. »Es sind nur ein paar alte Häuser, und doch ist es so viel mehr. Hier haben unsere Ahnen gelebt.«

»Sofern sie nicht mit den Rentierherden umhergezogen sind. Aber im Winter trafen sie hier immer zusammen. Diese alten Häuser sind wie lebendige Bücher, in die die Geschichten unserer Ahnen eingewoben sind. Jedes erzählte Kapitel hält ihre Erinnerungen lebendig.«

Krister räusperte sich. »Das ist wunderschön.«

Er schaute sie auf eine Art und Weise an, wie er sie noch nie angesehen hatte. Als würde er etwas völlig Neues an ihr wahrnehmen.

Ein gegenseitiges Verstehen spiegelte sich plötzlich in ihren Blicken wider, und Thyra erkannte, dass er ganz genau wusste, was sie meinte.

»Ich ...« Er brach ab, schien nicht zu wissen, was er sagen sollte.

Auch Thyra war verwirrt, weil sich eine unerwartete Nähe zwischen ihnen aufbaute. Ein zarter Hauch von Verletzlichkeit lag in der Luft.

Thyra schluckte schwer und versuchte, die plötzliche Intensität des Moments zu verarbeiten. Die Spannung zwischen ihnen war fast greifbar, und Thyra konnte das Knistern förmlich spüren. Doch dann löste Krister seinen Blick aus ihrem und brach damit diesen besonderen Moment ab.

»Können wir uns eines dieser Häuser von innen ansehen?«
Irrte sie sich, oder klang seine Stimme belegt?

»Ja, natürlich.« Sie war froh, dass sich die Stimmung wieder normalisierte.

»Die Häuser sind nicht abgeschlossen. Wanderer können hier einkehren.« Sie grinste ein wenig. »Und es ist auch schon vorgekommen, dass Touristen hier vor einem Schneesturm Schutz suchen mussten, weil sie nicht auf die Warnungen der Einheimischen gehört haben.«

»Ja, solche Leute soll es geben.« Er schmunzelte kurz, dann drehte er sich abrupt um und ging auf eines der Häuser zu.

Thyra folgte ihm, immer noch bemüht, ihre aufgewühlten Gefühle unter Kontrolle zu bringen.

Was war da eben passiert? Oder hatte sie sich das alles nur eingebildet? Es war nur Krister! Der Mann, von dem sie nicht besonders viel hielt, der sie bestenfalls amüsierte.

Thyra folgte ihm und erreichte ihn, als er gerade die Tür des Hauses öffnete. Quietschend bewegte sie sich ein wenig, doch Krister musste sich mit aller Kraft dagegenstemmen, um sie endgültig aufzudrücken.

Das Innere des Goathies war funktional und auf die Bedürfnisse des täglichen Lebens ausgerichtet. Im Zentrum des Raumes befand sich eine Feuerstelle, die Wärme verbreitete und zum Kochen genutzt wurde. Drumherum waren Bänke angeordnet, auf denen die Bewohner sitzen und essen konnten. An den Wänden waren Ablagen angebracht, um Lebensmittel, Kleidung und andere Gegenstände zu lagern. Rechts waren Schlafplätze mit Tierfellen und Decken.

»Das sieht gar nicht mal ungemütlich aus«, meinte Krister.

Vielleicht hatte er gerade die gleichen Bilder vor Augen wie sie selbst.

»Goathies waren Plätze der Gemeinschaft«, erwiderte sie. »Familienmitglieder, aber oft auch Nachbarn versammelten sich, um gemeinsam zu essen, Geschichten zu erzählen und Zeit miteinander zu verbringen. Das Leben damals war hart, aber die Wärme in den Hütten und die Nähe schufen eine Gemütlichkeit, die für vieles entschädigte.«

»Erstaunlich, dass die Hütten so lange gehalten haben.« Krister war sichtlich ergriffen von all den Eindrücken.

»Goathies wurden so gebaut, dass sie den extremen Wetterbedingungen hier standhalten konnten. Die einfache Konstruktion machte es den Menschen leicht, ihre Häuser zu reparieren und bei Bedarf zu erweitern.«

»Aber wann wurde der Entschluss gefasst, dieses Dorf hier zu verlassen?« Krister wirkte aufrichtig interessiert.

»Im Zuge der Modernisierung der Rentierhaltung. Heutzutage werden Motorroller und Hubschrauber genutzt, um die Herden zusammenzutreiben. Es ist nicht mehr nötig, sie das ganze Jahr zu begleiten. Irgendwann zogen die ersten Bewohner an den See, bauten dort größere und komfortablere Häuser. Andere folgten, und daraus entstand das neue Tjarojakk. Aber diesen Ort hier …«, Thyra strich über die Feuerstelle, »… haben wir nie ganz aufgegeben. Wir halten die Häuser in Ordnung und sorgen so dafür, dass unsere Geschichte nie in Vergessenheit gerät.«

Krister setzte sich auf die Bank, die um die Feuerstelle herum erbaut war.

»Mein Großvater und dein Großvater sind an diesem Ort zur Welt gekommen«, fuhr Thyra fort. »Ove hat mir erzählt, dass er damals selbst eine Rentierherde besaß.«

»Ja, eine kleine Herde.« Krister wirkte mit einem Mal verlegen. »Ich meine mich zu erinnern, dass er mir das erzählt hat.«

»Aber du hast ihm nicht zugehört«, folgerte Thyra.

»Das habe ich dir ja eben schon erzählt. Als kleiner Junge fand ich seine Geschichten spannend, später hat es mich nicht mehr interessiert.« Er machte eine kurze Pause, bevor er leise hinzufügte: »Heute bedaure ich das sehr.«

»Zum Glück ist es nicht zu spät, das nachzuholen.« Thyra lächelte.

Krister lächelte zurück, dann wies er auf die Feuerstelle. »Können wir die anzünden? Mir ist kalt.«

Thyra benötigte nur wenige Handgriffe, um ein Feuer zu entzünden. Brennholz lag immer bereit.

Nachdem sie kontrolliert hatte, dass der Rauch durch die Öffnung im Dach abzog, ging sie zur Tür.

»Ich komme sofort zurück«, sagte sie und ging, um Oves Päckchen und die Thermosflasche aus der Box des Schneemobils zu holen.

Als sie zurückkehrte, war Krister gerade dabei, seine Handschuhe und die dicke Winterjacke auszuziehen.

»Ich hätte nicht gedacht, dass es so schnell warm wird.«

Er lachte, als Thyra ihm das Päckchen und die Thermosflasche in die Hand drückte.

»Jetzt habe ich tatsächlich ein wenig Hunger«, gab er zu.

»Ich auch.« Thyra zog ebenfalls ihre Jacke aus, dann setzte sie sich neben Krister auf die Bank. »Im Gegensatz zu dir hatte ich nämlich kein Mittagessen.«

Krister öffnete den Karton – und lachte laut auf. »Zum Glück hat er genug eingepackt.«

Thyra beugte sich zu ihm, um ebenfalls in den Karton zu schauen.

»Lussekatter, wie schön«, freute sie sich.

Plötzlich wurde ihr bewusst, wie nahe sie Krister gerade kam. Sie schaute ihn an, ihre Blicke trafen sich. Ein Moment der Stille hing zwischen ihnen. Worte schienen in der Luft zu schweben, unausgesprochen und dennoch deutlich spürbar.

Thyra rückte ein wenig zur Seite, lachte nervös auf. »Ich mag Lussekatter.«

»Ich auch.« Krister tat so, als wäre alles ganz normal, als hätte es diesen Augenblick nicht gegeben. »Und mein Großvater macht die besten.«

Er hielt Thyra den Karton hin, und sie bediente sich. Voller Genuss biss sie in das Gebäck.

»Und dazu Kaffee?« Krister öffnete die Thermosflasche. Es gab nur den einen Becker, der gleichzeitig als Schraubverschluss diente.

Wie selbstverständlich tranken sie beide daraus, und Thyra stellte fest, dass sie sich hier in dem verlassenen Dorf schon lange nicht mehr so wohlgefühlt hatte wie heute.

Seit ihr Großvater unter Arthrose litt, hatte er sie nicht mehr begleitet, und Ragnar bedeutete dieses Dorf nichts. Für ihn war das nicht mehr als eine Ansammlung alter Hütten, die abgerissen werden konnten.

»Dann dienen sie wenigstens noch als Brennholz«, pflegte er zu sagen.

Wenn Thyra empört darauf reagierte, lachte er nur.

»Etwas muss ich unbedingt noch von dir wissen …«, begann Krister und grinste sie an.

Wieso war ihr eigentlich noch nie aufgefallen, wie intensiv blau seine Augen waren?

»Ich kenne noch nicht alle eure Jahreszeiten.«

»Weil du aus dem Unterricht gelaufen bist«, sagte sie mit gespielter Strenge.

»Weil ich einen wichtigen Anruf aus Malibu bekommen habe«, rechtfertigte er sich. »Deshalb habe ich alles nach Gijrra, dem Frühling, verpasst. Ich weiß noch, dass die Tage länger werden und die Rentiere ihre Kälber bekommen. Aber wie geht es weiter?«

»Auf den Frühling folgt Gijrragiessie, der Frühsommer. Das ist die Jahreszeit des Wachstums. Giessie, in dem die Sonne nicht mehr untergeht, ist die Zeit des Nachdenkens. Ein kurzer, heller Sommer, der Menschen und Rentiere kaum schlafen lässt. Die Natur hält reichlich Futter für die Rene bereit. Es ist die Zeit, in der sie Fettreserven anlegen und ihre Geweihe wachsen.«

Thyra hielt inne. Obwohl Krister wie gebannt an ihren Lippen hing, war sie nicht sicher, ob ihn das wirklich interessierte.

»Und dann kommt der Herbst?«, fragte er, als sie nicht weitersprach.

Thyra lächelte. »Tjakttjagiessie, der Spätsommer, und damit die Zeit der Ernte. Die Natur schenkt uns Kräuter, Beeren und Pilze. Wir jagen, und wir sammeln die Gaben der Erde ein. Dann kommt Tjakttja, der Herbst. Erste Fröste erfassen das Erdreich und drängen es zur Ruhe. Darauf folgen wieder der Frühwinter, der Winter und der Spätwinter, bevor der ganze Kreislauf von vorn beginnt. Dass wir acht Jahreszeiten unterscheiden, spiegelt unsere enge Beziehung zur Natur wider – und unsere Fähigkeit, die subarktische Umgebung zu verstehen und sich ihr anzupassen.«

Nachdem sie geendet hatte, war es eine ganze Weile still.

»Wow«, stieß Krister schließlich hervor. »Ich wünschte, ich hätte mich früher mit all dem auseinandergesetzt.«

»Es ist nie zu spät.« Thyra trank noch einen Schluck Kaffee. »Jetzt sollten wir aber langsam aufbrechen. Es wird schon dunkel.«

»Hast du eigentlich kein Problem damit, dass es im Winter so früh dunkel wird?«

»Im Januar geht die Sonne fast gar nicht auf, dagegen ist das hier noch gar nichts.« Thyra lachte. »Aber nein, das stört mich nicht. Dafür rücken wir alle noch ein bisschen enger zusammen, feiern und trinken gemeinsam. Und die Alten erzählen weiterhin die Geschichten von früher. Jetzt ist auch noch Ove da.« Thyra begann zu lachen. »Ich weiß ja von dir, dass er auch die eine oder andere Geschichte beisteuern kann.«

»Ja, bestimmt.« Krister lachte ebenfalls. »Das war ein wundervoller Nachmittag. Vielleicht können wir diesen Ausflug noch einmal wiederholen.« Bittend schaute er sie an.

»Ja, sehr gern«, erwiderte sie, ohne lange nachzudenken.

Die letzten Strahlen der untergehenden Sonne tauchten die Umgebung in ein magisches Zwielicht. Die Luft war kristallklar, während der Frost sich wie eine stille, weiße Decke über die Landschaft ausbreitete.

Thyra konzentrierte sich auf die Strecke, während Krister auf dem Motorschlitten eng hinter ihr saß.

Sie fuhr vorsichtig und sehr konzentriert. Trotzdem dachte sie die ganze Zeit darüber nach, dass dieser Tag etwas verändert hatte – und sie war sich nicht sicher, was sie davon halten sollte.

Als sie in Tjarojakk einfuhren, brannte hinter den Fenstern der Häuser Licht. Thyra stoppte den Schlitten vor dem Lehrerhaus. Während sie abstiegen, machte sich eine Mischung aus Aufregung und Nervosität in ihr breit.

Krister stand so dicht neben ihr, dass sie seinen Atem auf ihrer Haut fühlen konnte. Ein intensiver Moment der Spannung baute sich auf, und Thyra spürte, wie sich ihr Herzschlag beschleunigte.

»Das war ein wundervoller Ausflug«, sagte er leise.

»Ja.«

Sie schauten einander an und konnten die Blicke nicht voneinander lösen.

Thyra wusste, dass jetzt etwas passieren würde, was sie nicht zulassen durfte. Schließlich kannte sie Krister kaum. Außerdem gehörte sie zu einem anderen …

Zärtlich strich er ihr mit einer Hand über die Wange, und sein Gesicht näherte sich ihrem Gesicht. Sie schloss die Augen …

»Krister! Bist du das?«

Erschrocken fuhren sie auseinander.

Die Haustür stand weit offen. Im Licht zeichnete sich die Gestalt einer Frau ab.

»Anouk?«, murmelte Krister. Er ging ein paar Schritte Richtung Haus, dann wandte er sich wieder Thyra zu. »Vielen Dank, dass du dir die Zeit genommen hast.«

Mit einem Mal klang seine Stimme förmlich, und auch der Ausdruck in seinen Augen hatte sich verändert. Von der Nähe zwischen ihnen war nichts mehr zu spüren.

Er stand immer noch nah bei ihr, und doch kam es ihr so vor, als wäre er meilenweit entfernt.

Thyra konnte nichts sagen. Da waren so viele Gefühle, die sie alle nicht einordnen konnte. Bis auf das eine, das alle anderen überlagerte: tiefe Enttäuschung.

»Wir sehen uns«, sagte er noch, dann eilte er zum Haus. Zu der Frau, die dort auf ihn wartete …

Kapitel 19

»Anouk? Du?« Krister konnte es kaum fassen. »Was machst du hier?«

Sie lachte ihn an. »Du hast doch am Telefon gesagt, ich soll kommen.«

»Ich hätte nie damit gerechnet, dass du mich wirklich beim Wort nimmst. Die Überraschung ist dir jedenfalls gelungen.«

Im Moment wusste er allerdings noch nicht, was er davon halten sollte, zu sehr stand er unter dem Eindruck der letzten Stunden – und vor allem der letzten Sekunden mit Thyra. Was wäre passiert, wenn Anouk nicht in genau diesem Moment seinen Namen gerufen hätte?

Er wandte sich noch einmal um und sah, wie Thyra auf das Schneemobil stieg. Doch sie drehte sich nicht mehr nach ihm um, als sie das Gerät startete und losfuhr. Entgegen jeder Vernunft war er enttäuscht.

Er schaute wieder Anouk an. Sie sah gut aus, trug Jeans und einen knallroten Pullover. »Wieso bist du hier?«

Anouk stemmte die Hände in die Hüften und bog ihren Oberkörper ein wenig zurück, als sie lachte und ihre blendend weißen Zähne zeigte. Das Rot ihrer Lippen stimmte mit der Farbe ihres Pullovers überein.

»Ich musste mir einfach ansehen, wie du hier lebst und als Lehrer arbeitest.« Ihre Miene wurde ernst. »Und vor allem muss ich verhindern, dass du hier womöglich für immer sesshaft wirst und Mike bei *Glimmer of Guilt* den Serientod stirbt.«

Das war die Anouk, die er kannte – und die ihn immer wieder amüsierte. Auch jetzt musste er lächeln.

»Die Gefahr besteht nicht«, versicherte er, »auch wenn ich den Schnee nicht mehr ganz so schrecklich finde.«

»Dein Großvater ist nett.« Sie sah ihn prüfend an. »Er hat mir angeboten, bei euch zu wohnen.«

»Wie lange bleibst du?«

Wieder lachte sie laut auf. »Das klingt so, als wolltest du mich so schnell wie möglich wieder loswerden.«

Wahrscheinlich wäre sie selbst dann nicht eingeschnappt gewesen, wenn er das bestätigt hätte.

»Ich bin vor allem verwirrt«, gestand er.

»Normalerweise freut es mich, wenn es mir gelingt, einen Mann zu verwirren. Aber gerade bin ich mir nicht sicher, ob das wirklich an mir liegt.« Sie neigte den Kopf ein wenig zur Seite und betrachtete ihn aufmerksam. »Hat das etwas mit der Frau zu tun, die dich nach Hause gebracht hat?«

»Natürlich nicht.« Seine Antwort kam schnell. Zu schnell? Er schüttelte den Kopf. »Das war Thyra. Sie hat mich heute zu einem Ausflug mitgenommen, weil ihr zukünftiger Schwager keine Zeit hatte. Eigentlich wollte der mich nämlich mitnehmen, aber dann ist ihm etwas dazwischengekommen.«

Krister wurde plötzlich bewusst, dass er auch jetzt sehr schnell und vor allem ohne Unterlass redete. Es lag nicht an Anouk, es war immer noch dieser letzte Moment mit Thyra, der ihn beschäftigte.

Und jetzt war Anouk da. Erst vorgestern hatte er mit ihr telefoniert, und jetzt stand sie vor ihm.

»Du scheinst dich nicht zu freuen, mich zu sehen!«

»Ich freue mich, sobald ich mich von meiner Überraschung erholt habe«, erwiderte er trocken, verbesserte sich aber gleich darauf. »Nein, ich freue mich auch jetzt schon. Es ist schön, dich zu sehen.«

»Dann darfst du mich auch zur Begrüßung umarmen«, sagte sie mit einem herausfordernden Lächeln.

Genau das machte Krister dann auch: Er zog sie ganz fest in seine Arme.

Als er den Duft ihres Parfüms wahrnahm, schloss er die Augen und fand sich für einen kurzen Moment auf seiner Terrasse in Malibu wieder. Er glaubte sogar, das Rauschen des Meeres zu hören …

»Könnt ihr nicht endlich reinkommen und die Tür schließen?«, vernahm er die Stimme seines Großvaters. »Die Kälte zieht inzwischen bis in die Küche.«

Anouk löste sich aus seiner Umarmung. »Schön, dass du mir das Gefühl gibst, du würdest dich tatsächlich über meinen Besuch freuen.«

»Ich freue mich«, versicherte Krister, als er die Tür hinter sich schloss. »Nachdem ich mich von der Überraschung erholt habe.«

»Ich war auch sehr überrascht«, sagte Ove. »Vor allem, weil du mir nie etwas von Anouk erzählt hast.«

Weil es nicht wichtig war, antwortete Krister in Gedanken. *Weil ich gerade erst anfing, mich auch privat mit Anouk zu treffen – und dann musste ich wegen dir nach Schweden reisen.*

Nein, das war ganz bestimmt nicht die passende Antwort. Sie hätte weder seinem Großvater noch Anouk gefallen.

»Ich habe dir von ihr erzählt, ganz sicher«, sagte er stattdessen und war froh, dass er nicht einmal lügen musste. »Anouk ist die Kollegin, mit der ich in der Krimiserie spiele. Du hättest sie dir nur einmal ansehen müssen. Sie läuft inzwischen auch in Schweden.«

»Ja, aber nur mit Untertiteln. Ich habe nur einmal kurz reingeschaut, um dich zu sehen. Anouk war nicht Teil dieser Szene.« Ove schaute ihn mit vorgetäuschter Strenge an. »Du hast mir nicht gesagt, wie hübsch sie ist. Und, was noch viel schlimmer ist, du hast mir verschwiegen, dass sie aus Kvikkjokk stammt. Das ist gar nicht so weit von hier.« Ove strahlte. »Sie ist eine von unserem Volk. Deshalb habe ich sie eingeladen, bei uns zu wohnen.«

Krister nickte. Was hätte er auch dagegen sagen sollen? Vielleicht war es sogar gut, dass sie gekommen war, bevor er sich hier in ein emotionales Chaos stürzte und sich womöglich sogar vollends an Lappland verlor. Anouk verkörperte die Erinnerung an all das, was sein Leben ausgemacht hatte: die Schauspielerei, Malibu, Festivals ...

»He, träumst du?« Anouk stieß ihn leicht in die Seite.

»Ja, ein bisschen.« Er lächelte. »Von der Sonne und weißen Stränden. Von meiner Terrasse in Malibu, vom Filmset ...«

Er brach ab, als sein Blick auf das Gesicht seines Großvaters fiel. Ove versuchte zu lächeln, doch in seinen Augen erkannte Krister tiefe Enttäuschung.

»Aber Malibu ist weit weg«, sagte Krister schnell. »Und anstatt Filmbösewichte zu jagen, bringe ich jetzt Kindern das Lesen und Schreiben bei.« Er schmunzelte. »Und so ganz nebenbei lerne ich auch einiges von ihnen.«

»Wieso steht ihr denn so früh auf?« Mit verstrubbeltem Haar und in einem pinkfarbenen Schlafshirt, das ihr gerade bis zu den Oberschenkeln reichte, stand Anouk in der Küchentür.

Krister, der mit seinem Großvater am Küchentisch saß, schaute auf die Uhr.

»Es ist halb acht«, stellte er fest. »Um acht Uhr muss ich in der Schule sein.«

»Und ich bin immer so früh auf«, ergänzte Ove. »Alte Leute brauchen nicht so viel Schlaf.«

»Ich brauche viel Schlaf.« Anouk gähnte lautstark, ging aber nicht zurück ins Bett, sondern setzte sich vor das dritte Gedeck, das Krister an diesem Morgen auf den Tisch gestellt hatte.

Er stand auf und holte ihr einen Kaffee, während Ove ihr den Korb mit dem Brot reichte.

»Schön habt ihr es«, stellte Anouk fest. »Hier drin ist es warm und gemütlich, und durch das Fenster schaut man in die verschneite Landschaft.«

»Gewöhn dich nicht zu sehr daran. Am Ende bist du diejenige, die hier nicht mehr weg will«, zog Krister sie auf.

Anouks Miene wurde ernst, als sie den Kopf schüttelte. »Niemals! Ich finde das alles traumhaft hier, aber ich liebe mein Leben und meine Arbeit in Kalifornien. Ich werde ganz sicher nie wieder nach Schweden zurückkehren. Jedenfalls nicht dauerhaft.«

Ich weiß genau, was du meinst, dachte Krister, aber er schwieg. Natürlich nur Ove zuliebe …

»Ich muss los.« Er stand auf. »Ich kann die Kinder nicht vor der Schule stehen lassen.«

»Kannst du nicht noch eine halbe Stunde warten?«, bat Anouk. »Ich möchte mitkommen und zusehen, wie du Lehrer spielst.«

Krister grinste. »Wie ich eben schon sagte, die Schule beginnt um acht Uhr. Und nein, ich kann nicht auf dich warten. Außerdem spiele ich nicht den Lehrer …«, jetzt betonte er jedes Wort, »… ich – bin – Lehrer!«

»Schon gut.« Anouk winkte lachend ab. »Ich frühstücke erst einmal in Ruhe mit Ove, danach mache ich mich fertig, und dann besuche ich dich in der Schule.«

Als er die Schule erreichte, waren bereits alle Kinder da.

Vorwurfsvoll schaute Ella ihn an. »Du kommst zu spät.«

»Ich weiß.« Krister lächelte in die Runde. »Entschuldigt bitte.«

»Kristers Freundin ist gestern aus Amerika gekommen.« Bosse schaute mit vor Stolz geschwellter Brust in die Runde, weil er es war, der diese Neuigkeit verkünden konnte.

»Woher weißt du das?«, fragte Krister erstaunt, um ihn

gleich darauf zu verbessern: »Sie ist aber nicht meine Freundin, sie ist nur eine Kollegin.«

Während er sprach, schloss er die Tür zum Schulgebäude auf. Die Kinder blieben jedoch vor der Tür stehen.

»Was-s is-t eine Knollegin?«, wollte Lovis wissen.

»Kollegin«, verbesserte Krister. »Eine Frau, mit der man zusammenarbeitet, nennt man Kollegin.«

»Wird deine Freundin dann auch Lehrerin hier?«, fragte Bosse.

»Sie ist nicht meine Freundin«, wiederholte Krister. »Und sie ist keine Lehrerin, sondern Schauspielerin.«

»Aber Papa hat gesagt, dass sie gesagt hat, dass sie deine Freundin ist.«

»Das hat sie bestimmt nicht gesagt«, widersprach Krister. Gleich darauf dachte er: *Oder hat sie es doch so ausgedrückt?*

»Mein Papa lügt nicht.« Bosse betrachtete ihn mit blitzenden Augen.

Anina – oder war es Anna? – interessierte etwas ganz anderes. »Heiratest du sie?«

Ella kicherte. »Ja, im nächsten Sommer. So wie Thyra und Ragnar.«

Krister spürte einen feinen – und vor allem sehr überraschenden – Stich in der Herzgegend. In kurzer, schneller Folge tauchten die Bilder des vergangenen Tages vor seinem geistigen Auge auf.

Die Kinder lachten. Offensichtlich hatten sie alle mitbekommen, dass über Thyras und Ragnars Hochzeit, die nie stattfand, gesprochen wurde. Ob sie auch über die Planung ihrer Eltern und die der restlichen Dorfgemeinschaft Bescheid wussten?

Wahrscheinlich nicht. Die Gefahr, dass sich eines der Kinder verplapperte, war viel zu groß.

Plötzlich wurde ihm bewusst, dass die Kinder ihn allesamt anstarrten und auf seine Antwort warteten.

»Nein, ich werde nicht heiraten«, sagte er sehr fest und bestimmt. »Nicht im nächsten Sommer und auch in keinem anderen Sommer.«

»Du willst niemals nie heiraten?« Mats starrte ihn entgeistert an. »Warum nicht?«

»Niemals will ich nun auch nicht unbedingt sagen«, schränkte Krister ein. »Aber ganz bestimmt nicht im nächsten Sommer. Und wenn ich euch jetzt endlich hereinbitten dürfte? Euch Lapplandkindern macht die Kälte vielleicht nicht so viel aus. Aber ich habe in den letzten Jahren in einem Sonnenstaat gelebt und friere.«

Die Kinder kamen in die Schule, zogen ihre Mäntel und Jacken aus und hängten sie an Garderobenhaken, die für sie extra tief angebracht waren. Das Thema »Heiraten« war jetzt erst einmal erledigt.

Krister war froh, dass es ihm allmählich gelang, den Unterricht besser zu strukturieren. In dieser Woche wollte er noch feststellen, auf welchem Stand die Kinder waren, für die nächste Woche plante er einen neuen Stundenplan.

Nachdem sie in Sachkunde die Jahreszeiten durchgenommen hatten – wobei Krister weitaus mehr gelernt hatte als seine Schüler –, wollte er jetzt mit ihnen den Kalender durchgehen.

»Wer weiß, wie der erste Monat im Jahr heißt?«

Alle Kinder zeigten auf.

»Anna?« Er schaute eines der Zwillingsmädchen an.

»Januar«, antwortete ihre Schwester.

»Gut.« Krister nickte. »Irgendwann kann ich euch bestimmt auseinanderhalten.«

Die beiden Mädchen grinsten sich an, bevor sie gleichzeitig den Kopf schüttelten.

Irgendwann, dachte Krister. *Wann soll das sein? In sechs Wochen bin ich hier weg.*

Nein, berichtigte er sich gleich darauf in Gedanken. *Die erste Woche ist schon fast um, es sind nicht einmal mehr fünfeinhalb Wochen.*

»Januar ist richtig«, fuhr Krister fort, um dann mit den Kindern darüber zu reden, was in diesem Monat alles in der Natur passierte.

Der Schulstunden verliefen ruhig, die Kinder arbeiteten mit und waren konzentriert, bis eine halbe Stunde vor Unterrichtsende Anouk auftauchte.

Sie betrat die Klasse mit einer Aura von Eleganz, die auch die Kinder zu beeindrucken schien, jedenfalls starrten sie Anouk mit offenem Mund an. Krister erging es nicht anders, obwohl er ihren Aufzug als eher unpassend empfand.

Sie trug eine schneeweiße Daunenjacke, deren glänzender Stoff leicht schimmerte. Darunter verbarg sich ein eng anliegender Pullover in einem tiefen Marineblau, der ihre schlanke Silhouette betonte. Ihre Jeans, perfekt geschnitten und doch lässig, vervollständigten den Look und verliehen ihm eine moderne Note.

Ihre weißen, geschnürten Winterstiefel hatten gewiss ein kleines Vermögen gekostet. Krister war sicher, dass keine der Frauen in Tjarojakk sich je solche Stiefel leisten konnte.

Ihr blondes Haar verlieh ihrem Gesicht einen sanften Rahmen. Sie war kunstvoll geschminkt, und an ihren Ohrläppchen glitzerten Diamantohrringe. Auf ihrem Kopf trug sie eine weiße Pelzkappe.

»Du siehst aus, als wärst du auf dem Weg nach Aspen«, sagte Krister ironisch, nachdem er sich von seiner Überraschung erholt hatte.

Sie stützte einen Arm in die Taille. »Man kann an jedem Ort der Welt modisch und gepflegt aussehen.«

»Ich finde dich s-schön«, sagte Lovis.

»Ich auch«, stimmte Ludvig sofort zu.

»Siehst du!«, triumphierend schaute Anouk zu Krister. »Zwei Fans habe ich schon.«

»Ich finde dich auch schön«, sagte Anna. Da die Zwillinge in der Zwischenzeit nicht die Plätze getauscht hatten, war Krister sicher, dass es sich um Anna handelte.

Anouk hob die Hand und zeigte drei Finger.

»Das ist die Freundin von Krister«, flüsterte Bosse so laut, dass er von allen zu hören war.

Krister verdrehte die Augen. »Sie ist nicht meine Freundin.«

»Aber mein Papa hat gesagt, dass sie deine Freundin ist.«

Anouk schaute Bosse überrascht an. »Woher will dein Papa das wissen?«

»Weil du ihm das gesagt hast.«

Anouk dachte nach, dann begann sie zu lächeln. »Heißt dein Vater Johan?«

Bosse nickte eifrig.

»Ja, ich habe ihm gesagt, dass wir …« Sie zeichnete mit den Fingern Anführungszeichen in die Luft, »… Freunde sind.«

»Ja, wir sind Freunde, so wie Ludvig und Lovis«, bestätigte Krister. Wieso war ihm das nicht eben schon eingefallen?

»Und wie ich«, stellte Ella nachdrücklich fest.

»Ja, genau.« Krister lächelte. »Und jetzt, meine Lieben, könnt ihr einpacken und nach Hause gehen. Die Schule ist aus.«

»Schade«, sagte Anouk. »Ich habe dich doch noch gar nicht so richtig in Aktion gesehen.«

Krister kam nicht zu einer Antwort, weil Ragnar in diesem Moment den Raum betrat. In der Hand hielt er Oves Thermosflasche.

»Hej«, grüßte Ragnar und kam näher. »Thyra hat die Thermosfl…«

Er brach ab, als er Anouk erblickte, die ein Stück hinter Krister gestanden hatte, und nun hervortrat. Mit offenem Mund starrte er sie an und schien nicht mehr zu wissen, was er sagen wollte oder weshalb er überhaupt hier war.

»Hallo, ich bin Anouk«, stellte sie sich vor.

»... äh ... ja«, stammelte Ragnar. »... ich soll ... ich meine ... ich bin Thyra ...«

»Du bist Thyra?« Anouk grinste. »Dafür siehst du aber ganz schön männlich aus.«

Ragnar errötete. »Nein, ich bin natürlich nicht ... Ich bin Ragnar ... und ich soll Krister nur die Thermosflasche bringen.« Allmählich schien er sich zu fassen. »Thyra hat sie gestern Abend vergessen.«

»Danke, Ragnar«, sagte Krister und nahm die Thermoskanne entgegen. »Die habe ich gestern vergessen, als Thyra mich nach Hause gebracht hat.«

»Vor allem, weil er nicht damit gerechnet hat, dass ich plötzlich in der Tür stehe.«

Anouk lachte Ragnar an, und das schien ihn wieder aus der Fassung zu bringen. Verzückt starrte er sie an.

»Richte Thyra meinen Dank aus. Nicht nur für die Thermoskanne, sondern auch für den Ausflug gestern.«

»Ja.«

Ob er wirklich mitbekommen hat, was ich gerade gesagt habe?, überlegte Krister.

»Mache ich«, fügte Ragnar nach einer ganzen Weile hinzu. »Ich bin dann mal weg.« Nur langsam drehte er sich um.

An der Tür schaute er noch einmal zurück und lächelte, dann ging er.

»Er ist süß«, sagte Anouk verträumt.

»Er ist vor allem verlobt«, erwiderte Krister trocken. »Mit Thyra. Und wenn es nach der Dorfgemeinschaft geht, werden die beiden im nächsten Sommer heiraten.«

»Bis dahin ist es noch lang.« Anouk grinste. »Da kann noch eine ganze Menge passieren.«

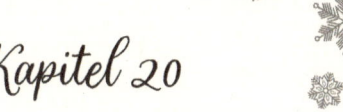

Kapitel 20

Es war verrückt, dass ihre Gedanken seit dem vergangenen Abend ausschließlich um die Frau kreisten, die im Lehrerhaus auf Krister gewartet hatte. Das wollte sie doch gar nicht!

Wer ist sie? Weshalb ist sie hier?

Genervt von sich selbst schloss sie kurz die Augen.

Du weißt eigentlich überhaupt nichts über ihn. Vielleicht ist sie seine Freundin …

Thyra sprang auf. Sie hielt es nicht länger aus. Nein, eigentlich waren es ihre Gedanken, die sie nicht mehr aushielt.

Sie ging hinunter in die Diele, um ihre dicke Jacke und die Stiefel anzuziehen, bevor sie in das Zimmer ihres Großvaters hineinschaute.

Gösta hielt einen Brief in den Händen. Das Papier war vergilbt und dunkel an den Stellen, wo es zusammengefaltet wurde.

»Opa …«

Gösta zuckte erschrocken zusammen. Offenbar war er so sehr in den Inhalt des Briefes vertieft gewesen, dass er Thyra nicht bemerkt hatte. Mit einer scheinbar zufälligen Bewegung legte er den Brief mit der beschriebenen Seite nach unten auf den Schreibtisch.

Thyra registrierte es, sagte aber nichts dazu. So wie er sich gerade verhielt, war das wieder eines seiner Geheimnisse, die er nicht mit ihr teilen wollte.

Er schaute sie an. »Gehst du noch raus?«

»Ich will Ragnar besuchen. Wir sehen uns in letzter Zeit viel zu selten.«

»Ja, das stimmt.« Gösta nickte. »Für ein Paar, das irgendwann einmal heiraten will …« Er verstummte, dann lächelte er verschmitzt. »Nächstes Jahr im Sommer?«

Thyra lächelte zurück, zuckte aber mit den Schultern. »Du hast deine Geheimnisse, und ich habe meine.«

Seine Miene wirkte unvermittelt ernst. »Habt ihr inzwischen miteinander gesprochen? Hast du ihm gesagt, dass dir in der Beziehung etwas fehlt?«

»Nein, noch nicht …« Thyra brach ab, als ihr Handy klingelte. Auf dem Display stand Gretas Name. Erfreut nahm sie das Gespräch an.

»Ach, Greta, wenn du wüsstest, wie sehr ich dich vermisse.«

Sie vernahm Gretas Lachen. »Das ist aber eine nette Begrüßung. Wie geht es dir?«

»Gut.« Thyra war sich der Anwesenheit ihres Großvaters nur zu bewusst. Dabei war Greta der einzige Mensch, dem sie sich anvertraut hätte – unter vier Augen. Oder eben unter zwei Ohren am Telefon. Aber im Beisein ihres Großvaters konnte sie ihr nicht sagen, dass sie inzwischen an ihrer Beziehung zu Ragnar zweifelte. Und mehr noch, dass sie Gefühle für Krister entwickelt hatte.

»Wie geht es dir? Hast du dich gut in Malmö eingelebt?«

»Ja, es ist toll. Entschuldige bitte, dass ich das so direkt sage, aber ich bin froh, wieder zu Hause zu sein.«

»Das verstehe ich doch«, erwiderte Thyra herzlich. »Gerade ich weiß, was Heimatliebe bedeutet. Ich könnte auch nirgendwo anders leben als in Tjarojakk. Wie gefällt es dir denn an deiner neuen Schule?«

Diesmal zögerte Greta ein bisschen mit der Antwort, bis sie schließlich zugab: »Ich vermisse die Kleinen aus Tjarojakk, aber die Schule hier ist toll.« Wieder schwieg Greta sekundenlang, bevor sie leise hinzufügte: »Aber du fehlst mir sehr.«

Thyra seufzte tief auf. »Ich habe dir ja schon gesagt, dass es mir umgekehrt genauso geht.«

»Was ist mit der Schule?« Diese Frage musste ja kommen. »Habt ihr inzwischen einen Lehrer oder eine Lehrerin?«

Thyra gab sich alle Mühe, unbeteiligt zu wirken. »Ja, einen Lehrer. Aber nur vorübergehend. Bis Januar.«

»Ist er nett? Kommt er gut mit den Kindern zurecht?«

»Ja, es ist alles in Ordnung«, versicherte Thyra. »Und vielleicht bekommen wir sogar gleich im Januar einen Ersatz, sobald Krister wieder abgereist ist.«

»Die armen Kinder müssen sich dann wieder umstellen.« Gretas Stimme klang bedrückt. »Aber ich werde ganz bestimmt irgendwann zu Besuch kommen.«

»Ich freue mich jetzt schon darauf«, versicherte Thyra.

»Und ich komme natürlich zu deiner Hochzeit.« Greta lachte. »Im nächsten Sommer?«

»Ja, im nächsten Sommer.« Nur mit großer Mühe schaffte Thyra es, ebenso fröhlich zu klingen wie ihre Freundin. »Aber wir telefonieren vorher ja noch ganz oft miteinander.«

»Ganz bestimmt!« Greta lachte. »Es hat so gutgetan, deine Stimme zu hören. Bis bald!«

»Bis bald«, verabschiedete sich auch Thyra.

Thyra zog ihre Jacke enger um sich, während sie durch die verschneite Landschaft am Ufer des Sees ging. Ihre warmen Atemwolken stiegen in der kalten Luft auf. Der Mond tauchte die Szenerie in ein silbernes Licht und spiegelte sich im See wider.

Die Stille umhüllte sie und wurde nur vom Knirschen des Schnees unterbrochen. Es war ein Abend zum Träumen. Ein Abend, an dem sie nicht allein sein wollte.

Nach ein paar Minuten bog sie in den Weg ein, der zu Ragnars und Birgers Häusern führte.

Ragnars Haus lag in völliger Dunkelheit da. Es war offensichtlich, dass er nicht zu Hause war, während nebenan, bei Birger und Annbritt, alle Fenster hell erleuchtet waren.

Bestimmt war Ragnar bei seinem Bruder und dessen Familie.

Thyra war ein wenig enttäuscht, als sie zu Birgers Haus weiterging. Sie hätte diesen einen Abend mit Ragnar allein gebraucht. Um wieder zu spüren, wer sie war und wohin sie gehörte.

Birger öffnete ihr die Tür, als sie nebenan klopfte.

Eigentlich war ihre Frage, »Ist Ragnar da?«, völlig überflüssig. Thyra war ja davon überzeugt, dass er hier war, zumal sie aus dem Wohnzimmer Stimmen und Lachen vernahm. Sie wollte an Birger vorbei, doch zu ihrer großen Überraschung stellte er sich ihr in den Weg.

»Ragnar ist nicht da.«

Verblüfft schaute sie ihn an. »Wo soll er denn sonst sein?«

»Bei Dag.«

Daran hatte Thyra nicht gedacht. Ja, warum sollte Ragnar nicht bei seinem besten Freund sein? Gerade in der Winterzeit, wenn in der Landwirtschaft nicht so viel zu tun war, trafen sich die beiden oft, das war nicht ungewöhnlich.

Und doch wurde Thyra das Gefühl nicht los, dass hier etwas nicht stimmte. Sie spürte ganz deutlich, dass Birger sie nicht ins Haus lassen wollte.

Ausgerechnet in diesem Moment wurde die Tür zum Wohnzimmer geöffnet, und Stina trat in den Flur. Sie blieb wie angewurzelt stehen, als sie Thyra erblickte.

»Thyra …!«

Thyra sagte nichts, schaute sie nur an.

Nur erschien auch Annbritt. Ihr Lächeln wirkte verkrampft. »Thyra, wie schön … Du bist auch hier …«

»Ja, aber offensichtlich komme ich sehr ungelegen. Das nächste Mal rufe ich besser vorher an.«

»Unsinn.« Annbritt schüttelte den Kopf. »Du weißt, dass du uns immer willkommen bist.«

Thyra schaute sie so durchdringend an, dass Annbritt mit verlegener Miene den Kopf senkte. Auch Stina, die immer noch neben ihr stand, schien nicht zu wissen, was sie sagen sollte.

»Was geht hier eigentlich vor?«

Annbritt hob den Kopf, konnte ihr aber immer noch nicht offen ins Gesicht sehen.

»Also gut. Wir planen hier etwas, das ganz sicher nicht deine Zustimmung findet«, gestand sie. »Deshalb habe ich dich auch nicht eingeweiht.«

Es entging Thyra nicht, dass Stina und Birger nach Annbritts Worten erschrocken wirkten.

Annbritt holte tief Luft. »Du weißt doch, dass Maj in Dag verliebt ist.«

Thyra nickte knapp.

»Und Dag trauert offensichtlich immer noch Greta nach. Da haben wir uns eben überlegt, ob wir nicht etwas unternehmen können, damit Dag erkennt, wie toll Maj ist.« Annbritt lachte nervös.

Thyra glaubte ihr kein Wort. »Und warum sagt ihr mir nichts? Wollt ihr mich nicht dabeihaben?«

»Hättest du unsere Idee gut gefunden?«, fragte Annbritt.

»Nein«, gab Thyra unumwunden zu.

»Eben!« Annbritt lächelte sie versöhnlich an. »Aber du kannst natürlich …«

»Schon gut«, fiel Thyra ihr ins Wort. »Schmiedet ihr eure Verkupplungspläne mal alleine weiter.«

»Willst du dich nicht wenigstens auf einen Glögg zu uns setzen?«

Dazu war Thyra absolut nicht in Stimmung. Sie schüttelte den Kopf. »Lieber nicht. Ich wünsche euch noch einen schönen Abend.«

Als sie das Haus verließ, lief Annbritt ihr nach.

»Sei bitte nicht böse …«

»Das bin ich nicht«, versicherte Thyra. »Und wenn ich eure Aktion auch nicht gutheiße, so finde ich doch auch, dass Dag und Maj eigentlich sehr gut zusammenpassen würden.«

»Nicht wahr?« Annbritt strahlte sie an.

»Mir wäre es trotzdem lieber, die beiden würden das selbst herausfinden.«

»Aber …«

»Ich weiß.« Thyra umarmte Annbritt herzlich. »Du möchtest am liebsten alle Menschen in deiner Umgebung glücklich sehen. Aber manchmal muss man die Dinge einfach geschehen und dem Schicksal seinen Lauf lassen.«

Mit diesen Worten verabschiedete sich Thyra. Dabei hatte sie das Gefühl, dass diese Weisheit gar nicht so sehr Annbritt, sondern vor allem ihr selbst gegolten hatte.

Wäre sie selbst dazu bereit, den Dingen ihren Lauf zu lassen und zu riskieren, dass sie ein anderes Schicksal erwartete als das, was sie für ihr Leben geplant hatte?

Alles war so vorbestimmt gewesen. Ihre Kindheit in Tjarojakk, die Schule, ihr Leben als Rentierzüchterin. Und immer hatte festgestanden, dass sie Ragnar einmal heiraten und mit ihm eine Familie gründen würde. Nicht nur die Dorfgemeinschaft, sondern auch sie selbst war davon überzeugt gewesen, dass ihr vorbestimmtes Leben richtig für sie war.

Hatte sich nun wirklich alles geändert? Nur weil vor ein paar Tagen ein Schauspieler aus Amerika ins Dorf gekommen war, der ihre Ideale nicht teilte?

Langsam ging sie weiter. Sie wollte gerade wieder den Weg am Seeufer einschlagen, als sie ausgerechnet den Mann sah, an den sie ohnehin schon viel zu oft dachte.

Krister stand am Ufer, doch er war nicht allein. Neben ihm stand die Frau, die seit gestern bei ihm und Ove wohnte.

Krister hatte ihr einen Arm um die Schulter gelegt. Sie schauten beide über den See und schienen miteinander zu reden. Doch was sie sagten, konnte Thyra nicht verstehen.

Sie wandte sich um und ging den Weg durchs Dorf zurück zu ihrem Haus.

Am nächsten Tag brach Thyra kurz nach dem Mittagessen wieder zu ihrer Herde auf.

»Es ist Schnee gemeldet«, sagte Gösta besorgt.

»Erst in der Nacht.« Thyra lächelte ihren Großvater beruhigend an. »Du weißt, dass ich nicht so unvernünftig bin wie …«

Sie brach ab, weil sie seinen Namen nicht aussprechen wollte. Es reichte schon, dass sie immer noch an ihn dachte. Und dabei hatte sie jetzt immer das Bild von ihm vor Augen, wie er zusammen mit der Frau am Seeufer gestanden hatte.

»Was ist los mit dir?«

Es war, als würde die Stimme ihres Großvaters sie aus einem bösen Traum befreien. Wenigstens für einen Moment lösten sich diese bedrückenden Bilder aus ihren Gedanken.

»Mit mir ist alles in Ordnung«, behauptete sie und zwang sich zu einem Lächeln.

Es würde nicht nur ihren Großvater hart treffen, wenn er auch nur ahnte, was sie empfand. Die ganze Dorfgemeinschaft wäre zutiefst erschüttert.

»Bis später«, sagte sie hastig, bevor er weitere Fragen stellen konnte. Hastig zog sie Jacke, Mütze und Stiefel an, dann griff sie nach ihren Handschuhen.

»Bis später«, murmelte Gösta.

Thyra lächelte ihn noch einmal an, weil er sie immer noch besorgt anschaute, dann verließ sie das Haus.

Gillis schnaubte, als er sie sah. Sie öffnete die Stalltür und ließ ihn heraus.

Der Weg zur Winterweide war beschwerlicher geworden. Der Schnee, der über Nacht gefallen war, hatte eine dicke Schicht über allem gebildet und war teilweise vereist.

Die Bäume ringsum ragten in den Himmel, ihre Äste schwer beladen mit Schnee, der bei jedem Windstoß herabrieselte.

Während Gillis neben ihr her stapfte, knackten seine Hufe leise im tiefen Schnee. Sie brauchte fast eine Stunde bis zu der weiten, schneebedeckten Ebene, die als Winterweide diente.

Als sie sich näherten, vernahm sie das typisch klackernde Geräusch der Rentiere beim Gehen. Sie spreizten die Hufe, um nicht so tief in den Schnee einzusinken. Dabei rutschte bei jedem Schritt geräuschvoll eine Sehne über das Fußgelenk. Es war ein vertrauter Klang, die Herde ein beruhigender Anblick.

Zum Glück war mit ihren Tieren alles in Ordnung.

Aber mit mir nicht!

Während sie das dachte, tauchte Kristers Bild vor ihrem inneren Auge auf. Sein Lachen, die Art, wie er sie spöttisch musterte, sein interessiertes Gesicht, als sie ihm das alte Tjarojakk gezeigt hatte.

Es war eine schnelle Abfolge von Bildern, die genau bei dem Moment endete, als sie das letzte Mal mit ihm zusammen gewesen war. Er hatte ihre Wange berührt ...

Unwillkürlich fasste sie sich mit einer Hand an die Stelle.

Er hatte sie angesehen, auf eine ganz besondere Art. Sie hatte gewusst, dass er sie küssen wollte ... und sie hatte es auch gewollt.

Was wäre daraus geworden? Was wäre passiert, wenn nicht in genau jenem Augenblick die Frau gekommen wäre, die irgendwie zu Kristers Leben gehörte?

Sie musste dieser Frau dankbar sein, dass sie im richtigen Moment erschienen war. Das sagte ihr zumindest der Verstand. Doch ihr Herz sprach eine ganz andere Sprache ...

»Du lieber Himmel!«, stieß Thyra hervor, als sie sich endlich in aller Deutlichkeit bewusst machte, was mit ihr passiert war: Sie hatte sich verliebt!

Verliebt in einen Mann, der so gar nichts mit ihrem Leben zu tun hatte und dessen Alltag ihr fremd war. Deshalb mied sie seine Nähe, deshalb hatte sich alles in ihr dagegen gesträubt, ihn auf den Ausflug in das alte Tjarojakk zu begleiten. Dieses Gefühl war tief in ihr verankert, auch wenn sie es sich bisher nicht eingestehen wollte.

Das war eine so unmögliche Liebe, dass sie sich so schnell wie möglich davon befreien musste.

Thyra schlug beide Hände vors Gesicht. Ihre Gedanken rasten. Wie ging das? Wie konnte man sich entlieben?

»Ich darf ihn nicht mehr sehen.« Das war das Einzige, was ihr dazu einfiel.

Sie atmete tief ein und aus, erinnerte sich daran, dass er nur eine begrenzte Zeit in Tjarojakk war. So lange musste sie ihm eben aus dem Weg gehen, auch wenn das in ihrem kleinen Dorf nicht ganz einfach war.

Sobald er weg wäre, würde sein Bild verblassen. Sie würde nicht mehr ständig an ihn denken, und irgendwann wäre wieder alles so, wie es sein sollte. Sie musste nur diese wenigen Wochen bis zu seiner Abreise durchstehen …

Kapitel 21

»Nächste Woche ist St. Lucia«, sagte Ove beim Frühstück. Auf dem Kranz, der mitten auf dem Tisch stand, brannte bereits die zweite Adventskerze.

»Und in der Woche darauf Heiligabend«, ergänzte Anouk.

In dem Monat darauf verlassen wir Tjarojakk.

Krister schaute seinen Großvater nicht an, weil er spürte, dass der in diesem Moment zu ihm schaute. Vielleicht dachte er genau dasselbe.

»Vielleicht sollte ich vorher abreisen?« Anouks Stimme klang so, als würde sie auf Widerspruch hoffen.

Der kam auch sofort.

»Warum?«, fragte Ove. »Wartet in Kalifornien jemand auf dich?«

»Nein.« Sie schüttelte den Kopf.

»Warum bleibst du dann nicht bei uns? Hier hast du alles, was zu einem Weihnachtsfest gehört. Schnee, gutes Essen und Freunde. Ich würde mich freuen, wenn du bleibst.«

»Das ist so nett, dass du das sagst, Ove.« Anouk strich ihm über die faltige Hand, schaute dabei jedoch Krister herausfordernd an. »Und was ist mit dir? Freust du dich auch, wenn ich über Weihnachten bleibe?«

Krister maß sie mit zusammengekniffenen Augen. »Das kommt ganz darauf an, was du bezweckst.«

»Was meinst du damit?«

»Ragnar«, half er nach. »Gestern hat er dir schon wieder die Einkäufe nach Hause getragen.«

»Er wollte mir einfach nur helfen. Das Zeug war schwer.«

Anouk wirkte kein bisschen beschämt. »Was stört dich daran?«

»Dass du es ganz offensichtlich darauf anlegst, Ragnar zu treffen. Und ich werde das Gefühl nicht los, dass es umgekehrt auch so ist.«

Ove hatte die ganze Zeit zugehört, ohne etwas zu sagen. Allerdings war es Krister nicht entgangen, dass sich die Miene seines Großvaters zunehmend verfinsterte.

»Ragnar ist mit Thyra verlobt.«

»Das weiß Anouk, wie dir sicher bekannt ist«, erwiderte Krister ironisch. »Sie ist schließlich immer dabei, wenn ihr hier eure Geheimtreffen abhaltet.«

»Um Ragnar und Thyra miteinander zu verheiraten.« Anouk grinste geringschätzig. »Gerade du hältst doch überhaupt nichts von der Idee.«

»Versuch jetzt bloß nicht, das Thema zu wechseln. Es geht hier nicht um meine Meinung, sondern darum, dass du Ragnar anbaggerst.«

Anouk lächelte selbstgefällig. »Ich habe nicht das Gefühl, dass er etwas dagegen hat.«

»Das geht nicht«, meinte Ove kopfschüttelnd. »Anouk, du darfst keine Beziehung zerstören.«

Es war ein ganz besonderer Blick, den Anouk und Ove daraufhin wechselten. Es war, als würden sie ein Geheimnis teilen, von dem er ausgeschlossen war.

»Was wirklich füreinander bestimmt ist, kann nicht zerstört werden. Oder denkst du darüber anders?«

»Nein«, war alles, was Ove daraufhin antwortete.

»Ist das eine Art Geheimsprache zwischen euch?« Krister wurde allmählich ärgerlich.

»Natürlich nicht.« Anouk schaute ihm in die Augen. »Lass uns lieber zum Ausgangspunkt der Unterhaltung zurückkommen. Kann ich Weihnachten mit euch feiern?«

»Von mir aus«, brummte Krister.

Eigentlich war es ihm sogar ganz recht, wenn Anouk blieb. Sie war amüsant und verbreitete gute Laune – meistens jedenfalls.

»Ich würde lieber von dir hören, dass du dich freust.« Anouk lachte. »Aber ich bin davon überzeugt, dass du dich innerlich freust.«

Wieder einmal brachte sie ihn zum Lachen.

»Übrigens, bevor du es über andere Wege erfährst, Ragnar fährt morgen mit mir nach Kvikkjokk.«

»Hast du nicht gesagt, dass dich nichts in dieses Dorf zurückzieht?«

»Ich habe eben meine Meinung geändert.«

»Weil Ragnar mit dir dorthin fährt?«

»Weil es manchmal wichtig ist, sich mit seiner Vergangenheit auseinanderzusetzen.«

»Ich hätte dich auch fahren können«, wandte Krister ein.

»Ohne Auto?« Anouk lachte. »Außerdem guckst du mich nicht so verliebt an wie Ragnar.«

Krister wunderte sich, wieso sein Großvater jetzt nichts mehr sagte. Als er Ove durchdringend anschaute, senkte der den Kopf.

»Ich hätte mir Birgers Wagen leihen können«, wandte er sich wieder an Anouk. »Aber unabhängig davon: Du gefährdest Ragnars und Thyras Beziehung, gleichzeitig nimmst du aber an den konspirativen Treffen hier im Haus teil, die doch nur dazu dienen, die Hochzeit der beiden zu planen.«

»Ja, wenn es die wahre und große Liebe zwischen den beiden ist, unterstütze ich die Bemühungen der Dorfgemeinschaft gerne. Und wenn es nicht so ist, bin ich gespannt, wie die beiden aus der Nummer wieder herauskommen.«

Krister betrachtete sie kopfschüttelnd. »Ich bin mir keineswegs sicher, ob es wirklich eine gute Idee ist, dass du bleibst.«

»Wäre es dir doch lieber, wenn ich abreise?«

»Nein! Aus einem mir selbst unerfindlichen Grund möchte ich, dass du bleibst.«

»Gut! Nachdem das jetzt geklärt ist, kann ich ja einkaufen gehen.« Frech grinste sie ihn an.

»Aber unser Kühlschrank ist so voll wie noch nie. Gib zu, dass du nur wegen Ragnar in den Laden gehst.«

»Ausnahmsweise nicht. Aber heute Abend treffen sich hier wieder ein paar Leute zur Hochzeitsplanung.«

Kristers Stimmung verdüsterte sich. »Gut, dass ich vorgewarnt bin. Ich bin dann jedenfalls nicht da.«

»Aber ich bin dabei.« Oves Stimme klang fröhlich. »Ich liebe es, wenn das Haus voller Menschen ist.«

Krister verließ das Haus rechtzeitig, bevor »die Hochzeitsplaner«, wie er die Gruppe um Annbritt nannte, erschienen. Er hatte an diesem Abend Magnus zu einem Gespräch in die Schule gebeten. Unter dem Arm trug er ein Paket.

Obwohl es dunkel war, erkannte er die Frau, die von der anderen Seite des Weges kam, sofort.

Thyra!

Seit dem Ausflug war er ihr nicht mehr begegnet. Er hatte sich schon gefragt, ob sie ihm bewusst aus dem Weg ging. Jetzt lieferte Thyra den Beweis dafür, dass er mit dieser Vermutung richtiggelegen hatte, denn sie bog hastig in einen anderen Weg ein. Es wirkte beinah wie eine Flucht.

Krister dachte nicht lange nach. Er lief los und wollte sie fragen, warum sie vor ihm davonlief, doch als er in den anderen Weg einbog, war sie bereits verschwunden.

Im Schnee sah er Fußspuren. Er folgte ihnen, doch nach ein paar Metern vermischten sie sich mit anderen Fußspuren. Er holte sie nicht mehr ein.

Enttäuscht machte er sich erneut auf den Weg zum Schulgebäude. Wegen der missglückten Verfolgung kam er nun zu spät. Magnus wartete bereits auf ihn.

Ungeduldig trat Mats' Vater von einem Fuß auf den anderen. Er rieb sich die Hände und versuchte sie mit seinem Atem zu wärmen. Handschuhe trug er nicht.

»Tut mir leid«, entschuldigte sich Krister.

Er schloss die Tür auf und ließ Magnus zuerst eintreten. Zusammen gingen sie in den Klassenraum.

»Setz dich doch.«

Magnus wählte den Stuhl, auf dem auch sein Sohn während des Unterrichts saß.

Krister wollte sich nicht hinter den Schreibtisch setzen, weil er fand, dass das zu viel Distanz schuf, also nahm er an dem Pult neben Magnus Platz.

»Was ist passiert?« Magnus wirkte sichtlich nervös. »Hat Mats etwas angestellt?«

»Nein, er ist ein sehr folgsamer Schüler«, versicherte Krister.

Seit das Paket bei ihm eingetroffen war, dachte er über die richtigen Worte nach. Bisher hatte er sie nicht gefunden …

»Magnus, ich mache mir Sorgen um Mats.«

»Also ist doch etwas passiert?«

Krister atmete tief durch. Da ihm nichts anderes einfiel, musste er einfach unverblümt zur Sache kommen.

»Mir ist aufgefallen, dass Mats immer ohne Frühstücksbrot zur Schule kommt.«

Mit einem Mal wirkte Magnus verlegen. Er ließ den Kopf sinken.

»Und er ist nicht warm genug angezogen. Er friert ständig. Ich habe Angst, dass er irgendwann ernsthaft krank wird.«

»Wir sind bisher zurechtgekommen, wir schaffen das auch weiterhin.« Magnus bekämpfte seine Verlegenheit mit Wut. »Und du brauchst meinem Sohn auch keine Frühstücksbrote mehr mitzubringen. Ich will das nicht!« Er sprang auf.

»Bitte, Magnus, setz dich wieder. Ich würde gerne in aller Ruhe mit dir darüber reden.«

Die Wut verrauchte offensichtlich ebenso schnell, wie sie aufgeflammt war. Magnus ließ sich wieder auf den Stuhl fallen.

»Ich verdiene einfach nicht so viel Geld. Ich bin froh, dass ich den Teilzeitjob als Postbote bekommen habe. Ich könnte in Jokkmokk auf der Poststelle arbeiten. Ganztags, mit einem Gehalt, das ausreichen würde. Doch seit dem Tod meiner Frau muss ich allein für Mats sorgen. Er ist noch so klein, ich kann ihn doch tagsüber nicht allein lassen. Ich kann also nur arbeiten, wenn er in der Schule ist.«

»Eigentlich haben wir in Schweden ein sehr gutes Schulsystem«, sagte Krister nachdenklich. »Die Kinder werden den ganzen Tag über in der Schule betreut und bekommen da sogar Mittagessen. Wieso ist das hier nicht so?«

»Weil die Gemeinde der Meinung ist, dass unsere Kinder in Jokkmokk zur Schule gehen könnten. Ganztags, mit Betreuung und Verköstigung. Im Sommer wäre das ja auch kein Problem. Aber du hast keine Ahnung, wie es hier im Winter ist.«

»Wir haben gerade Winter«, wandte Krister ein.

Magnus schüttelte den Kopf. »Du hast keine Ahnung, wie der Winter hier sein *kann*. Du weißt nicht, wie es ist, von der Außenwelt völlig abgeschnitten zu sein. Dann rücken die Menschen hier zusammen, und wir sind wie eine große Familie.«

Eine Familie, die nicht erkennt, in welcher Not dieser Mann und sein kleiner Sohn sind.

Krister behielt diese Gedanken für sich. Allerdings musste er auch an Maj denken, die es als Alleinerziehende ebenfalls nicht leicht hatte.

Ich werde Tjarojakk nicht verlassen, bevor ich diesen Men-schen geholfen habe!

Krister wusste selbst nicht, was da gerade in ihn gefahren war. Noch vor gar nicht allzu langer Zeit war ihm nichts wichtiger gewesen, als so schnell wie möglich nach Malibu zurückzukehren. Er dachte an sein Haus, an die Terrasse mit dem grandiosen Meerblick ... und stellte überrascht fest, dass all das mit einem Mal gar keine so große Anziehungskraft mehr hatte. Natürlich wollte er zurück, zweifellos, aber erst musste er hier seine Aufgabe erledigen.

»Magnus, ich habe eine große Bitte an dich.« Er nahm das Paket, das neben ihm stand, und stellte es vor sich auf den Tisch. »Ich habe hier ein paar Sachen für Mats.«

Noch während er sprach, schüttelte Magnus bereits den Kopf.

»Das ist kein Geschenk«, versicherte Krister schnell. »Ich würde dich um eine Gegenleistung bitten, aber das dauert noch ein wenig. Ich kann dir noch nicht sagen, was ich vorhabe. Aber bitte, Magnus, nimm es jetzt. Mats kann nicht länger in diesen dünnen Sachen herumlaufen.«

Er öffnete den Karton und holte eine Jeans heraus, dazu zwei dicke Pullover, eine Winterjacke, Schal, Mütze und Stiefel.

»Das kann ich nicht annehmen«, flüsterte Magnus mit Tränen in den Augen. Seine Stimme klang aber nicht mehr ganz so ablehnend.

»Es sind keine Almosen«, versicherte Krister noch einmal. »Du kannst dafür arbeiten. In ein paar Tagen kann ich dir mehr sagen.«

»Danke, Krister.« Magnus reichte ihm die Hand und drückte sie fest. »Vielen Dank.«

Krister atmete erleichtert auf. »Ich muss also nicht länger auf dich einreden, damit du die Sachen nimmst?«

»Wie könnte ich das meinem Kleinen antun? Er hat es verdient, dass es ihm besser geht.«

»Da sind wir absolut einer Meinung.« Krister lächelte.

Später traf er sich noch mit Sofia, der Mutter der Zwillinge.

»Ich hoffe, die beiden benehmen sich im Unterricht.« Unsicher schaute sie ihn an.

Krister nickte. »Natürlich habe ich ein Problem damit, die beiden auseinanderzuhalten. Das ist aber nicht der einzige Grund, weshalb ich dich bitten möchte, die beiden nicht mehr gleich anzuziehen.«

Sofia hörte ihm aufmerksam zu.

»Ich weiß, es sieht ganz niedlich aus, wenn die beiden sich gleichen wie ein Ei dem anderen, aber es ist wichtig, dass Eltern die Einzigartigkeit jedes Zwillings erkennen und unterstützen, indem sie ihren Kindern helfen, ihre eigenen Interessen, Stärken und Persönlichkeiten zu fördern.« Prüfend schaute er Sofia an. »Ich kann noch weitere Gründe ausführen …«

Sofia winkte ab. »Nein, schon gut. All das hat mein Mann mir auch gesagt … Und eigentlich habe ich es selbst in verschiedenen Ratgebern gelesen.« Sie nickte ihm freundlich zu. »Ab sofort werde ich darauf achten. Und übrigens finde ich es toll, wie du dich für die Kinder einsetzt.«

Krister lächelte. »Das haben Kinder verdient. Dass wir Erwachsenen alles tun, um zu ihrer Entwicklung beizutragen.«

Er verabschiedete sich von Sofia und verließ kurz nach ihr zufrieden das Schulgebäude. Zwei wichtige Punkte konnte er heute von seiner Liste streichen.

Kapitel 22

Sie war ihm entkommen!

Das war Thyras erster Gedanke. Erst dann fragte sie sich, wieso er ihr überhaupt gefolgt war.

Sie hatte ihn gesehen, versteckt hinter Anders' Schuppen. Und dann hatte er ihre Spur verloren und war wieder abgezogen.

Bald war er weg …

So lange halte ich doch wohl noch durch!

Nachdem er wieder abgezogen war, wartete sie noch eine Weile. Als sie spürte, dass die Kälte durch ihre Kleidung zog, kam sie endlich wieder aus ihrem Versteck heraus. Sie schaute sich vorsichtig um, doch Krister war nicht mehr zu sehen.

Ragnar hatte sie an diesem Abend zu sich gebeten. Es sei dringend, hatte er gesagt. Er müsse unbedingt etwas mit ihr besprechen. Das war überraschend, nachdem sie sich in letzter Zeit kaum gesehen hatten.

Einmal war er zu ihr nach Hause gekommen. Er hatte Futter für Gillis gebracht, ein weiteres Mal waren sie zusammen bei Annbritt und Birger gewesen. Später war noch Stina dazugekommen.

Es war ein netter Abend gewesen, aber es hätte ihr weitaus besser gefallen, wenn das Gespräch nicht immer wieder auf ihre und Ragnars Hochzeit gekommen wäre. Alle möglichen Fragen hatten Annbritt und Stina gestellt. Welches Kleid sie gerne tragen würde, wo sie feiern wollten und vor allem mit wem. Annbritt hatte sich sogar erkundigt, was sie an dem Tag essen wollten.

Bei fast allen Fragen musste sie zugeben, dass sie sich darüber bisher keine Gedanken gemacht hatte. Doch das hatte nur dazu geführt, dass Annbritt erst recht nachgebohrt hatte. Thyra hatte erleichtert aufgeseufzt, als der Abend endlich vorbei gewesen war, und Ragnar hatte ihr hinterher gesagt, dass er sich ebenso unbehaglich gefühlt hatte wie sie.

Langsam ging Thyra durchs Dorf. Über ihr spannte sich ein dunkelblauer Himmel, gesprenkelt mit funkelnden Sternen.

An den Häusern reihten sich Lichterketten, die in warmem Gold erstrahlten, entlang der Dachkanten und Fensterrahmen. Die Fenster waren mit roten und grünen Girlanden geschmückt, die von funkelnden Weihnachtskugeln und glänzenden Schleifen flankiert wurden. Sie sah den Schein von Kaminfeuer und Kerzen hinter den Fenstern.

Eigentlich liebte Thyra die Vorweihnachtszeit, aber in diesem Jahr war irgendwie alles anders.

Ob es Ragnar ebenso ging? Er hatte so förmlich geklungen, als er sie angerufen und gebeten hatte, am Abend zu ihr zu kommen. Und jetzt, als sie sein Haus erreichte, fiel ihr auf, dass er überhaupt nichts geschmückt hatte. Keine Kerzen in den Fenstern, keine Girlanden oder Weihnachtskugeln.

Er öffnete sofort, als sie anklopfte. Seine Miene war ungewöhnlich ernst.

»Schön, dass du gekommen bist«, begrüßte er sie.

»Es klang dringend.«

»Ja, das ist es.«

Sie folgte ihm, als er in die Küche ging.

»Möchtest du etwas trinken?«

Thyra schüttelte den Kopf. Sie sagte nichts, sah ihn nur fragend an. Doch mit einem Mal hatte sie eine Ahnung, was er ihr gleich sagen würde.

»Ich …« Er zögerte, schaute sie unsicher an und begann dann plötzlich mit einer Frage. »Bist du dir eigentlich sicher, dass du mich heiraten willst?«

Thyra brauchte nur den Bruchteil einer Sekunde, um zu entscheiden, dass sie ehrlich sein wollte. »Nein.«

Er wirkte erleichtert, lächelte sogar. »Du liebst mich also nicht.«

»Doch, sehr sogar.«

Seine Miene wurde wieder ernst. Diesmal war es Thyra, die lächelte.

»Ich liebe dich wie einen Bruder. Oder wie einen guten Freund, auf den man sich immer verlassen kann.«

Er kam näher, streckte die Hand nach ihr aus. »Ja, das kannst du«, sagte er leise. »Wenn du mich brauchst, bin ich für dich da. Immer!«

Für einen Moment herrschte Stille zwischen ihnen. Kein quälendes Schweigen, sondern ein Augenblick der völligen Übereinstimmung.

»Wann hast du es gemerkt?«, wollte Thyra schließlich wissen.

»Ich habe mich verliebt«, gestand er.

Thyra schaute ihn aus großen Augen an. »Und ich habe nichts davon bemerkt. Wer ist sie?«

»Das spielt keine Rolle.« Ragnar winkte ab. »Sie und ich, das hat keine Zukunft. Aber durch sie habe ich gespürt, dass in unserer Beziehung etwas ganz Entscheidendes fehlt.«

Thyra nickte.

»Du hast es schon früher gemerkt.« Er schaute sie zerknirscht an. »Du hast sogar versucht, mit mir darüber zu reden, aber ich habe es nicht verstanden.«

»Vielleicht gibt es ja doch eine Chance für dich und die Frau, die du liebst. Ich möchte dich so gerne glücklich sehen.«

»Sie wird Schweden in absehbarer Zeit verlassen.« Ein schmerzliches Lächeln umspielte seine Lippen. »Es ist Anouk«, verriet er dann doch. »Sie wohnt bei Krister und Ove. Kennst du sie?«

»Ich habe sie einmal gesehen«, erwiderte Thyra zurückhaltend. »Ich dachte, sie wäre Kristers Freundin.«

Ragnar schüttelte den Kopf. »Sie sind Kollegen, darüber hinaus gute Freunde. Sie dachten wohl einmal, dass da mehr zwischen ihnen sein könnte. Aber bevor sie es herausfinden konnten, musste Krister wegen seines Großvaters nach Schweden abreisen.«

»Und jetzt ist sie auch hier.«

Das Lächeln auf Ragnars Gesicht verriet so viel mehr, als es jedes seiner Worte vermocht hätte. Diese Zärtlichkeit in seinen Augen hatte Thyra noch nie gesehen.

»Ja, sie ist hier«, sagte er. »Weil sie sehen wollte, wie Krister hier im hohen Norden zurechtkommt. Und weil sie sich selbst immer wieder die Frage gestellt hat, ob da mehr zwischen ihm und ihr sein könnte.«

»Und dann hat sie dich getroffen.« Thyra lächelte.

»Vor allem hat es mich getroffen. Wie ein Blitz.« Sein Blick glitt an Thyra vorbei, und das zärtliche Lächeln auf seinem Gesicht blieb. Offenbar erinnerte er sich lebhaft an den Moment.

»Wer weiß, möglicherweise hat das Schicksal doch noch eine Überraschung für dich bereit.« Thyra wünschte es ihm so sehr. Und vielleicht auch ein bisschen sich selbst …

Mit trauriger Miene schüttelte Ragnar den Kopf. »Sie kann hier nicht für immer leben, und für mich wäre ein Leben in Kalifornien undenkbar. Da gibt es keine Verwendung für einen Bauern, der schwedische Bergkühe züchtet.« In komischer Verzweiflung starrte er sie an. »Weißt du eigentlich, dass es in Malibu nicht mal Schnee gibt?«

Thyra musste lachen. »Unvorstellbar, an einem solchen Ort zu leben.«

»Ja, nicht wahr? Und Anouk kann hier nicht mehr leben, obwohl sie aus Kvikkjokk stammt.« Ragnar hielt kurz inne. »Morgen fahre ich übrigens mit ihr dorthin.«

»Du weißt, dass für morgen schwere Schneestürme gemeldet sind«, sagte Thyra besorgt.

»Wir bleiben zwei Tage. Wenn es sein muss, auch drei oder vier.« Es war Ragnar anzusehen, dass ihm der Schneesturm nicht ungelegen kam. »Ich habe in der Fjällstation zwei Zimmer gebucht.«

»Klingt romantisch«, entfuhr es Thyra ironisch.

»Romantik entsteht hier.« Ragnar legte eine Hand auf sein Herz.

»Und weil du diese Reise mit ihr planst, wolltest du heute unbedingt mit mir reden.«

»Alles andere wäre dir gegenüber nicht fair gewesen.«

Das war jetzt der Moment, um ihm zu sagen, dass es ihr ähnlich ging. Dass auch sie sich in einen anderen Mann verliebt hatte …

Doch Thyra schwieg. Weil es jetzt nicht um sie, sondern um Ragnar ging. Und weil es ihr nicht besser ging als ihm: Auch für sie und Krister konnte es keine gemeinsame Zukunft geben, da sie in völlig verschiedenen Welten verankert waren. Es war schlicht undenkbar, dass einer von ihnen seine Welt verlassen würde, um sich der des anderen anzuschließen.

»Wissen Birger und Annbritt Bescheid?«

»Du lieber Himmel, nein!« Ragnar lachte laut auf. »Weißt du eigentlich, dass die Dorfgemeinschaft sich neuerdings regelmäßig trifft, um unsere Hochzeit zu planen? Angeführt von Annbritt und Stina.«

»Ich glaube, ich bin einmal in eines dieser Treffen hineingeplatzt.« Thyra musste jetzt auch lachen. »Aber Annbritt hat mir erzählt, dass sie Dag und Maj zusammenbringen wollen.«

Ragnar schmunzelte. »Das haben die beiden inzwischen ganz allein geschafft.« Er legte einen Finger an seine Lippen. »Aber nichts verraten, bitte. Außer mir – und nun auch dir – weiß das niemand im Dorf. Und wenn ich an uns beide denke, kann ich auch verstehen, dass sie das erst einmal für sich behalten wollen.«

»Ich verrate nichts«, versprach Thyra. »Aber woher weißt du, was die Dorfgemeinschaft für uns plant?«

»Dag erfährt einiges von Maj – deshalb wollen die beiden ja auch erst einmal ihre Beziehung geheim halten –, und Anouk ist mittendrin im Geschehen.« Er grinste. »Die Hochzeitsgang trifft sich meist im Lehrerhaus, nachdem du bei Annbritt in eine ihrer Versammlungen geplatzt bist. Der gilt als Thyra-sicherer Ort.«

Krister wusste also, was die Dorfgemeinschaft plante …

Thyra spürte, wie sich ihr Herzschlag beschleunigte, als sie an ihn dachte. Zum Glück wusste niemand, was sie wirklich empfand. Nicht einmal Ragnar, und obwohl er sie jetzt ins Vertrauen gezogen hatte, würde sie ihre Gefühle für sich behalten. Es war bald vorbei …

»Du bist nicht böse? Nicht enttäuscht?«, vergewisserte sich Ragnar, als sie sich von ihm verabschiedete.

»Ganz bestimmt nicht.« Thyra umarmte ihn. »Ich fühle mich erleichtert, weil die Situation zwischen uns geklärt ist. Und ich wünsche dir von ganzem Herzen ein Happy End mit Anouk, auch wenn es jetzt noch so aussichtslos erscheint.«

Etwas fiel ihr noch ein, bevor sie das Haus verließ. »Wie erklärst du Birger deine Abwesenheit?«

Ragnar grinste. »Überhaupt nicht. Birger ist auf dem Weg nach Kiruna und kommt erst Anfang der Woche zurück. Annbritt hat genug mit den Kindern zu tun. Sollte es doch jemandem auffallen, dass ich nicht da bin, war ich angeblich bei Dag.«

»Und was ist mit Sam?«

»Den bringe ich wirklich zu Dag.«

»Er könnte auch bei uns bleiben«, sagte Thyra an. »Thor würde sich bestimmt über den Besuch seines Bruders freuen.

Aber dann müsste ich Opa eine glaubwürdige Geschichte erzählen.«

»Es ist wirklich kein Problem. Dag passt gut auf ihn auf, und Sam mag ihn.« Unsicher schaute Ragnar sie an. »Sagen wir den anderen jetzt schon, dass wir nicht heiraten?«

»Ich weiß nicht …«

»Können wir warten, bis Anouk abgereist ist?«, bat er. »Ich befürchte, dass sich sonst die ganze Aufmerksamkeit auf uns richtet, und dann findet womöglich noch jemand heraus, dass ich mich in Anouk verliebt habe.«

»Und so sind sie mit den Vorbereitungen für unsere Hochzeit beschäftigt, nicht mit uns.« Thyra lachte schadenfroh. »Ein bisschen haben sie es verdient, wenn sie einfach so über uns hinweg entscheiden wollen.«

»Sagen wir es ihnen nach Weihnachten«, schlug Ragnar vor. »Dann verderben wir ihnen wenigstens nicht das Fest.«

Thor begrüßte sie, als sie nach Hause kam. Dann kratzte er an der Eingangstür – ein Zeichen, dass er dringend raus musste.

Thyra wunderte sich. Normalerweise wäre ihr Großvater um diese Zeit längst eine Runde mit ihm gegangen.

Sie konnte Thor nicht warten lassen und ließ ihn an diesem Abend ausnahmsweise alleine raus. Er würde zurückkommen, sobald er sich erleichtert hatte.

»Opa?« Thyra klopfte an die Tür zum Zimmer ihres Großvaters. Als er nicht antwortete, trat sie ein. Der Raum lag im Dunkeln.

Mit einem mulmigen Gefühl schaltete Thyra das Licht ein, aber ihr Großvater war nicht da. Sie wollte den Raum gerade verlassen, da sah sie das Album. Es lag auf dem Schreibtisch unter dem Fenster.

Sie zögerte, allerdings nur kurz, denn ihre Sorge um den Großvater war größer als die Neugierde.

Sie ließ das Buch liegen und ging Richtung Wohnzimmer. Nur eine Stehlampe spendete Licht.

Gösta lag auf dem Sofa, seine Augen waren geschlossen. Als Thyra näher trat, hörte sie, dass er schwer atmete.

»Opa, was ist mit dir?« Sie legte ihm eine Hand auf die Stirn.

Gösta schreckte hoch. »Thyra …«

»Du glühst ja.«

»Ach was, ich bin nur ein bisschen erkältet. Kannst du mir einen Tee kochen?«

»Ja, natürlich.« Thyra zögerte. »Eigentlich würde ich lieber in der Vårdcentralen anrufen. Vielleicht wäre es besser, wenn ein Arzt nach dir sieht.«

»Unsinn! Wenn ich den Tee getrunken habe, gehe ich ins Bett, und morgen bin ich wieder fit.«

Thyra war keineswegs überzeugt, aber sie schaffte es nicht, ihren Großvater zu überreden.

Bevor sie in die Küche ging, ließ sie Thor wieder ins Haus. Danach kochte sie Tee und bereitete ein belegtes Brot zu, in der Hoffnung, dass ihr Großvater etwas Appetit hatte. Zwar biss er einmal ab, aber Thyra war davon überzeugt, dass er es nur ihr zuliebe tat.

Dann ließ sie ihn kurz allein, um Gillis zu versorgen. Als sie zurück ins Haus kam, war das Brot weg.

Ihr Großvater lächelte sie an. »Das war lecker.«

»Das sehe ich«, erwiderte sie trocken. »Thor leckt sich jetzt noch die Lippen.«

Tatsächlich saß der Husky nicht weit vom Sofa entfernt und wirkte äußerst zufrieden.

»Sei nicht böse«, bat Gösta erschöpft. »Aber ich habe wirklich keinen Hunger.«

Nachdem er den Tee getrunken hatte, stand er mühsam auf und wankte in sein Zimmer.

Thyra kochte auf seinen Wunsch hin noch mehr Tee, füllte

ihn in eine Thermoskanne und brachte ihn zusammen mit der Tasse in das Zimmer ihres Großvaters.

Gösta hatte die kleine Lampe auf dem Nachttisch eingeschaltet und bedankte sich mit einem Lächeln. Dabei fiel es ihm sichtlich schwer, die Augen aufzuhalten.

Thyra schaute an diesem Abend immer wieder nach ihrem Großvater. Als sie schließlich selbst ins Bett ging, war sie ein wenig beruhigter, weil er tief und fest zu schlafen schien …

Als Thyra am nächsten Morgen zuerst wieder nach Gösta sah, schlief er immer noch. Sie ging in die Küche, setzte Kaffeewasser auf und schaute aus dem Fenster.

Draußen war es noch dunkel. Trotzdem erkannte sie den Wagen, der an ihrem Haus vorbeifuhr. Das war Ragnar, auf dem Weg in sein Abenteuer.

Sie spürte in sich hinein. Machte es ihr wirklich nichts aus?

Nein, da war kein Schmerz. Nur der Wunsch, dass ihm diese Liebe, die bald ihr Ende finden würde, nicht das Herz brach …

»Gibt es Kaffee?«

Thyra fuhr herum. Ihr Großvater stand hinter ihr. Er sah elend aus. Langsam schlurfte er zum Tisch, um sich dort schwer auf einen Stuhl fallen zu lassen.

Auch an diesem Morgen hatte er keinen Appetit. Er trank eine Tasse Kaffee, musste sich anschließend aber wieder hinlegen. Trotzdem wertete Thyra es als positives Zeichen, dass er überhaupt aufgestanden war.

Gegen Mittag verdunkelte sich der Himmel, ein eiskalter Wind zog auf. Zuerst fielen nur wenige Flocken, doch dann wurden die Schneeschauer immer dichter. So wie an dem Tag, als Krister beinahe erfroren wäre. Die Landschaft ringsum war nicht mehr zu erkennen.

Thyra versorgte zuerst Gillis und drehte danach mit Thor eine kurze Runde ums Haus. Sie bestand darauf, dass Gösta wenigstens ein bisschen Brühe zu sich nahm, doch mehr als zwei Löffel brachte er nicht hinunter. Er atmete schwerer, und es schien ihm zunehmend schlechter zu gehen.

»Opa, ich rufe jetzt die Vårdcentralen an.«

Er reagierte kaum, auf seiner Stirn stand kalter Schweiß. Sein Atem ging schwer, und das Fieber stieg …

Thyra kämpfte gegen die aufsteigende Angst an. Sie musste einen klaren Kopf behalten.

Ihre Finger zitterten, als sie die Nummer der Gesundheitszentrale wählte. Nachdem sie der Sprechstundenhilfe die Symptome geschildert hatte, wurde sie mit einem Arzt verbunden.

»Das klingt nach einer Lungenentzündung, aber eigentlich müsste ich deinen Großvater erst untersuchen …«

»Draußen tobt ein Schneesturm, ich kann ihn nicht nach Jokkmokk bringen.«

»Genau deshalb kann ich auch niemanden nach Tjarojakk schicken. Wir müssen warten, bis der Schneesturm vorbei ist, und hoffen, dass die Straßen dann passierbar sind.« Er schwieg sekundenlang. »Aber der Wetterbericht verheißt nichts Gutes«, ergänzte er.

»Aber ich muss doch etwas machen. Ich kann doch nicht warten, bis …« Sie konnte das Schreckliche nicht aussprechen. Offenbar passierte ihr jetzt genau das, wovor Greta solche Angst gehabt hatte.

»Ich habe hier die notwendigen Medikamente, vor allem Antibiotika. Aber die müssten abgeholt werden …« Der Arzt sprach nicht weiter.

»Ja, ich komme!«, stieß Thyra hervor.

»Ich kann dich nur davor warnen, der Schneesturm hat seinen Höhepunkt noch nicht erreicht.«

»Ich komme trotzdem«, sagte Thyra. »Ich schaffe das.«

Sekundenlang blieb es still am anderen Ende der Leitung.

»Ich bewundere deinen Mut«, sagte Dr. Lundgren schließlich. »Ich warte hier auf dich.«

Nachdem sie das Gespräch beendet hatte, überlegte Thyra angestrengt, was sie jetzt machen sollte. Sie konnte ihren Großvater auf keinen Fall allein lassen. Jemand musste bei ihm bleiben. Außerdem musste sie überlegen, wie sie nach Jokkmokk kam. Wenn die Straßen so aussahen wie der Weg vor ihrem Haus, war kein Durchkommen mehr.

Birger war nicht zu Hause, und Annbritt musste bei den Kindern bleiben.

Dag! Er würde sofort kommen, um während ihrer Abwesenheit nach Gösta zu sehen.

Thyra suchte in ihrem Handy nach seiner Nummer, doch als sie darauf drückte, blieb die Leitung tot.

Verzweiflung machte sich in ihr breit. Noch einmal schaute sie nach ihrem Großvater. Konnte sie es riskieren, ihn allein zu lassen?

Kalter Schweiß stand auf Göstas Stirn, und sein Atem ging schnell.

Eigentlich gab es nur eine Lösung, auch wenn ihr die überhaupt nicht gefiel …

Kurz schloss sie die Augen und dachte noch einmal angestrengt nach. Birger war geschäftlich unterwegs, Ragnar mit Anouk verreist und Dag nicht erreichbar. Sein Bauernhof lag zu weit außerhalb, um sich zu Fuß zu ihm auf den Weg zu machen. Es gab nur diese eine Möglichkeit …

Thyra dachte nicht länger nach, sondern machte sich auf den Weg.

Der Schneefall wurde stärker. Inzwischen fielen die Flocken so dicht wie an dem Tag, als Krister den Rückweg nicht mehr gefunden hatte.

Thyra wusste, dass sie sich gerade selbst einer Gefahr aussetzte. Es war nichts mehr zu erkennen. Sie verließ sich ausschließlich auf ihren Orientierungssinn, während sie sich durch die Schneemassen kämpfte, die inzwischen den Boden bedeckten.

Als sie das Lehrerhaus schließlich erreichte, hatte sie keine Ahnung, wie lange sie für den Weg gebraucht hatte. Wahrscheinlich nur wenige Minuten, auch wenn es ihr wie eine Ewigkeit vorgekommen war. Endlose Zeit, in der ihr Großvater alleine war.

Sie verdrängte jeden Gedanken daran, dass eine weitaus anstrengendere und sehr gefährliche Reise vor ihr lag.

Hart klopfte sie gegen die Tür des Lehrerhauses, die kurz darauf geöffnet wurde. Krister stand vor ihr und schaute sie an – zuerst verblüfft, dann ziemlich bestürzt. Mit einer einladenden Geste trat er zur Seite und ließ sie hinein.

»Du bist bestimmt wegen Ragnar und Anouk hier. Thyra, es tut mir leid. Ich habe versucht, es Anouk auszureden, aber …«

»Das ist mir doch egal«, unterbrach ihn Thyra. »Zwischen Ragnar und mir ist alles geklärt. Ich bin hier, weil ich deine Hilfe brauche.«

Während sie erklärte, was passiert war und was sie vorhatte, kam auch Ove dazu. Er wirkte ebenso erschrocken wie Krister.

»Bitte, Krister, kannst du mitkommen und bei meinem Großvater bleiben, bis ich mit der Medizin aus Jokkmokk zurückkomme?«

»Wie willst du denn bei diesem Wetter nach Jokkmokk kommen?«

»Ich nehme Ragnars Schneemobil.«

»Das ist viel zu gefährlich.«

»Ich diskutiere darüber nicht mit dir! Ich werde auf jeden Fall fahren. Bitte, Krister, lass meinen Großvater nicht allein.«

»Ich lasse vor allem dich nicht allein.« Krister drehte sich zu Ove herum. »Ich begleite Thyra nach Jokkmokk. Du musst bei Gösta bleiben.«

Ove schüttelte immer wieder den Kopf. Auf seinem Gesicht spiegelte sich eine Mischung aus Abscheu und Entsetzen. Doch dann sagte er überraschend: »Ja, gut, ich mache es.«

Zu dritt kämpften sie sich zurück. Als sie das Haus betraten, stürmte Thor an ihnen vorbei nach draußen.

»Er kommt gleich zurück«, sagte Thyra. »Er hasst den Sturm.«

Ove war der Einzige, der seine Winterjacke auszog. Thyra führte ihn in Göstas Zimmer.

»Opa ist hier.«

Gösta öffnete die Augen. Als er Ove erblickte, wurde sein Blick starr und er richtete sich sogar ein wenig auf.

»Was – will – der – hier?«, keuchte er.

»Krister und ich besorgen Medizin für dich. Ove bleibt so lange bei dir.«

»Nein!«, stieß Gösta hart hervor. »Ich – will – das – nicht! Nicht – der!«

»Ich bleibe! Ob es dir passt oder nicht, du alter Narr«, fuhr Ove ihn an.

Gösta ignorierte Ove völlig. Er schaute Thyra an.

»Nein!«, stieß er noch einmal hervor. Er war offensichtlich kaum dazu in der Lage, sehr viel mehr zu sagen.

»Ich diskutiere darüber nicht mit dir«, beschied Thyra knapp. »Wir müssen los.«

Sie wandte sich zum Gehen, doch dann überfiel sie plötzlich die Angst, dass diese harten Worte das Letzte sein könnten, das sie zu ihrem Großvater sagte. Sie drehte sich um, lief zum Bett ihres Großvaters und beugte sich über ihn.

»Ich hab dich lieb, Opa. Und ich mache das hier alles nur für dich. Weil ich will, dass du wieder gesund wirst und wir noch viele Jahre miteinander haben.«

Ein stilles Leuchten trat in Göstas Augen. »Hab – dich – auch – lieb. Pass – auf – dich – auf.«

»Gillis, Thor!«, stieß sie hervor. »Ich muss die beiden noch füttern und …«

Ove legte ihr eine Hand auf die Schulter. »Das erledige ich alles«, versprach er. »Fahrt los.«

»Danke, Ove«, sagte sie leise, bevor sie das Zimmer verließ.

Dabei fiel ihr Blick auf Göstas Schreibtisch, wo noch immer das Album lag …

Kapitel 23

Krister ließ es nicht zu, dass ihn die Panik erfasste. Obwohl es immer wieder Momente gab, die ihn an das erste Mal erinnerten, als er im Schnee die Orientierung verloren hatte. Allein hätte er sich auch jetzt nicht zurechtgefunden – er wusste schon lange nicht mehr, wo sie sich eigentlich befanden.

Hin und wieder blieb Thyra kurz stehen, als müsse sie sich orientieren. Und dann lief sie weiter, als wüsste sie ganz genau, wo sie sich gerade befanden.

Krister bleib nichts anderes übrig, als darauf zu achten, dass er sie nicht aus den Augen verlor, und völlig auf sie zu vertrauen.

Es erschien ihm fast wie ein Wunder, dass sie tatsächlich Ragnars Haus erreichten. Das Schneemobil stand vor dem Schuppen rechts daneben.

Während Krister es vom Schnee befreite, holte Thyra den Schlüssel. Erst später erfuhr er, dass Ragnar für Notfälle immer einen Schlüssel auf der Veranda vor dem Haus versteckt hatte.

Sie nahm vorne Platz, er hinter ihr. Sie saßen ganz dicht beieinander, bildeten eine Einheit, die sich mit ganzer Kraft dem Unwetter entgegenstellte.

Krister hatte keine Ahnung, ob sie den Weg nach Jokkmokk mit der gleichen schlafwandlerischen Sicherheit finden würde wie den Weg von seinem zu Ragnars Haus. Das, was jetzt vor ihnen lag, war eine ganz andere Strecke.

Der Schneesturm peitschte um sie herum, Schneeflocken fielen dicht an dicht und peitschten ihnen geradezu entgegen.

Krister klammerte sich an Thyra und bewunderte die Entschlossenheit, mit der sie das Schneemobil durch die tobende Naturgewalt steuerte.

Kilometer um Kilometer kämpften sie sich gegen die undurchsichtige Wand aus Schnee und Wind. Krister spürte jeden Ruck, jede Kurve.

Und dann war da plötzlich ein Hindernis. Eine Schneewehe baute sich vor ihnen auf, die sie vorher nicht hatten sehen können. Eine gefährliche Barriere …

Er hörte Thyra aufschreien, spürte ihre Anspannung, als sie verzweifelt darum kämpfte, das Fahrzeug auf Kurs zu halten. Mit einem lauten Knirschen und einem plötzlichen Ruck neigte sich das Schneemobil bedrohlich zur Seite.

Die Welt schien für einen Moment den Atem anzuhalten, als das Schneemobil kippte – langsam, wie in Zeitlupe.

Krister konnte seinen Herzschlag in den Ohren spüren. Doch dann, mit einem letzten verzweifelten Ruck, gelang es Thyra, das Fahrzeug wieder aufzurichten. Die Fahrt durch die weiße Hölle ging weiter.

Irgendwann verlor Krister jegliches Gefühl für Raum und Zeit. Fuhren sie noch in die richtige Richtung?

Gut, das hatte er von Anfang an nicht gewusst.

Wie lange waren sie unterwegs?

Er hatte keine Ahnung. Es konnten erst Minuten sein, vielleicht waren aber auch schon Stunden vergangen. Wenn er jetzt, in diesem weißen Albtraum, sein Leben verlieren sollte, dann wäre er wenigstens nicht allein. Thyra war bei ihm …

Plötzlich veränderte sich etwas. Das Gefährt ruckelte nicht mehr so schlimm, dass er sich mit aller Kraft festhalten musste – und dann konnte er plötzlich Umrisse erkennen. Häuser, erhellt durch das Licht der Straßenlaternen rechts und links. Die Sicht war immer noch stark eingeschränkt, aber Thyra, die sich hier auskannte, reichte es offensichtlich.

Sie stellte das Schneemobil unter der gläsernen Überdachung ab, und sie beide zogen ihre Helme aus.

»Normalerweise hat das Gesundheitszentrum um diese Zeit bereits geschlossen«, sagte Thyra mit belegter Stimme.

»Wie lange waren wir unterwegs?«, fragte Krister.

»Etwas mehr als zwei Stunden.«

Krister zog sie spontan in seine Arme. »Wir haben es bis Jokkmokk geschafft, und jetzt organisieren wir die Medikamente für deinen Großvater. Irgendwie …«

Bevor er weitersprechen konnte, entdeckten sie hinter der Glasscheibe des Eingangs einen Mann. Er winkte und riss die Tür von innen auf.

»Thyra?« Fragend schaute er Thyra an.

Sie nickte. »Dr. Lundgren?«

»Ja.« Er lächelte. »Ich bin so froh, dass ihr es geschafft habt.« Sein Blick schloss Krister mit ein. »Aber jetzt habt ihr noch die Rückfahrt vor euch.«

»Das schaffen wir auch!« Thyra presste die Hände gegeneinander. »Danke«, stammelte sie. »Vielen Dank, dass du uns die Medikamente für meinen Großvater gibst.«

Der Arzt ließ Krister und sie nicht zurückfahren, bevor sie sich nicht in der Vårdcentralen ein wenig aufgewärmt und ausgeruht hatten. Er servierte ihnen sogar heißen Kaffee und übergab ihnen dann das Päckchen mit den Medikamenten und einen Zettel mit den genauen Dosierungsangaben.

»Viel Glück für die Fahrt«, wünschte er, als Krister und Thyra sich auf den Heimweg machten.

Thyra verstaute die Medikamente in der Box unter dem Sitz, dann richtete sie sich wieder auf.

In diesem Augenblick musste Krister an den Moment denken, als er sie das erste Mal gesehen hatte. Ihre wilde Schönheit hatte ihn da schon fasziniert. Aber das war nichts verglichen mit dem, was er jetzt empfand.

»Finden wir auch den Rückweg?« Er versuchte zu lächeln. Es fiel ihm schwer, weil da gerade so viel in ihm passierte.

Thyra lächelte ebenfalls. »Nach Hause finde ich immer«, behauptete sie.

Krister konnte nicht anders. Er trat ganz dicht an sie heran und umfasste ihr Gesicht mit beiden Händen. Sanft strich er ihr über die Wangen, während er ihr tief in die Augen blickte. Sie erwiderte seinen Blick, ließ ihn nicht los.

Langsam beugte er sich vor und senkte seine Lippen sanft auf ihre. Ein elektrisierender Schauer durchfuhr ihn, als ihre Lippen sich zu einem sehnsüchtigen und leidenschaftlichen Kuss trafen.

Sein warmer Atem vermischte sich mit ihrem. Beglückt spürte er, wie sie sich an ihn schmiegte. Es war, als würden sie in einem Kokon aus Intimität und Vertrauen schweben. Die Welt außerhalb dieses Kokons verblasste, und für einige wundervolle Momente lösten sich alle Sorgen auf. Es gab nur noch sie beide, vereint in diesem Augenblick.

Schließlich löste Thyra sich aus der Umarmung. Ihr Blick war unergründlich.

»Thyra, ich habe mich in dich verliebt!«, entfuhr es ihm.

Nur noch ganz kurz hielt sie still, schien seinen Worten nachzulauschen. Dann befreite sie sich aus seinen Armen, nahm die Helme vom Sitz des Schneemobils und reichte ihm seinen.

»Lass uns fahren.«

Ihre Worte, ihre Stimme. Unbeteiligt und kühl.

Es war so ernüchternd, dass es ihm körperlich wehtat. Traurig sah er ihr dabei zu, wie sie sich auf das Schneemobil setzte. Sie schaute sich nicht einmal um, wartete einfach nur darauf, dass er hinter ihr Platz nahm.

Sofort, als er hinter ihr saß, startete sie den Motor und fuhr los.

Kapitel 24

Thyra, ich habe mich in dich verliebt!

Diese Worte hallten in ihr nach und wühlten sie zutiefst auf, während sie das Schneemobil in Richtung ihres Heimatdorfs steuerte.

Die Straßen in Jokkmokk waren leer gewesen, und auch auf der Fahrt übers Land begegnete ihnen kein einziges Fahrzeug. Das Schneetreiben war immer noch heftig, aber zumindest hatte sie das Gefühl, dass sich der Lichtstrahl der Scheinwerfer tiefer in die Schneewand eingrub. Rechts uns links waren sogar die Umrisse der Bäume zu erkennen.

Thyra, ich habe mich in dich verliebt!

Warum nur hatte er das gesagt?

Sie fühlte den Druck seines Körpers hinter sich. Das verstärkte die Schwere, die ohnehin auf ihrer Seele lastete. Ihn so nah zu spüren und um seine Gefühle zu wissen, gleichzeitig aber zu ahnen, dass ihre Liebe völlig aussichtslos war, tat weh.

Sie spürte, wie Tränen in ihr aufstiegen. Sie brannten in ihren Augen, aber sie durfte jetzt nicht weinen. Sie musste klarsehen, nach vorne schauen …

Ihre Erleichterung war riesengroß, als sie endlich in Tjarojakk einfuhren. Sie steuerte das Mobil vor ihr Haus und stellte den Motor ab. Sekundenlang blieb sie sitzen. Sie wusste nicht, wie sie sich Krister gegenüber verhalten sollte. Und sie hatte Angst vor dem, was sie im Haus erwartete. Wie ging es ihrem Großvater?

Sie war froh, dass Krister sie nicht auf das ansprach, was in

Jokkmokk passiert war. Genau genommen sprach er überhaupt nicht mehr.

Seine Augen hingegen stellten unzählige Fragen, auf die es keine Antworten gab.

Im Haus nahm sie sich nicht einmal die Zeit, ihre Jacke auszuziehen. So, wie sie war, eilte sie in das Zimmer ihres Großvaters.

Krister folgte ihr. Ebenso Thor, dem es überhaupt nicht gefiel, dass sie ihn nicht ausgiebig begrüßte.

Ihr Großvater lag mit geschlossenen Augen auf seinem Bett. Auf dem Nachttisch neben ihm stand eine halbvolle Teetasse.

Es war Gösta anzusehen, dass es ihm nicht besser ging. Sein Brustkorb hob und senkte sich schnell und schwer. Sein faltiges Gesicht wirkte eingefallen und war schneeweiß. Dunkle Schatten lagen unter seinen Augen.

Ove hingegen saß am Schreibtisch und blätterte in dem Album.

»Das ist Opas Album.« Ihre Stimme klang schärfer, als sie es beabsichtigt hatte.

Gösta wachte auf. Vielleicht hatte er sich auch nur schlafend gestellt, um nicht mit Ove reden zu müssen.

»Er …« Ove wies mit dem Kinn in Göstas Richtung, »… hat es mir geklaut.«

Auf Göstas Wangen zeichneten sich hektische rote Flecken ab.

»Dafür – hast – du – mir – die – Frau – gestohlen!«

»So ein Unsinn.« Ove schlug das Album zu und stand auf. Kurz hob er das Album in die Höhe. »Das nehme ich mit!«

Gösta protestierte nicht, als Ove sein Zimmer verließ. Es war zu hören, wie er auf dem Flur sagte: »Komm schon, Krister, ich will nach Hause.«

Krister lächelte Thyra entschuldigend an. »Es tut mir leid.« Dann wandte er sich um.

Thyra konnte ihn so nicht gehen lassen. »Krister!«

Er hielt inne, verharrte sekundenlang, bevor er sich zu ihr umdrehte.

Thyra trat einen Schritt auf ihn zu. »Danke, für alles.«

Er schüttelte lächelnd den Kopf. »Ich habe nichts getan, außer auf dem Schneemobil hinter dir zu sitzen.«

»Du ahnst nicht, was mir das bedeutet hat …« Sie brach ab. Plötzlich hatte sie Angst, etwas zu sagen, was ihre wahren Gefühle verriet.

»Ich weiß nicht, ob ich es ohne dich geschafft hätte. Vielleicht hätte ich unterwegs aufgegeben.«

»Natürlich hättest du es geschafft. Du bist die stärkste Frau, die ich kenne.« Er nickte ihr zu. »Gute Besserung, Gösta«, sagte er noch, dann drehte er sich um und folgte seinem Großvater.

Die Medikamente wirkten schnell. Bereits achtundvierzig Stunden später ging es Gösta bedeutend besser.

Sie erhielten viel Hilfe aus dem Dorf. Stina brachte gekochtes Essen vorbei, das Thyra nur noch aufzuwärmen brauchte.

»Ich weiß ja, dass Gösta es nicht mag, wenn du kochst«, sagte sie ein wenig verlegen zu Thyra.

Thyra lachte. »Nett, dass du es so diplomatisch ausdrückst. Aber es ist nicht so, dass er es nicht mag, wenn ich koche. Er mag das nicht, was ich koche.«

»Ja, ich weiß. Ich wollte es dir bloß nicht so hart ins Gesicht sagen.«

Danach schaute Stina noch kurz nach Gösta, bevor sie sich wieder verabschiedete.

Obwohl sich seine gesundheitliche Verfassung deutlich verbessert hatte, war Gösta ziemlich unleidlich und wortkarg. Und er weigerte sich strikt, über das Fotoalbum zu reden.

Obwohl sie sich ärgerte, ließ Thyra ihn erst einmal in Ruhe. Schließlich war er noch nicht ganz gesund.

Am nächsten Tag hatte sich Göstas Gesundheitszustand noch weiter verbessert. Er konnte wieder besser durchatmen und schien sich auch nicht mehr so schlapp zu fühlen.

Jedenfalls schloss Thyra das daraus, dass er in aller Frühe aufstand, um selbst das Frühstück zuzubereiten.

»Opa, lass mich das doch machen.«

Gösta brummte etwas, was sie nicht verstand.

»Ich kann Kaffee kochen!«

Zum ersten Mal seit Tagen verzog sich sein Gesicht wieder zu einem Lächeln.

»Das ist das Einzige, was du kochen kannst«, gab er wenig charmant zurück.

»Und deshalb setzt du dich jetzt an den Tisch und lässt dich ein bisschen von mir verwöhnen.«

Gösta gab nach, ließ es sogar zu, dass sie Hafergrütze für ihn kochte.

Sie saßen noch beim Frühstück, als singende Kinder zu hören waren. Zusammen eilten sie nach draußen, wobei Thyra darauf achtete, dass ihr Großvater seinen Mantel anzog und sich den Schal umlegte.

Langsam zogen die Kinder durchs Dorf, um den Gedenktag der Heiligen Lucia zu feiern.

Elsa, die große Schwester der Zwillinge Anna und Anina, verkörperte die Rolle der Heiligen Lucia. Sie trug ein weißes Gewand, das mit einem roten Band um die Taille gebunden war. Auf ihrem Kopf saß eine Krone aus grünen Tannenzweigen, die mit Kerzen geschmückt war, als Symbol für das Licht, das Lucia in die dunkelste Nacht des Jahres brachte.

Alle anderen Kinder, auch die Schulkinder aus Tjarojakk, begleiteten Lucia. Sie waren in traditionelle Gewänder in den

Farben der Weihnachtszeit gekleidet. Die Jungen trugen rote Westen über weißen Hemden, die Mädchen grüne Röcke und weiße Blusen.

Glockenhelle Stimmen erfüllten den Morgen mit überlieferten Liedern, die von Hoffnung, Licht und Freude erzählen. Wen störte es da schon, wenn hin und wieder ein schiefer Ton zu hören war?

Die Kinder trugen Körbe mit Leckereien, die sie unter den Menschen am Straßenrand verteilten, bevor sie die alten Bewohner des Dorfes besuchten.

Seit sie aus dem Schuldienst ausgeschieden war, gingen die Kinder stets zuerst zu Asta.

Anschließend wurde der Gesang immer lauter, sodass Thyra wusste, dass die kleine Prozession sich ihrem Haus näherte.

Thyra freute sich, weil Gösta auch jetzt wieder lächelte, als die Kinder singend den Hauseingang umstanden. Nachdem sie ihm ein Körbchen mit Lussekatter überreicht hatten, zogen sie weiter.

»Das war es dann für dieses Jahr«, sagte Gösta nachdenklich. »Früher, als Kind, war der Luciatag die Einleitung des Weihnachtsfestes. Wenn es dann so weit war, schien es ewig lange zu dauern bis zum nächsten Luciatag. Aber seitdem sind so viele Luciatage vergangen, so viele Jahre ... So viele Hoffnungen, die sich nicht erfüllt haben.«

Er versank sichtlich in einem Sumpf aus Melancholie und Grübeleien.

»Ach, Opa, das geht uns doch allen so«, versuchte Thyra ihn aufzumuntern. »Wir alle erleben Zeiten, die nicht ganz so glücklich sind. Und wir alle müssen uns von Träumen verabschieden, weil sie sich nicht realisieren lassen.«

»Ich hoffe, dass das bei dir nie so sein wird.« Gösta drückte ihr die Hand, schien noch etwas sagen zu wollen, doch dann schloss er den bereits geöffneten Mund wieder.

Vielleicht wäre das der Moment gewesen, um ihm zu sagen, dass sie und Ragnar sich getrennt hatten. Doch Thyra entschied sich dagegen. Es würde sich ein besserer Zeitpunkt ergeben.

Gegen Abend kam ein Besucher, mit dem sie beide nicht gerechnet hatten.

»Ove?«, sagte Thyra überrascht, nachdem sie die Tür geöffnet hatte.

»Darf ich reinkommen?«

Thyra sah, dass er das Fotoalbum in den Händen hielt. Sie nickte verhalten.

»Ich habe mich übrigens noch nicht bei dir bedankt, weil du auf Opa aufgepasst hast«, sagte sie. Das Versäumnis war ihr zwar unangenehm, aber um sich zu bedanken, hätte sie ins Lehrerhaus gehen müssen. Und mehr denn je war es ihr wichtig, Krister nicht zu begegnen. Sie zeigte auf das Album. »Was hast du damit vor?«

»Keine Sorge, ich will Gösta nicht aufregen«, versicherte Ove lächelnd, der offensichtlich genau wusste, worauf sie hinauswollte. »Ich habe vor, ihm die Fotos zurückzugeben.«

»Opa ist im Wohnzimmer.«

Sie folgte Ove, als er vorging. Wie erwartet, war ihr Großvater nicht begeistert. Auch diesmal ignorierte er Ove vollständig und schaute nur Thyra an.

»Was will der schon wieder hier?«

»Ich möchte dir das hier zurückgeben.« Ove legte das Fotoalbum vor Gösta auf den Tisch. »Ich brauche es nicht, ich habe meine Erinnerungen hier.« Er legte eine Hand auf sein Herz. »Und lass uns noch etwas klären: Ich habe dir die Frau nicht genommen, Solveig hat sich damals aus freien Stücken für mich entschieden.«

Gösta schaute ihn an, jede Feindseligkeit war aus seinem Blick gewichen.

»Im Fotoalbum ist übrigens noch ein Brief.«

Gösta schaute ihn erschrocken an. »Hast du ihn gelesen?«

»Natürlich nicht, der Brief war an dich gerichtet.«

Gösta nahm das Album an sich und schlug es auf. Zwischen den Seiten suchte er nach dem vergilbten Umschlag und zog den Brief heraus.

Thyra war sich sicher, dass es sich um den Brief handelte, den sie schon einmal in den Händen ihres Großvaters gesehen hatte.

Leise begann Gösta zu lesen: »Lieber Gösta, mein liebster Freund, mein engster Vertrauter. Ich weiß, wie sehr ich dich mit diesem Brief verletze, aber wir hatten uns bereits als Kinder geschworen, immer ehrlich zueinander zu sein. Du, Ove und ich.«

Gösta hielt kurz inne und atmete tief durch. Seine Stimme klang brüchig, als er fortfuhr: »Ich habe mich in Ove verliebt, und er liebt mich auch. Ich möchte dich nicht als Freund verlieren, aber ein Leben ohne Ove kann ich mir nicht vorstellen. Ich hoffe, du kannst irgendwann verstehen, was mich jetzt bewegt, wenn auch du deine große Liebe findest. In tiefer Verbundenheit, deine Solveig.«

Es herrschte tiefes Schweigen, nachdem Gösta den Brief zu Ende gelesen hatte. Er ließ den Brief sinken, legte beide Hände darauf und starrte blicklos vor sich hin.

Thyras Herz war voller Mitleid mit ihrem Großvater. Wie schrecklich musste es sein, eine Frau zu lieben, die wiederum seinen ehemals besten Freund geliebt hatte …

»Es ist so lange her, Gösta.« Es war Ove anzusehen, wie betroffen er selbst war. »Lass uns endlich Frieden schließen. Ich bin sicher, dass das in Solveigs Sinne wäre. Wir waren doch einmal die besten Freunde, die man sich vorstellen kann.«

Gösta musste offensichtlich eine ganze Weile darüber nachdenken, doch dann klopfte er mit einer Hand neben sich auf das Sofa.

»Setz dich.«

Thyra strahlte. »Und ich hole euch einen Kaffee.«

Während sie in der Küche darauf wartete, dass das Wasser kochte, dachte sie an ihren Großvater und Ove. Das war also das Geheimnis zwischen den beiden: Sie hatten dieselbe Frau geliebt.

Irgendwie teile ich Opas Schicksal, dachte sie. *Ich weiß, wie weh es tut, einen Menschen zu lieben, der nie zu mir gehören wird.*

Sie verdrängte diesen Gedanken ganz schnell wieder und freute sich darüber, dass sich Gösta und Ove einander wieder annäherten.

Als sie mit dem Kaffee zurück ins Wohnzimmer kam, unterhielten sich die beiden Männer ausgerechnet über Krister.

»Er ist in Jokkmokk«, berichtete Ove. »Krister hat sich einiges für eure Schule vorgenommen und spricht deshalb beim Schulamt vor.«

»Reist ihr nicht im Januar ab?«

»Ich hoffe nicht.« Ove schaute sinnend vor sich hin. »Ich möchte am liebsten für immer bleiben«, gestand er.

»Dann mach das doch«, sagte Gösta. »Ich würde mich freuen – und wir haben so vieles nachzuholen.«

Ove nickte, schaute dabei vor sich hin. »Ja, vielleicht mache ich das. Hier bin ich zu Hause.«

»Es ist so gut, dass ihr nicht mehr streitet«, sagte Thyra zufrieden.

Die beiden alten Männer schauten sich an, dann lachten sie gleichzeitig auf.

»Ganz im Gegenteil«, versicherte Ove. »In den letzten Jahrzehnten haben wie nicht mehr miteinander gesprochen. Aber jetzt, nachdem wir uns vertragen haben ...«

»... werden wir wieder so streiten wie in jungen Jahren«, ergänzte Gösta.

Weihnachten verlief ruhig, so wie jedes Jahr. Jedenfalls Heiligabend und der erste Feiertag.

Gösta und Thyra waren zusammen mit Ragnar bei Annbritt und Birger eingeladen. Es gab sehr viel köstliches Essen, reichlich Alkohol und zufriedene Gesichter. Jedenfalls wirkte Annbritt gut aufgelegt, wann immer sie zu Ragnar und Thyra schaute.

»Man sieht euch beide in letzter Zeit so selten zusammen«, sagte sie einmal.

Thyra wusste nicht, was sie darauf erwidern sollte. Sie konnte Annbritt nicht einmal in die Augen schauen.

»Ja, manchmal ist das eben so«, sagte Ragnar.

»Wenn ihr erst verheiratet seid, ändert sich das ganz bestimmt.« Annbritt schaute lächelnd zwischen ihnen hin und her, wurde dann aber zum Glück durch ihre Kinder abgelenkt.

Der zweite Weihnachtstag wurde traditionell in der Schule gefeiert. Jeder aus Tjarojakk konnte an dem Fest teilnehmen.

Einige Dorfbewohner brachten fertig gekochtes Essen mit, und zusätzlich konnte in der kleinen Küche gebrutzelt werden. Weil Thyra nicht kochen konnte, wurde sie zum Dekorieren eingeteilt.

In der Mitte des Raumes stand ein geschmückter Weihnachtsbaum, um den später nicht nur die Kinder tanzen würden, und auf langen Tischen wurde ein Büfett aufgebaut. Auf der anderen Seite des Raumes gab es Sitzgelegenheiten.

Birger und Dag schleppten ein Sofa aus Stinas Wohnung an, damit die älteren Gäste einen bequemen Sitzplatz hatten. Und tatsächlich wurde es dann auch den ganzen Abend von Asta, Ove und Gösta besetzt.

Der Raum füllte sich schnell. Maj und Dag zeigten sich zum ersten Mal gemeinsam Hand in Hand. An der anderen Hand hielt Dag den kleinen Lovis, der immer wieder stolz zu ihm aufschaute.

Vor allem Stina war glücklich über diese Entwicklung.

Die Zwillinge kamen zusammen mit ihren Eltern und ihrer großen Schwester. Gleichzeitig traf auch Bosse mit seinen Eltern ein.

Annbritt war von Anfang an da gewesen. Birger und die beiden Kinder kamen zuletzt, gleichzeitig mit Magnus und Mats.

Magnus wirkte aufgeregt, er lächelte die ganze Zeit glücklich vor sich hin. So kannte Thyra ihn noch gar nicht.

An diesem Abend begegnete Thyra auch Krister wieder, und zum ersten Mal sah sie die Frau aus der Nähe, die Ragnars Herz gewonnen hatte.

Thyra mochte Anouk sofort. Sie war ein wenig verrückt, fröhlich und kam mit sehr viel Herzlichkeit auf sie zu. In dem glitzernden Anzug, den sie trug, hätte sie allerdings eher auf eine Filmpremiere gepasst.

Anouk fiel auf, aber das bezweckte sie offensichtlich auch. Sie war wunderschön, und am Ende des Abends hatte sie fast alle für sich eingenommen.

Als sie einen Augenblick allein mit Thyra reden konnte, lächelte sie vorsichtig. »Ich hätte dich gerne schon früher kennengelernt. Ragnar spricht immer so begeistert von dir. Aber ich hatte ein wenig Angst. Es ist eine komische Situation, findest du nicht?«

»Ein bisschen.« Thyra nickte. »Aber eigentlich bin ich dir nur dankbar, weil Ragnar und ich endlich das ausgesprochen haben, was schon lange in uns war. Wir wären miteinander nicht glücklich geworden.«

»Dann können wir das Thema abhaken?«

Thyra nickte. »Und uns endlich richtig kennenlernen.«

Als sie sah, dass Krister auf sie und Anouk zukam, entschuldigte sie sich allerdings schnell. »Mein Großvater war krank. Ich will kurz nach ihm sehen.«

Sie spürte Kristers Blicke in ihrem Rücken, als sie davoneilte.

Nachdem alle gegessen hatten, nickten Ragnar und Thyra einander zu. Das schien der richtige Moment zu sein, um all die Menschen hier über ihre Trennung zu informieren, doch Krister kam ihnen zuvor.

Er trat mitten in den Raum und bat um Aufmerksamkeit. Es dauerte einen Moment, aber schließlich richteten sich alle Augen auf ihn.

»Wir ihr alle wisst, bin ich ja nur als Aushilfslehrer hier. Nach meiner Abreise wird eine junge Kollegin hier einspringen. Nur vorübergehend, aber die Gemeinde hat fest zugesagt, dass sie sich ein bisschen intensiver um einen geregelten Unterricht in Tjarojakk bemühen werden.«

Zustimmendes Gemurmel war zu hören.

»Das ist noch nicht alles.« Krister lächelte in die Runde. »Nach den Ferien werden die Kindern hier – so wie an allen schwedischen Schulen – ganztags betreut. Mittagessen gibt es in der Schule. Das Essen ist kostenlos und wird von einem Unternehmen geliefert, das gesunde und ausgewogene Tiefkühlkost liefert, die auf Geschmacksverstärker, Farbstoffe und Aromen verzichtet. Unser Hausmeister muss die Schalen nur noch in die Mikrowelle stellen.«

»Wir haben keinen Hausmeister«, rief Johan.

»Jetzt haben wir einen.« Krister grinste und wies auf Magnus. »Morgens trägt er eure Post aus, und ab dem Mittag hat er Dienst in der Schule.«

Thyra freute sich sehr für Magnus, und sie war beeindruckt, was Krister alles erreicht hatte. Die Schule schien ihm wirklich am Herzen zu liegen.

»Darauf trinken wir!« Johan erhob sein Glas. »Skål.«

»Skål«, erklang es vielstimmig zurück.

»Komm, jetzt sind wir dran.« Ragnar stand plötzlich neben Thyra. Er fasste sie bei der Hand, und gemeinsam gingen sie bis in die Mitte des Raumes.

»Habt ihr uns auch etwas mitzuteilen?«, rief Birger.

»Euren Hochzeitstermin zum Beispiel?« Dag grinste.

»Genau das ist der Punkt.« Ragnar räusperte sich. »Wir wollten euch mitteilen, dass wir beschlossen haben, nicht zu heiraten.«

Totenstille breitete sich im Raum aus.

»Ihr könnt also damit aufhören, unsere Hochzeit zu planen.« Thyra lächelte. »Und ich bitte euch alle, unsere Entscheidung zu respektieren.«

Sie schaute zu Annbritt, die wie versteinert wirkte.

»Es tut mir leid«, formten Thyras Lippen lautlos.

Annbritt wandte ihr abrupt den Rücken zu.

»Ich muss mit ihr reden«, flüsterte Thyra Ragnar zu.

Der nickte und grinste sogar ein wenig. »Ich fürchte, unsere Ankündigung ist nicht ganz so gut angekommen wie Kristers.«

»Vielleicht hätten wir es nicht so öffentlich verkünden sollen, sondern nach und nach jedem einzeln«, sagte sie leise.

»Es war richtig so.« Ragnar erhob seine Stimme, damit ihn alle hören konnten. »Unsere Familie und Freunde haben ein Recht darauf, unsere Entscheidung zu erfahren, aber es steht ihnen nicht zu, darüber zu urteilen.«

Thyra nickte.

»Aber warum?« Birger kam näher. »Was ist passiert?«

Thyra überließ es Ragnar, seinem Bruder zu antworten. Sie suchte derweil nach Annbritt, doch ihr Blick fiel direkt auf Kristers Gesicht.

Seine Augen fingen sie ein, hielten sie fest, schienen all das zu erkennen, was sie in diesem Moment empfand.

Es war falsch!

Thyra wandte sich um und ging einfach drauflos, bis ihr Großvater auf einmal vor ihr stand.

»Thyra, was hat das alles zu bedeuten? Hast du dich wirklich von Ragnar getrennt?«

»Wir haben die Entscheidung einvernehmlich getroffen.«

Gösta schüttelte den Kopf. »Ich verstehe nicht …«

Thyra umarmte ihren Großvater. »Ich werde dir später alles erklären, Opa. Wenn wir zu Hause sind. Ich muss jetzt erst einmal raus hier und frische Luft schnappen.«

Die Dunkelheit tat ihr gut, und auch die Kälte war nach dem überhitzten Raum in der Schule eine Wohltat. Die Stille war Balsam für ihre Seele.

Und dann stand er plötzlich vor ihr. Krister.

»Warum?«, wollte er wissen.

Thyra schüttelte leicht den Kopf. Sie wollte, dass er ging, und wollte es auch wieder nicht.

»Warum habt ihr euch getrennt?«, fragte er sanft.

»Weil wir uns nicht lieben.«

Er kam näher, hob die Hand und streichelte ihr sanft mit dem Finger über die Lippen.

»Ich liebe dich so sehr, Thyra.«

»Das mit uns würde nie funktionieren. Ich kann hier nicht weg, und du kannst hier nicht leben.«

»Vielleicht kann ich es ja doch.«

»Das sagst du nur, weil du dich in mich verliebt hast. Aber irgendwann ist das vorbei, und dann wirst du mir die Schuld daran geben, dass du dein aufregendes Leben in Kalifornien, deine Karriere wegen mir aufgegeben hast. Ich möchte, dass du Tjarojakk verlässt.«

»Du machst dir zu viele Gedanken. Warum lässt du dich nicht einfach auf uns beide ein?«

Weil am Ende ich diejenige sein werde, die mit gebrochenem Herzen zurückbleibt, dachte sie verzweifelt.

»Du liebst mich doch auch. Das spüre ich.« Er legte eine Hand auf sein Herz.

»Nein, ich liebe dich nicht«, behauptete sie mit aller Entschiedenheit, zu der sie in der Lage war. Und doch schaffte sie es nicht, ihn zurückzustoßen, als er ganz dicht vor sie trat. Ohne ein weiteres Wort zu verlieren, zog er sie sanft an sich heran, bis ihre Lippen sich trafen.

Es war ein Kuss voller Zärtlichkeit und Leidenschaft, der die Welt um sie herum für einen kostbaren Moment zum Stillstand brachte.

Nur noch dieses eine Mal, danach würde ihr nichts bleiben als die Erinnerung.

Krister ließ sie los.

»Ich glaube dir kein Wort!«, sagte er, und seine Stimme klang heiser.

»Bitte geh weg hier, Krister«, erwiderte sie leise. »Ich werde meine Meinung nie ändern.«

Kapitel 25

Viel gab es nicht mehr für ihn zu tun. Morgen ging es zurück nach Malibu.

Krister horchte in sich hinein. Da war nichts. Kein Gefühl der Freude. Seit dem Weihnachtstag hatte er Thyra einige Male von Weitem gesehen. Sie gab sich offensichtlich alle Mühe, ihm aus dem Weg zu gehen, und zeigte ihm damit deutlich, dass sich an ihrer Entscheidung nichts geändert hatte.

Trotzdem hatte Krister nicht aufgeben wollen, war sogar zu ihr nach Hause gegangen, doch Thyra hatte sich zweimal geweigert, mit ihm zu reden. Beim dritten Mal war sie selbst an die Tür gekommen.

»Bitte, hör auf damit, Krister«, hatte sie zu ihm gesagt. »Mach es uns beiden nicht noch schwerer …«

Krister hatte schließlich einsehen müssen, dass er Thyra nicht umstimmen konnte. Die Vorstellung, dass er morgen tausende Kilometer von ihr getrennt war, erfüllte ihn mit einer nie gekannten Leere.

Bei Anouk war das anders. Sie konnte es kaum erwarten, endlich wieder nach Kalifornien zu fliegen.

»Ich kann einen Winter hier verbringen«, sagte sie. »Aber nicht mein ganzes Leben.«

»Aber du liebst Ragnar doch.«

»Und er mich.« Anouk lächelte ihn an. »Und deshalb werde ich ganz sicher in Zukunft auch weitere Winter hier verbringen. Aber jetzt will ich erst einmal nach Hause. Wir können ja im nächsten Winter gemeinsam wieder hierherkommen«, schlug sie vor. »Dein Großvater bleibt doch hier.«

Ove hatte ihm unmissverständlich klargemacht, dass er sein Heimatdorf nicht mehr verlassen würde.

Krister wusste nicht, ob es ihm ein Trost war, dass er, wenn er seinen Großvater besuchte, auch jedes Mal wieder auf Thyra treffen würde. Oder war es ein Fluch, weil ihm dann immer wieder bewusst werden würde, dass sie ihre Meinung nicht änderte und er mit seiner unerfüllten Liebe leben musste?

Dass Ove ausgerechnet zu Thyra und Gösta ziehen würde, sobald endgültig eine neue Lehrkraft nach Tjarojakk käme, machte das Ganze nicht unbedingt einfacher.

Positiv war nur die Tatsache, dass er sich keine Sorgen mehr um seinen Großvater machen musste.

Krister seufzte tief. Morgen um diese Zeit würde er bereits im Flugzeug sitzen, und ein paar Stunden später wäre er bereits in seiner Villa.

»Ich wüsste nur zu gerne, woran du gerade denkst.« Anouk stieß ihn an.

»An meine Villa«, erwiderte er wahrheitsgemäß.

Mit einem Mal wurde Anouk ungewöhnlich ernst. »Dieser Abend auf deiner Terrasse …«

»Ja?«

»Eigentlich wolltest du nur mit mir ins Bett, und ich wollte es irgendwie auch. Dann kam dieser Anruf aus Schweden, und plötzlich war alles anders. Und das ist es immer noch.«

Krister wurde klar, dass sie keineswegs alles so leichtnahm, wie sie es nach außen vorgab.

»Wir werden uns ganz bestimmt wieder einmal auf meiner Terrasse treffen«, meinte er lächelnd. »Aber unter anderen Voraussetzungen.« Er schaute auf seine Armbanduhr. »Ich muss noch einmal zur Schule. Da sind noch ein paar Sachen von mir.«

»Und ich habe mich mit Thyra verabredet. Sie will mir ihren Gillis zeigen.« Anouk lachte laut auf. »Kannst du dir vorstellen, dass ich noch nie ein Rentier aus der Nähe gesehen habe, obwohl ich aus Lappland stamme?«

»Diesem Rentier solltest du allerdings auch nicht zu nahe kommen«, sagte Krister ironisch. »Es ist eine Bestie.«

»Thyra meint, er sei ganz freundlich.« Anouk lachte wieder. »Aber ich habe schon gehört, dass Gillis dich nicht leiden kann.«

»Wenn es etwas gibt, was ich auf keinen Fall vermissen werde, dann ist es dieses Vieh. Ich hoffe, ich muss ihm nie wieder begegnen.«

Es fiel ihm schwer, die Schule mit dem Gedanken zu betreten, dass es das letzte Mal war. So viele Erinnerungen stürmten auf ihn ein, so viele Erlebnisse mit den Kindern.

Sie hatten sich gestern von ihm verabschiedet. Er hatte von jedem Kind ein Foto mit einer Widmung bekommen, und die Eltern hatten sich bei ihm bedankt, weil er ihre Kinder unterrichtet hatte.

Waren das wirklich nur wenige Wochen gewesen? Es kam ihm vor wie eine Ewigkeit, und noch nie hatte ihn eine Arbeit so erfüllt wie diese.

Er nahm das Heft und die beiden Bücher mit, sah sich noch einmal um, und dann ging er. Für immer.

»Du kannst die Tür gleich auflassen.« Magnus kam auf ihn zu. »Ich bin froh, dass ich dich noch einmal sehe. Danke für alles, was du für mich getan hast, Krister. Es ist so schade, dass du gehst. Weißt du, eigentlich gehörst du hierher. Du bist einer von uns.«

Krister lächelte wehmütig und legte ihm eine Hand auf die Schulter. »Pass gut auf Mats auf.«

Er entfernte sich ein paar Meter – und dann erblickte er ausgerechnet das Tier, das er nie mehr hatte sehen wollen. Leider hatte es auch ihn gesehen.

Gillis rannte los. Krister auch.

Mit rollenden Augen und einem wütenden Schnauben verfolgte das Ren ihn bis zur Tür des Schulgebäudes.

Krister brachte sich mit einem Satz in Sicherheit, während Gillis wegen seines Geweihs nicht durch den Türrahmen passte. Allerdings schien er zu wissen, wie er den Kopf drehen musste, damit er ins Haus kam.

Doch bevor es so weit kommen konnte, schlug Krister ihm die Tür vor der Nase zu. Langsam ging er rückwärts, ohne die Tür aus den Augen zu lassen …

… bis er das Schnauben plötzlich hinter sich vernahm.

Gillis war durch die offene Verandatür auf der Rückseite ins Haus gelangt. Langsam und drohend kam er auf ihn zu.

Krister drehte sich um und wollte durch die Vordertür flüchten, aber dann wurde ihm klar, dass er keine Chance hatte. Gillis war schneller.

Er fuhr wieder herum, starrte das Ren an – und dann brüllte er los.

»Was soll das?«

Gillis hörte auf zu schnauben. In seinen Augen lag plötzlich ein Ausdruck, den Krister als Erstaunen interpretierte.

»Was hast du eigentlich für ein Problem, du Spinner?«, fuhr Krister in gleicher Lautstärke fort.

Gillis ging einen Schritt zurück.

»Wag das ja nicht noch einmal!«

Das Ren machte einen weiteren Schritt rückwärts.

Krister triumphierte innerlich, während er das Ren allmählich nach draußen brüllte. Hinter den Scheiben erkannte er die Gesichter von Thyra und Anouk.

Krister hatte nicht damit gerechnet, Thyra vor seiner Abreise noch einmal zu sehen. Da war so viel in ihm, was er ihr sagen wollte. Leise, zärtliche Worte …

Stattdessen stand er hier im Klassenzimmer und brüllte ihr Rentier an.

Endlich war Gillis draußen. Sekundenlang wirkte er verzweifelt, dann drehte er sich um.

Krister trat aus dem Haus. Er war sich sicher, dass Gillis es nicht noch einmal wagen würde, ihn anzugreifen. So sicher, dass er zu den beiden Frauen ging. Dass er Gillis dabei den Rücken zuwandte, wurde ihm nicht sofort bewusst.

Thyra wirkte erschrocken, ob es wegen Gillis' Angriff war oder wegen ihres unvermuteten Zusammentreffens, konnte er nicht erkennen.

Anouk hingegen wischte sich die Lachtränen aus den Augen.

»So geht man mit Rentieren um!«, gab er seinen Kommentar ab, einfach nur, um überhaupt etwas zu sagen.

Unmittelbar darauf erhielt er von hinten einen Stoß, der ihn in den Schnee beförderte.

Gillis stand direkt neben ihm. Er warf ein paarmal den Kopf hoch und gab dabei Grunzlaute von sich, die Anouk postwendend übersetzte: »Betrachte dich gefälligst als von mir erlegt.«

Als hätte er jedes Wort verstanden, drehte Gillis sich um und stolzierte davon. Sein hoch erhobenes Geweih ließ keinen Zweifel daran, dass er sich als Sieger fühlte.

»Dem hast du es aber gegeben!« Anouk lachte immer noch, doch Krister achtete kaum darauf. Er sah nur Thyra an.

»Schön, dass ich mich noch von dir verabschieden kann.«

Mit einem Nicken streckte sie ihm die Hand entgegen.

»Ich wünsche dir alles Gute.«

»Ich dir auch.« Ihre Stimme klang tränenerstickt. Abrupt wandte sie sich ab. »Ich muss nach Gillis sehen.«

»Was war das denn?« Anouk schaute der davonlaufenden Thyra mit entgeisterter Miene nach. Dann sah sie Krister ins Gesicht – und plötzlich schien sie zu begreifen. Sie presste sich eine Hand vor den Mund. »Und ich habe nichts bemerkt.«

»Das hat niemand«, sagte Krister. »Und deshalb wäre ich dir sehr dankbar, wenn du nicht darüber sprichst.«

»Natürlich nicht.« Anouk wollte noch etwas fragen, doch Krister kam ihr zuvor.

»Nicht einmal mit mir«, sagte er hastig. Danach verabschiedete er sich von ihr. »Wir sehen uns morgen.«

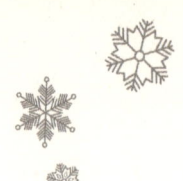

Kapitel 26

Thyra wusste, dass es ihr nicht möglich sein würde, die Tränen zurückzuhalten, deshalb machte sie sich mit Gillis auf den Weg zu den Winterweiden. Hier draußen war kein Mensch, da konnte sie weinen, ohne dass sie jemand nach dem Grund fragte.

Wenige Minuten später stand sie inmitten der Winterlandschaft und ließ den Tränen freien Lauf. Vor ihr erstreckte sich die sanft hügelige Weide, die mit einer glitzernden Schneedecke bedeckt war. Die Rentiere standen ruhig da, ihr Atem bildete kleine Dampfwolken in der kalten Luft.

Eigentlich war alles wie immer, und doch war alles ganz anders. Noch nie hatte sie eine solche Verzweiflung gespürt. Morgen wäre Krister weg – für immer. Und sie würde nichts tun, um das zu verhindern.

Zu allem Überfluss verließ sie nun auch noch Gillis. Sie wusste nicht, was ihn dazu bewog, sich diesmal der Herde zu nähern und sich unter die anderen Tiere zu mischen. Jedenfalls blieb er da, kam nicht mehr zurück.

Thyra hatte bereits so viele Rentiere mit der Flasche aufgezogen, dass sie haargenau wusste, was das zu bedeuten hatte: Sie hatte ihn verloren. Es tat so weh, aber sie musste ihn gehen lassen. So wie sie auch Krister gehen lassen musste …

In dem Moment sah sie Ragnars Wagen vorbeifahren. Anouk saß auf dem Beifahrersitz, Krister auf dem Rücksitz.

Die drei konnten sie nicht sehen, weil Thyra sich hinter dem Stamm einer Kiefer versteckte, als der Wagen vorbeirollte. Doch sie schaute ihm noch lange nach, selbst als er nicht mehr zu sehen war.

Gösta war bei Ove. Thyra hatte er erklärt, dass er seinem alten Freund nach dem Abschied von seinem Enkel beistehen müsse.

Sie ging allein durchs Haus, fühlte sich leer und verloren. Ihr ganzes Leben lag in Scherben.

Morgen würde sie sich vielleicht für Gillis freuen. Vielleicht auch erst übermorgen, das wusste sie noch nicht so genau. Aber irgendwann würde es so weit sein. Er hatte ein artgerechtes Leben in seiner Herde verdient.

Plötzlich hörte sie Motorengeräusche. Als sie aus dem Fenster schaute, sah sie Ragnars Wagen.

Ihr Herz quoll über vor Mitleid. Ragnar war bestimmt genauso unglücklich wie sie. Auch er hatte heute seine große Liebe gehen lassen müssen.

Vielleicht würden sie sich beide weniger einsam fühlen, wenn sie ihren Kummer teilten.

Thyra öffnete die Tür – und ihr Herz setzte einen Schlag aus, als sie sah, wer hinter dem Steuer des Wagens saß und jetzt ausstieg.

»Wo ist Ragnar?«

»Auf dem Weg nach Kalifornien. Zusammen mit Anouk. Wir sollen uns um Sam kümmern.«

Er schaute sie an und lachte, dann war er in wenigen Schritten bei ihr.

»Ich konnte nicht in das Flugzeug steigen. Ich will hier nicht mehr weg. Dieses Land, die Menschen hier … In mir steckt mehr Lappland, als mir je bewusst war. Und ich möchte in dem Beruf arbeiten, den ich einmal studiert habe. Ich liebe es, Kinder zu unterrichten.« Zärtlich schaute er sie an. »Und ich liebe dich, Thyra. Du kannst mich nicht wegschicken, weil ich immer wiederkommen werde.«

»Ich werde dich nicht mehr wegschicken«, flüsterte Thyra. »Nie mehr. Ich liebe dich.«

Er schloss sie fest in die Arme, und ihre Lippen berührten sich zu einem Kuss voller Leidenschaft. Doch es war mehr als ein Kuss, es war ein Versprechen. Sie versprachen sich gegenseitig eine Zukunft voller Glück und Liebe.

Epilog

In der vergangenen Nacht hatte es zum ersten Mal geschneit.

»Tjakttjadálvvie«, flüsterte Thyra.

Sie beobachtete die Herde, ganz besonders Gillis, der sich inzwischen wie alle anderen Tiere verhielt. Vielleicht hatte er jetzt, nach dem Einsetzen der Geschlechtsreife, sogar vergessen, dass er drei Jahre ganz dicht mit seinen Menschen zusammengelebt hatte.

Ein Jahr war seitdem vergangen, und der nächste Winter stand vor der Tür.

Krister war inzwischen fest angestellter Lehrer und ging in seinem Beruf auf. Allerdings war er noch einmal nach Kalifornien geflogen, um da eine letzte Folge seiner Krimireihe zu drehen, in der er den Serientod gestorben war.

Ragnar und Anouk pendelten zwischen Tjarojakk und Malibu und schienen dabei ganz glücklich zu sein. Was immer auch aus den beiden wurde, im Moment reichte es ihnen völlig. Oder wie Ragnar es ausdrückt hatte: »Wir haben alles, was wir wollen. Und die Liebe braucht keine geografische Nähe …«

Gösta und Ove lebten zusammen in Göstas Haus, während Thyra zu Krister ins Lehrerhaus gezogen war.

Wieder einmal musste Thyra an den Moment denken, als Ove erfahren hatte, dass auch Krister für immer in Tjarojakk bleiben wollte.

In diesem Augenblick trat er neben sie und legte ihr einen Arm auf die Schulter. »Weißt du eigentlich, dass die Dorfgemeinschaft ein neues Projekt plant?«

Thyra schmunzelte. »Eine Hochzeit?«

»Im nächsten Sommer«, bestätigte Krister.

Oves Lussekatter

Zutaten:

5 g Hefe
50 ml Milch
Ca. 100 g Weizenmehl
20 ml Rohrohrzucker
250 g Butter (Zimmertemperatur)
1 Ei
1 Prise Salz
1 g Safran
80 Rosinen

Zubereitung:

Die Hefe zerbröseln und mit Milch, Mehl (etwas behalten für
das Ausrollen des Teigs später), Zucker, Butter, Ei, Salz und
Safran langsam ca. 2 Minuten lang in der Küchenmaschine
vermengen. Danach auf höherer Stufe nochmal 5 Minuten
kneten.

Den Teig in eine Schale füllen und mit einer Frischhaltefolie
abdecken. Ca. 30 Minuten gehen lassen.

Den Teig auf eine bemehlte Arbeitsfläche legen und in
40 Stücke teilen. Die Teigstücke länglich rollen und in die typi-
sche S-Form der Lussekatter legen. Dann auf ein mit Backpapier
ausgelegtes Backblech legen und zwei Rosinen eindrücken.

Mit einem Geschirrhandtuch abdecken und 1½ Stunden
gehen lassen.

Den Ofen auf 225 °C vorheizen. Die Brötchen auf mittlerer Schiene 6–8 Minuten backen, bis sie eine bräunliche Farbe bekommen.

Herausnehmen und mit geschlagenem Ei einpinseln. Auf einem Gitter abkühlen lassen.

Annbritts Kanelbullar

Zutaten:

Für den Teig:
450 g Weizenmehl (Type 405)
250 ml Milch
25 g frische Hefe
65 g Zucker
65 g weiche Butter
1 Prise Salz
½ TL Kardamom

Für die Füllung:
90 g Butter
50 g brauner Zucker
1 TL Zimt

Außerdem:
1 Eigelb
2 EL Sahne
3 EL Hagelzucker
Etwas Mehl und Butter für das Blech

Zubereitung:

Mehl in eine Schüssel geben. Die Milch erwärmen (nur lauwarm, nicht kochen), die Hefe hineinbröseln und zergehen lassen.

Die Mischung zum Mehl geben. Zucker, weiche Butter, Salz und Kardamom hinzufügen und alles zu einem glatten Teig kneten. Den Teig abgedeckt an einem warmen Ort 30 Minuten gehen lassen.

Inzwischen für die Füllung die Butter schmelzen und mit dem braunen Zucker und Zimt verrühren. Den Teig auf leicht bemehlter Arbeitsfläche zu einem Rechteck (30 × 40 cm) ausrollen und vollständig mit der Füllung einstreichen. Den Teig von der langen Seite aus einrollen und zu 1,5 cm breiten Schnecken schneiden.

Den Ofen auf 190 Grad Ober-/Unterhitze (Umluft: 170 Grad) vorheizen. Ein Backblech mit Butter einfetten. Die Teigschnecken mit etwas Abstand auf das Blech legen. Eigelb mit Sahne verquirlen und die Schnecken damit bestreichen.

Die schwedischen Schnecken mit Hagelzucker bestreuen und im vorgeheizten Ofen ca. 18–20 Minuten backen.

Winterglück in tiefverschneiten Wäldern

Ruth Bennett
WINTERTRAUM
IN KANADA
Roman. Eine romantische
Liebesgeschichte in den
Weiten Nordamerikas

272 Seiten
ISBN 978-3-404-19224-3

Sara und Paul erleben herrliche Urlaubstage in den schnee-bedeckten Landschaften Kanadas. Die Nächte sind magisch, mit sternenübersätem Himmel und Polarlichtern. Zurück in Deutschland planen sie die Auswanderung in ihr Traumland Kanada. Übers Internet kaufen sie ein wunderschönes Haus am Okanagan-See, in dem sie ein Bed & Breakfast eröffnen möchten. Doch in Kanada ankommen, entpuppt sich das idyllische Haus als total marode. Unter diesen Bedingungen wird es in der jungen Ehe recht turbulent. Dann stehen nicht nur immer mehr unerwartete Gäste vor der Tür, sondern der kanadische Winter, der die Sanierung erschwert, aber dessen Zauber Wunder wirkt …

Lübbe

Weihnachtswunder in der Rosenholzvilla

Tabea Bach
WEIHNACHTEN IN DER
ROSENHOLZVILLA
Eine Geschichte im
Tessin. Weihnachten in
der italienischen
Schweiz – erzählt von
Bestsellerautorin Tabea
Bach

176 Seiten
ISBN 978-3-404-19389-9

Weihnachten steht vor der Tür, und ganz unüblich fürs Tessin regnet es seit Tagen in Strömen. Unter Elisas Federführung und nach Niklas' Wunsch wurde die Rosenholzvilla umgebaut zum Erholungsort für erkrankte Musikerinnen und Musiker aus aller Welt. Und es hat sich schon ein erster Gast angesagt: ausgerechnet Adrien Dufois, Elisas ehemaliger Konkurrent. Als wäre das nicht schwierig genug, vermissen auch alle Amadou, der in den Senegal zurückgekehrt ist, und Fabio, der weiter in Cremona weilt. Um trotz allem Weihnachtsstimmung heraufzubeschwören, fahren Elisa und Danilo mit Mimi in ein kleines Tessiner Bergdorf, in dem unerwartete Ereignisse für Aufregung sorgen …

Lübbe

Der stimmungsvolle Weihnachtsband zur SALZGARTEN-Saga

Tabea Bach
WEIHNACHTSZAUBER
IM SALZGARTEN
Eine Geschichte von
der Isla Bonita
Weihnachten auf den
Kanarischen Inseln
erzählt von der
Bestsellerautorin Tabea
Bach

144 Seiten
ISBN 978-3-404-18888-8

Die Vorbereitungen für Weihnachten laufen im Restaurant Mesón Flor de Sal auf Hochtouren. Unerwartet kündigt sich kurz vor den Feiertagen Belisario an, Álvaros Vater, der seit mehr als dreißig Jahren nicht mehr auf La Palma war. Er hat damals im Spiel die Finca an Marcos verloren und damit viel Kummer über seine Familie gebracht. Während Álvaros Gefühle in eine Achterbahn geraten, versucht Julia, zuversichtlich zu bleiben. Aber dann stellt sich heraus, dass Belisario nicht einfach nur aus Sehnsucht nach seiner Familie gekommen ist. So nehmen die Weihnachtstage eine andere Wendung, als Julia es geplant hat. Und doch siegt am Ende der Zauber und die Kraft dieses Festes der Liebe.

Lübbe

Ein unvergessliches Weihnachtsfest mit Kater Kasimir

Elke Schweizer
DER WEIHNACHTSKATER
Roman

272 Seiten
ISBN 978-3-404-18550-4

Die erfolgreiche Rechtsanwältin Laura kümmert sich nach dem Tod ihrer Schwester um deren Kinder. Anfangs fühlt sie sich mit dieser Aufgabe völlig überfordert. Aber sie liebt die drei Kinder und möchte ihnen ein schönes Zuhause bieten. Als wäre das alles nicht schwierig genug, bereitet ihr der neue Nachbar auch noch Ärger. Doch dann taucht Kater Kasimir auf. Plötzlich ist alles anders, und bald glaubt sogar die vernünftige Laura, dass es Weihnachtswunder geben kann.
Ein zauberhafter Weihnachtsroman mit einer romantischen Liebesgeschichte und dem eigenwilligen Kater Kasimir

Lübbe

Fröhliche Weihnachten mit Kater Kasimir als Glücksbringer

Elke Schweizer
DER WEIHNACHTSKATER
– TANNENDUFT UND
WINTERGLÜCK
Roman

288 Seiten
ISBN 978-3-404-19225-0

Seit einiger Zeit leben Ella und Max mit ihren Kindern Robin, Mathilda und Lilly in Tannreuth. Als sie in ihr neues Haus einzogen, waren Ella und Max fest entschlossen, ihre Ehe zu retten. Aber inzwischen fragen sie sich, ob ihr Umzug in den Schwarzwald dabei hilfreich war. Das liegt nicht zuletzt an Tosca, Max' Assistentin, die sich im Gästezimmer einquartiert hat, und daran, dass die Aufnahme in die Dorfgemeinschaft einige Hürden bereithält. Trübe Aussichten für die nahende Adventszeit. Doch alles ändert sich, als ein getigerter Kater ins Haus stürmt, verfolgt von einem Rottweiler …

Lübbe